スカイハイ

警視庁墨田署刑事課特命担当・一柳美結2

沢村　鐵

中央公論新社

目次

主な登場人物

一柳美結（いちやなぎみゆ）　墨田署刑事課強行犯係。巡査。26歳。

戸部シャノン梓（とべ・あずさ）　警視庁警備部警備一課特殊急襲部隊（SAT）所属。巡査部長。26歳。

吉岡雄馬（ゆうま）　警視庁刑事部捜査一課強行犯係主任。警部補。26歳。


佐々木忠輔（ちゅうすけ）　東京学際大学講師。28歳。

佐々木安珠（あんじゅ）　忠輔の妹で、アーティスト。美結と高校の同級生。26歳。

ゴーシュ　忠輔の研究室のインド人留学生。23歳。

イオナ　同じくハンガリー人留学生。18歳。

ウスマン　同じくセネガル人留学生。30歳。

周唯（ツォウ・ウェイ）（黄娜（ファン・ナ））　同じく中国人留学生。死亡。

小西哲多（てつた）　墨田署刑事課強行犯係。巡査。29歳。

村松利和（としかず）　墨田署刑事課強行犯係。巡査。25歳。

井上一文（かずふみ）　墨田署刑事課強行犯係長。警部補。44歳。

福山寛子　墨田署刑事課強行犯係主任。巡査部長。41歳。

長尾昇　警視庁刑事部捜査一課強行犯係長。警部。56歳。

吉岡龍太（りゅうた）　警視庁公安部外事第三課課長。警視。雄馬の兄。30歳。

水無瀬透（みなせとおる）　警察庁情報通信局情報技術解析課課長。警視正。37歳。

陣内大志（じんないだいし）　警視庁警備部警備一課特殊急襲部隊（SAT）所属。巡査部長。27歳。

野見山忠敏（のみやまただとし）　警察庁長官。

奥島和明（おくしまかずあき）　警視庁公安部副部長。警視長。

祝充雄（いわいみつお）　内閣総理大臣補佐官。

王超（ワン・チャオ）　中国人民解放軍諜報部所属の工作員。
〝C〟　国際的ハッカー、サイバーテロリスト。

スカイハイ

警視庁墨田署刑事課特命担当・一柳美結2

四月十八日（木）

序曲――闇夜のトライアル

まただ。あたしはつけられている。

彼女は確信した。寮に帰る途中の暗い夜の路地。商店街の切れた、町で最も人気（ひとけ）のない場所だ。人を襲うならあたしでもここで待ち伏せする。意外でも何でもない。

彼女はペースを変えずに足を進めた。何にも気づいていないふりを続ける。今はプライベートなので銃（じゅう）は携帯していない。だが不安はなかった。銃に頼る気持ちが隙（すき）を生むのだ。アメリカ時代から、銃はないものと考えて対処するクセをつけている。実際、銃に頼ったのは数えるほど。たとえ相手が銃を持っていたとしてもだ。

暗い路地が間もなく終わる、というところで、路地の出口をヴァンが塞（ふさ）いでいた。この道にこんな車が停（と）まっていたことはない。

なるほど。あたしをここから出さない気か。彼女は視線を四方に走らせた。逃走経路は確保しておかないと。複数の人間が一挙に襲ってきたらさすがに危ない。素早く振り返り、さっきからずっとつけてきた人間を鋭く見る。その男は民家の陰に姿を隠していたが、彼女に気づかれたと知ってのっそり近づいて来た。手には棒状の物を持っている。

彼女は半身になって待ち構えた。ヴァンの方にも警戒を怠らない。自分が冷静なことに満足する。あたしは——一分の隙もなく集中している。挟み撃ちにあったとしてもみすみすやられることはない。ついに現れた、ここ数日ひしひしと感じていた気配の正体が。近づいて来るのはキャップを目深に被った男だった。その佇まいを見ただけで分かった、こいつはただの異常者や暴漢ではない。格闘のプロだ。

彼女の血は燃え立った。面白い、久しぶりに本気の命のやりとりができる。

自分がずっと飢えていたのが分かった。十五でアメリカを去って以来、こんな感覚は数えるほどしか味わっていない。彼女は、無造作に間合いを詰めてくる男に意識を集中した。殺気を感じた。来る——彼女は防御の姿勢を取った。だが意表をつかれた、男は手に持っている得物を使わず、素早く蹴りを繰り出してきたのだ。

彼女は腕で蹴りを払いながらステップバックした。素早く背後を確認するのも忘れない。ヴァンは不気味に沈黙を守っていた。

相手の男が驚いているのが分かる。不意をつく自分の第一撃をかわされたことはないのだろう。なめられたものだ。では今度はこちらから行く。

彼女は一瞬で足を高く上げた。しなやかな鶴の首の如く、相手を襲う。キャップの男は手の得物を上げて防御した。彼女は足を下ろすと見せかけてもう一歩踏み込む。軸足がよほどしっかりしていないとできない芸当だが彼女には児戯に等しかった。あらゆる格闘技や体術を会得している彼女は、場に応じて最適な技を繰り出すように自分を仕上げている。

　相手がたじろいだ瞬間を逃さず腰を落として相手の視界から消える。わずかにふらついている男の下半身を一気に手中にした。レスリングのタックルの要領でたちまち地べたにねじ伏せる。男はたまらず逃げようとした。鋭い逃げにレスリングの経験があるのが分かった。逃すか、と彼女は強くグリップする。だが男の身体のひねりは巧みだった。するりと抜け出され、たちまち反転して蹴りを繰り出してくる。

　彼女は嬉しくてホワッと声を上げた――楽しい。迷わず蹴りで返した。力比べでさえ、負けるつもりは微塵もなかった。よろけた瞬間に相手の腕をしっかり捕らえる。たちまちねじり上げがっちり決めた。これでどうだ！

　男の手から得物が落ちた。カランという虚しい音。

「まっ、待て戸部巡査部長」

　切羽詰まった声が漏れて、彼女は動きを止めた。腕を決めたまま鋭く訊く。

「あんただれ」

「俺は陣内大志巡査部長」

　意外な答えが返ってきた。

「警備部の一コ先輩だ」

「嘘(うそ)」

彼女は動じない。

「あんたなんか知らない。警備部に陣内なんて人はいない」

「知らなくて当然だ」

腕を決められているくせに、男がリラックスしている様子なのが気に食わない。

「所属してること自体が機密だからな」

彼女はハッとする。そんな部署は、一つしかない。

一瞬の隙をつかれた。押さえ込んだ腕がするりと抜ける。あわててグリップするが、男は余裕で後退すると取り戻した腕を振って見せた。それから、その手を差し出してくる。

「おめでとう、戸部シャノン梓(あずさ)巡査部長。君は合格だ。歓迎する」

彼女はその手に目もくれない。

「待ってよ。あなたはほんとに、SATの……？」

「そうだ。君のバディになる」

「は？」

男はキャップを上げて満面の笑みを見せた。愛嬌(あいきょう)を感じさせる明るい笑顔だった。その鼻面にパンチを食らわしてやろうかと彼女は一瞬迷った。殺気を感じたのか、陣内と名乗った男は素早く後退して腰に手を当てる。

「君のＳＡＴ入りはほとんど決まってた。これが最終テストだ。怯まずに対処すれば合格ということになっていたが、予想を上回って優秀な奴(やつ)だな。大したタマだよ。やられた」

賞賛の声など耳に入らない。勝手なテストをされたという怒りが勝っている。だが陣内はお構いなしだった。

「戸部、もっと喜べよ。ずっとＳＡＴ志望だったんだろ？」

「……はい」

ようやく口調を改める。こんな男が本当に同僚で、しかも自分のバディになるのか？　失望があった。ＳＡＴとはこの程度か。

「警護課所属は今日までだ。ＳＰの同僚たちに別れを言うヒマをやれないのは心苦しいが、事情は分かるだろ。今後、お前の所属は極秘事項だ」

「はい」

梓は理解した。ＳＡＴの隊員は己の身分を他人に漏らしてはならない。辞令も公式には回らない。

「んじゃ、行くぞ。隅(すみ)部長から内々の辞令を賜(たまわ)る」

「これからですか？」

「この様子は隅部長もぜんぶ見てる」

「えっ……どこで」

陣内は路地の出口を指差す。

「あのヴァン、中継車だ。映像は本庁に送られてる。俺の恰好悪いところも全部な」

軽い調子だが、梓に向けた目がフッと鋭くなる。

「だが、一つ言っておくぞ。俺は手を使わなかった」

なるほど……その通りだった。負け惜しみではない。この男はあたしに手加減をした。

「お前に使うのは足だけと決めてた」

「ブルース・リー気取りですか？」

「まあな。手や得物を攻撃に使ってたら、お前なんか十秒でのしてた」

「それは無理です」

梓は鼻で笑ってしまった。自分は相手のレベルに合わせただけだ。相手が殺す気で来るなら、こちらもそのつもりで迎える。それだけのこと。

いつの間にかヴァンのドアが開いていた。何人かの影が見える。そして、中継用のカメラが真っ直ぐ自分に向いていた。

「隅部長、これから連れて行きます」

カメラに向かって媚を売ると、陣内は彼女の背中をしたたかに叩いた。

「SATへようこそ！　歓迎する」

四月二十三日（火）

第一章　突風

もし汝の兄弟罪を犯さば、これを戒めよ。
もし悔改めなば之をゆるせ。
（ルカ伝第十七章三節）

1

浅草駅のそば、南側の入り口から隅田公園に入った。

隅田川沿いのこの公園は、川を渡る風が心地よい。夕刻の景色は優しく、近隣のビルや東京ライジングタワーが川面に柔らかく光を映している。公園にいる人々ものんびりと景色を楽しんでいる。本当なら何も考えず、ゆっくり散策して勤務後の疲れを癒したいところだが、そんなことは無理だった。自分たち刑事にとっては。
一柳美結は、墨田署刑事課強行犯係から直接ここへやって来た。四月二十三日火曜日。わずか三日前にここで焼死者が出た。燃えるものなど見当たらない、ごく普通の公園だというのに。美結は後ろを振り返った。一緒に来た先輩が心配でならない。まさに三日前、ここで焼死現場に立ち会っていたその人。小西哲多巡査だ。

　表情はふだんと変わらないように見える。この先輩は立派に己を律している、と思った。だがその顔がふいに強ばる。美結が小西の視線を追うと、〝KEEP　OUT 立ち入り禁止〟の黄色いテープが張られて区切られた一画があった。あそこだ……中国人の娘が、身体から火を噴き出して死んだ場所は。

　思い返せば、先週はなんと恐るべき週だったことか。間違いなく、美結が墨田署に配属になってから最も長く、最も痛みに満ちた一週間だった。東京学際大学での教授爆殺事件。教授の下についていた佐々木忠輔講師に対する脅迫と、複数の爆弾。怪しい四人の留学生たち。その中の一人は失踪し、結局はここで燃え果てた。

　佐々木講師の相貌失認という性質が謎を増幅させた。佐々木忠輔は人の顔を見分けられず、犯人を見たにもかかわらずそれが誰か分からなかったのだ。だがやがて、佐々木を脅しているのは世界中で騒ぎを起こしている国際的大物ハッカー〝C〟と判明。そんな矢先上落合のマンションが大爆発し多くの死傷者が出た。混迷の中に活路を見出すため、美結はサイバー犯罪に強い元上司、警察庁情報通信局情報技術解析課に所属する水無瀬透(みなせとおる)警視正を頼った。だが水無瀬を訪ねた時から事態は急変した。なんとCが、奇妙な飛行物体を使って警察庁を襲撃したのだ！　時を置かず、自らのサイトに〝制裁リスト〟を発表。悪と断ずる人物たちの名前と写真を晒(さら)し、日本中のシンパに向けて制裁を促した。

怒濤(どとう)だった——目まぐるし過ぎた。最初の爆弾が炸裂(さくれつ)してから一週間しか経っていないなどとは信じられない。東京のあちこちで火の手が上がり、制裁リストに載せられた留学生、周唯(ツォウ・ウェイ)までが燃えた。だがその原因は未だに不明だ。

佐々木忠輔のおかげで周唯の正体が中国民主活動家黄秀慶(ファン・シューチン)の娘・黄娜(ファン・ナ)と判明、彼女を裏から操り、挙句に殺害したのは中国人工作員だと目星はついているが逃走したまま。この工作員は、Cのふりをして連続爆破事件を引き起こしていたことも分かった。桁外(けたはず)れに凶悪で奸智(かんち)に長(た)けた犯罪者だということになる。

事件は大きくなりすぎ、国際問題になりかねないという政治家たちの思惑もあって捜査本部は解散させられてしまった。

だが、事件に関わった刑事たちが黙っているはずもない。

美結は公園の中を、できるだけ川沿いに歩いた。新鮮な空気を吸いたい。先輩にも、吸って欲しい。お互い一昨日(おととい)から寮に帰れてはいる。できるだけしっかり寝て心身を休めるように努めてはいるが、うまくいっているとは言えない。シャワーを浴びている間も、着替えを洗濯している間も頭が考え続けている。焼け焦げる匂い、爆発の音、犠牲になった人たちの顔……フラッシュバックの連続が襲う。五感が事件に浸され続けている。テープで仕切られた一画が見えなくなると少し気分が持ち直す。小西も心なしか、顔に安堵が表れた。美結は肩からかけたバッグを背負い直す。小西を連れて言問橋のそばにある簡易船着き場に辿り着いた。

屋形船が一隻、灯りを落としてひっそりと停泊していた。

美結の動悸が早まる。小西も顔を強ばらせている。だが意を決して近づいていくと、船から船頭と思しき人間が出てきて船着き場に降り立った。禿げ上がり、頭の両脇に残った髪が真っ白な男だった。

「一柳さんか？」

男は美結を見て訊いてくる。

「はい」

硬い声を返すと、

「水無瀬さんから話は聞いています。どうぞ、乗ってください」

男は丁寧に促した。

「ありがとうございます。あの……」

勘が働いた。小西を見ると、先輩も同じことを感じているのが分かる。思い切って訊いた。

「もしや、警察官でいらっしゃったんですか」

　すると船頭は首肯した。

「はい。新谷（しんたに）と申します。警視庁捜査第二課に長いこといて、主に企業犯捜査をやっとりました。水無瀬さんにはずいぶん世話になりました」

　ということは、大先輩だ。美結と小西は深く頭を下げる。

「今日は、お世話になります……」

「私は、嬉しいんですよ。水無瀬さんに、一晩船を貸し切らせてくれと頼まれて。恩返しの機会をもらえてね」

　新谷は人の良さそうなしわくちゃの笑みを浮かべた。元刑事とは思えないほどアクのない天真爛漫（てんしんらんまん）な笑みだった。まるで生まれてからずっと船頭をやっていた人に見える。おそらく六十代後半であろう新谷は、ずいぶん年下の水無瀬に対してもさん付け。キャリアに対するノンキャリアの習い性が抜けないのか、それとも心底尊敬しているのか。ずいぶん後輩の美結たちにも腰の低いところを見ると、もともと謙虚な人間なのだろう。

「退官されてから、船頭さんに？」

　美結は思わず訊く。新谷は頷（うなず）いた。

「船は、昔から好きでね。体の動くうちはやろうと思ってます。本当は海に出たかったけど、この歳になるとなかなかね」

新谷はどうぞどうぞ、とまた船へと促す。美結は船の縁に足をかけて乗り込むと、少し頭を下げて入り口をくぐる。

中には誰もいなかった。それにしても、窓には障子、床は畳敷き。実に風雅だ。屋形船の中では小ぶりな方だろうが、おそらく三十人は乗れる。それを貸し切りにするとは。正規料金だといくらぐらいかかるのだろう。黒い木製の座卓が並び、座椅子に座布団が敷いてある。座卓の上にはビールや烏龍茶の瓶とコップ、オードブルや刺身の盛り合わせまで置いてあった。宴会が始まるような様子に拍子抜けする。気楽に料理を味わう気分ではない。

美結は仕方なく座椅子に腰を下ろした。小西が美結の隣に座り、

「本当に来るのか？」

と訊いてきた。美結は無言で頷く。誰のことか、小西に問い返さなかった。美結も不安なのだ。望んでいる全員が来るとは限らない。もう来られないと分かっている者もいるし、まだ連絡がない者もいる。蓋を開けてみないと分からない。

だが今日、何かが始まる。謎だらけの現状を打破し、停滞した事態を変えてくれる。そう信じるしかなかった。

果たして次に現れる人物は誰か。

やがて一人が音もなく、腰をかがめて船に乗り込んできた。眼鏡(めがね)をかけた痩身(そうしん)の男だった。

「先生！　わざわざ来ていただいてありがとうございます」

美結は頭を下げ、それから腕を上げた。眼鏡の男は一瞬怪訝(けげん)そうに美結の顔を見たが、腕の白いゴムを見てホッとしたように近づいてくる。

佐々木忠輔。東京学際大学の講師だった。

小西は忠輔に向かって無言で頭を下げた。美結は声を出してほしかったが、忠輔には事前に小西が来ることを知らせてあったし、この大柄な身体を見れば見当はつくはずだった。実際、ああどうもと忠輔は小西に頭を下げ返し、誰かと訊くこともなく美結の正面に座った。ひとまずホッとする。

連絡を入れた時、忠輔はすぐ集まりに加わることを約束してくれたが美結は不安だった。教え子の一人がCの協力者として連行され、もう一人が無惨な死を迎えたばかりなのだ。絆(きずな)の深い担当講師が平常な精神状態であるはずがなかった。やっぱり行けない——そんな連絡がいつ来てもおかしくないと覚悟していた。

だがこの人はちゃんと来てくれた。少し上擦(うわず)った声で訊く。

「この船着き場、すぐ分かりましたか？」

「あ、はい。交番のお巡りさんがパトカーで送ってくださったので。近いから大丈夫と言ったんですが」

東京学際大学に最も近い交番は、数日前から忠輔の警護が日課のようになっている。美結が電話で送迎を頼むと、文句一つ言わずに車を出してくれたのだった。

「先生、屋形船乗ったことあるんですか？」

「いや。初めてです」

美結も初めてだった。小西は何度か乗ったことがあるという。台東区生まれの江戸っ子なので、隅田川は慣れ親しんだ遊び場だろう。

「安珠ちゃんにも声かけたんですけど、今日、イベントで唄う仕事があるそうで……」

美結が説明すると、ああそうですか、と忠輔は気にした素振りもない。

中国人娘の焼死現場に居合わせた忠輔の妹・安珠のことが心配で、美結は二十日から翌日にかけて幾度となく電話をかけた。何度コールしても出なかった安珠と電話が通じたのは、やっと二十一日の昼になってからだった。

『ごめん、ぜんぜん出られなくて』

その声には張りが感じられて、美結は少しホッとした。むろんショックは大きく、だからこそ今まで出られなかったのだろう。だがこの子はもう前を向いている。

『あの子を殺した奴、あたし、許せない』

安珠は真っ先にそう言った。

『どうやってやったかは分からないけど、あんな殺し方……人間じゃない』

声の底に、震えるほどの怒りがあった。美結はすぐに安珠のそばに行きたくなった。

高校時代の同級生であり、今回の事件をきっかけに再会できたことを美結は嬉しく思っていた。安珠は昔から独特な魅力を放っていたが、成長してますます眩しい輝きを放つ女性になっていた。

「会って話せる?」

『うん。あたしも会いたい。ミューに』

だがそれは叶わなかった。昨日も今日も時間を合わせられなかった。ようやく明日の晩、ゆっくり会うことになっている。待ち遠しかった。

「安珠さん、何のイベントだ?」

小西が訊いてきた。

「東京ライジングタワーの展望台にあるレストランで、小さなライヴイベントがあって。ピアノやギターの演奏に合わせて、いま注目のヴォーカリストが集められて、唄うんですけど。そこに選ばれたそうなんです。出番は短くて、二、三曲しか唄わないみたいだけど」

忠輔はきょとんとしている。身内の話という感じではない。上の空だ。

「村松もくっついて行ってるんだよな」

小西はふいに口をひん曲げた。

「はい。まだ護衛を解くわけにはいきませんから」

美結は口調を強める。

Cは逮捕されていない。相変わらず何をするか予測がつかないのだ。中国の工作員が佐々木忠輔の家族に爆弾を送り、それをCの仕業に見せかけようとしたことは分かっているが、もともとはCに忠輔を脅す意志があったことから始まっている。忠輔とその家族について警戒を解くわけにはいかない、というのが墨田署刑事課強行犯係、井上係長の判断だった。だから人も墨田署から割いている。人手不足は近隣の交番の手を借りて埋めるしかなかった。

「本来ならあいつ、護衛なんか失格なんだが」

あの新人刑事が護衛として頼りないのはみんな分かっている。隅田公園に佐々木安珠を連れて行って危険にさらしたことで大目玉を食らった。

「でも、福山さんがバックアップに回ってくれてますから」

美結は忠輔にしっかり伝えたかった。妹の身は安全だと安心してほしい。ところが、はあと言った忠輔は拍子抜けするほど心配していない。文句を言うどころか、何も訊いてこなかった。

「ええと、イオナとウスマンは、連れてこなくてよかったんですよね」

逆にそう訊いてくる。彼の研究室に所属する留学生の名前だ。

「はい。今日は捜査の核心に触れますので……いずれ彼らからも、何か知恵を借りることはあるかも知れませんが」

「じゃあメンバーは、これで全部ですか」

「いえ……」

今日集まる人間の中で、最も位の高い人間がまだ来ていない。

真相が闇に隠れたまま捜査本部解散が決まって途方に暮れていた美結と小西のもとに、水無瀬から電話が入ったことが、この秘密の集まりのきっかけとなった。

『美結。お疲れさん』

受話器の向こうの水無瀬の声は変に浮ついていた。

「……水無瀬さん、Cのサイトが」

美結は訊かずにはいられなかった。

「……ダウンしてるんですけど」

『うん。やったったわ』

水無瀬はあっさり言った。自分でやったと認めたのだ。

「で、でも……どうやってこんな」

『昔取った杵柄や』

水無瀬はそう言った。

『俺に、ダウンさせられんサイトはない』

「み……水無瀬さん……」

頭の芯に痺れが起こった。

「大丈夫なんですか？　こんなことして……」

『さあな』

「やっぱりサイバーフォースの水無瀬さんか。さすがだな」

横で聞いていた小西は素直に感嘆した。

「だが……このままじゃすまねえぞ」

美結は黙って頷く。考えることは同じだ。

「こっちの捜査本部は解散です」

美結はわざと明るく言った。

「仕切り直しって話ですけど、私たちはお役ご免です」

警察官僚にして、サイバー犯罪のエキスパートである水無瀬はしっかりと自分の力を発揮している。それに比べて、所轄の末端にいる自分のあまりの無力さ。犠牲者は膨大、そのくせ真犯人は捕らえられていない……その事実が美結を打ちのめしていた。

『事件は終わってへん。お前がそれを分かってれば、大丈夫や』

水無瀬の穏やかなその言葉が、美結を決意させたのだった。

「水無瀬さん、これから会えませんか？　ご相談したいことがたくさんあるんです」

「おい、俺もいいか」

横の小西が言い、美結はすぐ頷いた。受話器に言う。

「あの、先輩の小西さんも」

『お、集まろか。非公式に』

水無瀬は声をひそめた。

『他にも必要な人間に声かけろ。立場を越えて情報を持ち寄って、知恵を絞ろやないか。Cの東京征服宣言に対抗せなならん。レジスタンスや。パルチザンや。チーム結成や』

はしゃぐような調子に変わる。どこかやけくそにも聞こえたが、美結は鼓動が高鳴るのを感じた。そうだ、この国はかつてない脅威にさらされている。一人一人で対処しようとしても何もできない。だが力を合わせれば……正しいリーダーの指揮のもと、個々が自分の能力を最も正しい形で発揮できるなら……きっと希望はある。おおよその日時を決め、声をかける人間の確認をした。呼んでも来るかどうか分からない人間、呼ぶことさえ無理な人間もそこには含まれていた。だが最善を尽くす以外にない。

その後、集合場所に貸し切りの屋形船を指定されて最初は驚いたが、考えたら密談の場所としてはもってこいだった。さすがに水無瀬の発想は突拍子もない。

船着き場に気配がした。ここを密談の場に選んだ当人が、ようやく乗船してきたのだった。

「……えっ」

みんな唖然とする。水無瀬が着ているのは警察官僚の制服。だが、見慣れない腕章や徽章がこれでもかというくらい付いているのでまるでコスプレだった。本物の警察官僚なのにどうしてこんなにインチキ臭く見えるのか。

顔の上半分のおかげだった。真っ黒で面積の広い、顔が半分隠れるほどのサングラス。そして、制帽に付いた長い赤い羽根。

「……何やってるんですか」

美結は仕方なく突っ込んだ。

「佐々木先生のためやないか」

水無瀬は平然と言った。そして、初対面となる大学講師に顔を向ける。

「顔が認識でけへんのでしょ？　分かりやすいようにせんといかん思て」

「にしたって、やりすぎでしょ……」

美結は呆れ声を出すが、小西は自分より階級が上の人間の前で畏まっている。苦言など口にできるはずもなく、気まずそうに目を逸らすだけだった。

「ありがとうございます。お気遣い痛み入ります」

しかし忠輔は笑顔だった。ユーモアを解したのだろう。こんなチンドン屋のような男が警察にいるのか、と嬉しくなったようだ。

「それぐらいやってくださると本当に助かります」

「なはは」

水無瀬は得意になって若い刑事たちに目を向けた。小西が圧を感じてたじろぐ。地味すぎるぞお前、と非難されたような気がしたのだろう。だがおかしいのは明らかに水無瀬の方。

「ふざけすぎです。仮装パーティーじゃないんですから！　サングラスは外してください。帽子も脱いで。落ち着きません」

水無瀬はおとなしくサングラスと帽子を取った。水無瀬に指図する美結を、小西が眩しそうに見る。

「しかし、どんなふうに見えてんのかね。先生から見た俺らは」

水無瀬がなおも忠輔に食いついた。

「顔は顔だと分かります」

答える忠輔の笑みに、陰は見えなかった。

「目と鼻と口があるというのは。ただ、それを特徴や個性としては捉えられない。違いを見出(みいだ)せないんです」

「えらいこっちゃ。俺たちが量産されたクローンみたいに見えるわけやな」

「まあ、そうですね。顔だけなら。体つきとか、佇まいとか声、歩き方、いろんな手掛かりがあるから、個性はちゃんと感じるんですよ。ただ、顔だけでパッと分かるのは難しいってことです」

「おもろいなあ。おもろいって言ったら悪いけど」

水無瀬は居並ぶ面々を見回して、ふと訊いた。

「ああ、今日は福山さんは無理なんやったっけ」

「はい。検診の日で、外せないので」

五年前、捜査中に大怪我（おおけが）を負った福山の抱える後遺症は深刻で、年に何度か内科・外科・脳神経外科の診察を受ける必要がある。今日も一日がかりで精密検査を行っているはず。

「そうか。まだ身体がなあ……」

すぐ納得した。水無瀬は、福山のことはよく知っているようだ。

「ご面識が？」

「もちろん」

水無瀬は笑顔で頷いた。

「長いこと会ってないけどな。最後に会ったのは、あの人がいちばん暴れん坊だった頃や」

「新宿署時代ですか？」

小西が訊く。

「その前かな。城西地域ではほんとに恐れられとったからな。名誉の負傷からだいぶおとなしくなったって聞いてるけど、ちょっと信じられへん。あの福山さんが牙を抜かれるなんてな」

「どうなんでしょう」

美結は首を傾げる。

「牙は抜かれてないです」

小西が変に胸を張った。

「ちょっと引っ込めてるだけです」

「そうか。やっぱりな」

水無瀬は嬉しそうに笑う。

「あの人は、そうでないとな」

詳しく訊きたくなったが、今日の主旨から外れる。美結は気を引き締めた。船のエンジンがアイドリングを始める音が聞こえた。細かい振動を感じながら、まもなく出航だと思った。まだ欠けている人間もいるが、予定の多くは姿を現したのだ。

井上係長に声をかけるのは初めから見送っている。爆弾事件発生以降、ろくに家にも帰っていない井上の疲労はピークに達している。水無瀬と相談して、ここで話した内容は後で伝えることにしたのだった。

「吉岡さんは？」

忠輔が訊いてきた。

「少し遅れます」

美結は短く答える。そして、水無瀬に向かって訊いた。

「あの、長尾さんが懲戒処分って……本当なんですか？」

訊かないわけにはいかなかった。水無瀬は眉根を寄せて頷く。

捜査一課の長尾警部は今、自宅謹慎を命じられているという。墨田署に伝わっているのはその事実のみで、詳細は誰も知らなかった。

「機密漏洩の疑いをかけられた」

水無瀬の笑みは、嘲りそのものだった。

「公安の讒言や。間違いない」

「そんな……」

「何を漏らしたというんですか」

誰が見ても、小西は激しく怒っていた。美結も全く同じ思いだ。捜査本部が解散させられても、リーダーは長尾しかいないとみんな思っている。

「大丈夫。俺も働きかけてる。長尾さんは必ず復帰する」

言い切る警視正を、それ以上問い詰めることはできなかった。水無瀬は座卓の上を見て表情を緩めた。

「飲みもんだけでいい言うたのに。新谷さん、気い遣ってくれたな。若い刑事は常に腹減らしてるもんやと思て。食いたいやつはどんどん食えよ」

だが誰も手をつけない。烏龍茶をコップに注（つ）ぐだけだ。

水無瀬はそんな若者たちの顔を見回すと、

「よし。船を出そう。新谷さん！　お願いします」

船尾に向かって叫んだ。元警察官の船頭が、立ち上がってエンジン機器を操作するのが見えた。船がふわりと動き出す。岸から離れてスピードに乗り始めたのを確認して、美結は口火を切った。

「Cの新たな動きは今のところありません。サイトもツイッターもダウンしたまま、沈黙しています。シンパの突発的な行動もほとんど確認されていません」

「水無瀬さん、凄（すご）いですね。Cのサイトをダウンさせるなんて」

佐々木忠輔がすぐに訊いてきた。事情は美結からかいつまんで伝えてあった。

「ただの物量作戦やけどな。工夫もなんにもない」

水無瀬は得意げになるでもなく、無害な福顔を向けてくる。

「凄いボットネットをお持ちのようで……」

「うん。切り札やったけど、使ってもた」

水無瀬は悪びれずに認めた。美結は思わず口元を引き締める。

ボットネットのマスターであるということはすなわち、コンピュータウイルスの使い手であることを意味する。世界中の不特定多数のコンピュータにオリジナルのウイルスを忍び込ませて自分の支配下に置き、いざとなれば兵隊のように使える。水無瀬はそう認めたのだ。むろんこんなことが公になったら、日本警察は犯罪者の真似をするのか、と糾弾されるのは必至だ。

「まあ時間稼ぎにはなるやろ。Cが逆襲してくる前に、態勢を整えとかんとな」

水無瀬に気の咎めは見えない。若い刑事たちに訊いてきた。

「どや、Cダッシュの方は？」

「すみません。ゴーシュ・チャンドラセカールの取り調べは捗ってないです」

美結は頭を下げた。

捜査本部の解散後も、墨田署員の役割はほとんど変わらずに済んでいる。つまり美結はまだ特命担当を解かれていない。意外な成り行きだが、美結はまだ警視庁捜査一課の吉岡雄馬警部補と組んで捜査を継続しているし、ゴーシュ・チャンドラセカールの取り調べにっているのだが、ゴーシュは手強かった。
何度も立ち会っているのだった。むろん新しい編制がいつ発表されるか分からないから焦っているのだが、ゴーシュは手強かった。

「肝心なことほど喋ってくれません。自分がCダッシュだということ以外は、ほとんど。彼の構築した東学大のネットワークを解析しても、最低限の通信ログが出てくるだけで、肝心の情報は全部ブロックされます。だからCの正体も、Cがこれからどうするつもりなのかも、手掛かりが摑めていません」

「もともと情報を与えられてないかも知らんしな」

水無瀬はしたり顔で言った。

「Cは、部下にも全幅の信頼を寄せたりしない。自分しか信じてない」

「でもゴーシュは、今はまだ話せない、って思わせぶりもするんです」

美結は言い添えた。

「Cにクビにされたのに、まだCへの忠誠を守っとんのか。そのゴーシュ君は」

その通りだった。現状では彼の罪を問うと言っても、爆発物使用補助罪や共謀罪に留まることになる。ジャイロを凶器と見なせば凶器準備集合罪も問えるはずだが、今は現物がない。公安が回収したままになっている。公安部には正式に提供を要請しているのだが、梨の礫だ。

犯罪者の訴追は本当に難しい。しっかり起訴に持ち込むためには、電波法違反（ジャイロの操縦)、個人情報保護法違反(ハッキング)など、あらゆる罰則の適用を考えなくてはならないかも知れない。ゴーシュの場合は間接的な関与が認められても直接の指示をしたという証拠はなく、自白に頼らざるをえない。Cという主犯が捕まっていないので、下手をすると訴追自体が難しくなる恐れもある。

そのためにも主犯のCの情報を引き出したいのだが、その点が一番口が堅い。

「周唯の死を聞いたゴーシュ君の反応は?」

水無瀬が訊いてくる。

「……悲痛でした」

言葉に注意しながら答えた。ゴーシュと同じように、悲嘆に暮れたであろう男もここにいるのだ。美結はゆっくりと忠輔に顔を向けた。

思った通りの、つらそうな顔があった。だが見ないふりをするわけにはいかない。教え子を失った教師に言った。

「他の留学生も、さぞ……」

忠輔は微かに頷いた。言葉はない。代わりに美結が水無瀬に説明した。

「彼女は脅され、操られていた。おそらくは中国の工作員に」

「結局、彼女の正体は……?」

水無瀬が問う。

「黄秀慶（ファン・シューチン）の娘、黄娜（ファン・ナ）で間違いありません。中国政府は認めないでしょうが」

美結は無念を噛（か）みしめながら答えた。父親を人質に取られて、言うなりになるしかなかった悲運の娘。角田（かくた）教授抹殺に利用された形だ。美結は、あえて口にした。

「中国の工作員は、彼女を……できるだけ苦しめたかった」

それは既に忠輔が予測していたことだ。そして現実になってしまった。

「最も悲惨な死に方をさせられたっちゅうわけか……しかし、あの死に方」

水無瀬は小西を見た。

「どうやってやった？　現場にいたんやろ、お前は」

視線が集まるが、小西はうつむいて座卓の上の刺身の盛り合わせを睨（にら）むだけだった。まだ自分の経験を消化できていないのが分かる。大食いの小西にして、目の前の料理を食べ物と見なしていない。

「人体発火……何らかの特殊技術や。身体になんか仕込まれてたのかもな」

水無瀬は言いながら、アワビの切り身をコリコリと噛んだ。この男は、捜査本部にいたわけでもない。今まで関わりが浅かったことを逆に強みにしていた。若者たちの心の痛みを察しつつ、あえて事務的に話そうとしている。

「そんなこと可能なんですか？」

美結はできるだけしっかり応じたかった。身を乗り出す。

「不可能ではないと思う」

佐々木忠輔が言った。この人も、どうにか切り替えて前に進もうとしている。

「なんらかの最新技術を使った……彼女は、実験台にさせられたのかも知れない。小西さん」

忠輔は大柄な男に目を向けた。

「あなたが見たことを詳しく教えてもらえると、手掛かりが摑めるかも知れない」

小西は思いがけない、という表情で忠輔を見つめた。それから目を閉じて記憶を辿る。

「俺が見たのは……血だ。耳たぶの」

美結は頷いた。そのことは既に聞いていた。

「俺が彼女に銃を突きつけられたとき——まあ、それはただのおもちゃだったんだが——気がついた。血が垂れていた。ピアスの穴を開けたばかりのようだった。左の耳だけに。まるっきり意味が分からなかった」

「先生。彼女は、ふだんピアスは?」

美結が訊くとすぐ答えが返ってきた。

「つけていなかった。極めて質素な子だったからね。年頃の女の子らしいおしゃれはほとんどしない。化粧さえめったにしなかった。ピアスなんて……」

「つまり、その日につけた? いや、つけられた?」

まるで——死のしるし。だが、それがいったいどう機能したというのか。

「そんな兵器があるのか？　ピアスぐらいの小さなもので、人を燃やすなんて……どんな仕組みなんだ」

小西が吐き捨てる。そんな悪魔の発明など許したくない、という感じで。

「可能性としては、超高温を発生させる化合物……放射性物質。あるいは、超マイクロメカニズム」

水無瀬がこともなげに言った。

「中国政府は、どこの国にも負けん兵器を開発しようと躍起になってるからな。どんなろくでもないものを作り出してもおかしくないぞ……おい小西」

水無瀬は、初対面にもかかわらず態度がはっきりしていた。小西は舎弟扱いだ。

「周りに何かなかったか？　あるいは、気づいたことはなかったか。変な現象が起きたとか」

はあ、と小西は少し考えて、首を振る。

「隅田公園の周囲には、何も見えませんでした……兵器のようなものは」

「そうか」

「ただ……」

「ただ？」

「……鳥が」

「鳥？」

「はい。カモメが……興奮して近寄ってきました。川の畔（ほとり）にいきなり火が出て、興味を持っただけかも知れませんが、でもあの興奮ぶりは……いま思えば、ちょっと」

「ふむ」

水無瀬の目が輝く。

「火、だけじゃなかったのかもな。カモメが興味を持ったのは」

忠輔がまじまじと水無瀬を、そして小西を見た。何かに思い当たったかのように。

すると小西が突然あっと言った。美結は驚いて訊く。

「なんですか？」

「光が見えた。と、安珠さんは言ってた」

「光？」

忠輔がじっと見つめながら訊いた。小西はたじろいだように頷く。

「はい、先生。妹さんは、燃える周唯（ツォウ・ウェイ）も見ていたが、まるで別の方も見ていた。何かが見えたのかも知れない。俺は気づかなかったが」

そこで今度は美結があっ、と言った。持参したバッグからノートパソコンを取り出してあわてて画面を開く。クリックしてファイルを開けた。

「安珠が見た光って、これのことかも」

美結は、ノートパソコンを反転させて全員に画面が見えるようにした。

「今日は来られないからって、これを送ってきてくれたんです。ついさっき」

「なんやこれ！　写真か」

水無瀬が声を上げた。

「安珠さん、隅田公園を撮影してたのか？」

小西も口を開けて驚く。美結はちょっと得意げに言った。

「いいえ。これは、絵です」

「なにっ」

みんな改めて目を凝らす。写真と見まがうのも無理はなかった。それほど見事な細密画だ。ただ、よく見ると一部分の色が一様だったり、粒子が粗いところがあり、ペインティングソフトで描いたものだと分かる。美結も最初にファイルを開けた瞬間には溜め息が出た。安珠の画力は高校時代から知っていたが、その能力が更に磨かれているのは間違いなかった。

「あの子は記憶力もいいんです。あの日、自分が見た光景を正確に描いてくれていると思います。印象に残ったポイントを少し強調してるみたいですけど。ここのベンチに、サラリーマンみたいな人が一人、いたんですね？」

「ああ。そっくりだ」

小西が唖然としていた。

「それから、これが公安の……」

奥に居並ぶ男たちは少し小さく描かれていた。体つきが妙に弱々しいが、これは皮肉を込めているのか。ただし、顔が一つ一つ丁寧に描かれているのは驚異だった。安珠はたかだか数分の対面で、複数の顔をしっかり覚えてしまったらしい。そして正確に再現していた。まるでこっそり撮影して、あとで写真を見ながら描いたかのようだ。だがそんなズルなどしていないと美結は確信していた。安珠の観察力の鋭さは高校時代から印象的だった。兄の忠輔を見てもそれは分かる。少しも驚いていないのだ。

そして——誰の視線も最後には、絵の中央に行き着いた。黄色い火がぼんやり描かれている。微かに、人の形と分かる程度。

安珠は自粛したのだろう。燃えている人間など、はっきり描きたいはずがなかった。その火に重なる、もう一つの光がある。ほんの微かな線として、それは表現されていた。背景の色とわずかに違う程度のものだ。これが安珠の見た光か。

「俺には、やっぱり……こんな光は見えなかった」

小西は自分に確かめるように言った。

「でもこの絵を見ると、安珠にも微かにしか見えなかったのかも知れません」

美結は指摘した。

「夕闇の中で、ようやく見えるぐらいの微妙な……」

「安珠はたぶん、目に見えた通りのものを描いています」

忠輔が言った。全員が肉親の発言に注目する。

忠輔は少し頭を振り、躊躇（ためら）いを押し切るように言った。

「実は、安珠の目には、ちょっとした秘密があります」

「秘密？」

美結は思わず身を乗り出す。

「本人は、あまり人に知られたがってはいませんが……状況が状況なので、言います」

忠輔は美結を見返しながら言った。

「一柳さんは、ある程度知ってるみたいですが。とにかくあいつは目がいいんです。単純に視力がいいのもありますけど、そういう意味じゃなくて」

「というと？」

「安珠には、普通の人間には見えない色が見えます」

「えっ、どういうことですか」

美結は声を上擦らせながら訊いた。

「色覚異常っちゅうことか？」

水無瀬が首を傾げる。小西は睨むように忠輔の顔に視線を注いでいる。興奮していた。

「いえ。感知できる光の波長領域が、一般平均より広いんです」

説明を重ねられてもまだ分からない。忠輔は全員を見回し、丁寧に説明した。

「簡単に言うと、安珠は鳥並みの目をしている」

「鳥並み？」

「はい。鳥類の目は、人間よりたくさんの色を見分けることが知られています。人間の目は光の三原色、赤・緑・青をもとに色を知覚している。網膜に三種類の〝錐体（すいたい）細胞〟という視細胞を持っているからです。ところが鳥類は網膜に四種類の錐体細胞を持っているので、感受できる領域が更に広い。たとえば、三〇〇から四〇〇ｎｍ（ナノメートル）の域が長波長紫外線に当たります。人間はその帯域を感知できないが、鳥には見える」

「ほほう」

水無瀬がエキサイトしている。膝立ちになって少し忠輔ににじり寄った。

「実は、分かったのは最近です。人間が持たないはずの錐体細胞が安珠の目に備わっているということは、数年前の精密検査で初めて判明したんです」

「つまり……安珠ちゃんの目には、普通の人より色彩豊かな世界が見えてるってことですね」

美結は、膝を打つ思いだった。もともと安珠の目は特別だったのだ。忠輔は複雑な表情で頷いた。

「あいつの目から見える世界と、他の人たちから見える世界を比べるのが難しいから、もっと詳しい実験を重ねないと断言できないんですが。安珠が拒否して、実現しませんでした。強制するわけにもいかないですからね」

「なんだか分かる気がします」

美結は言わずにいられない。

「あの子、高校時代から美的センスがずば抜けてました。他の人よりも、世界が豊かに見えてるとしたら……頷けます」

「まあ、あいつの目が異常なのはそれだけじゃなくて」

「え、そうなんですか？」

美結は訊いたが、忠輔はそこで口を噤んだ。妹の口止めを思い出したらしい。

水無瀬が顎に手を当てて忠輔を見つめる。

「ちゅうことは、先生の結論は？」

「カモメは火に反応したんじゃない。それ以外の、何か異常なものを見つけて寄ってきたんじゃないか。それが——人間には見えない波長の光だったとしたら」

「それで分かったな」

水無瀬はポンと手を打った。

「……レーザー光だ」

「何ですって？」

若い刑事たちが目を白黒させるが、水無瀬は一人で納得していた。

「それで帳尻が合う。耳につけられたピアスは」

「……照射用のマーカー？」

忠輔が反応する。水無瀬は深く頷いた。

「ということやな」

「ま……まさか……」

美結はまるで現実感を持てない。

「ちょっと待ってくれ。レーザーって、目に見えないのか？」

小西も完全に混乱している。水無瀬は口の端を上げた。

「そうや。ドラマや映画で描かれるレーザーは、演出やからな。分かりやすいように軌跡を見せるが、実際のレーザーはそんなもんやない」

忠輔が頷いて補足する。

「コンサート会場やなんかでレーザーの軌跡が見えるのは、スモークをたいたりして、空気中の微粒子を散乱させる状態にしているからです。つまりあれは、ただの反射光。レーザーそのものは、反射する物体がない限り肉眼では見えません」

「ただし、通常より感度の高い目、可視光以外の波長を見分ける目なら、微かにでもレーザーの軌跡を感知できるわけや」

「そうか……」

美結は息を吐きながら言った。

「安珠には、見えたんですね」

「おそらく。それに、レーザーを照射された物体は光を発する。熱エネルギーが集中するから」

「……ピアスが光っていた」

小西が呟く。

「やはり間違いないな」

水無瀬は何度も頷くが、美結は訊いてしまう。

「でも、そんなものが本当に……？」

どうにも突飛な印象は否めない。美結と同じように、狐につままれたような顔をしている小西に向かって訊いた。

「現場にそれらしいもの、ありました？　レーザー発射装置みたいなものが」

小西は思い切り首を傾げる。

「いや……見かけなかった。少なくとも、近くにはなかった」

「じゃあ、遠くから？　そういうレーザーって、どれくらい遠くから照射できるものなんですか？」

「最近は、かなりの遠方からも正確に照射できるはずだ。ことによっては数十キロの距離でも」

「そんなに？」

「最新の技術ならな。ただ、予算と最新設備が要（い）る。つまり」

「……国家」

「やはり、国からの制裁。刑の執行か」

「でも、証拠を押さえないと……実証できません」

美結は力なく言った。何よりも具体的な証拠が欲しいのだ。あまりに常識外れの仮説は苛立（いらだ）たしいだけだった。たとえそれが真相だったとしても、実証できなくては何の価値もない。

「まあ美結、焦るな。検死の結果はどうやった？」

「それは……公安が遺体を持って行ってしまって」

苦々しい返事しかできない。水無瀬は片方の眉を吊（つ）り上げた。

「ふむ。裏から手を回すか……まあ、任しといてくれ。検死の結果は手に入れてみせる。ところで、黄娜（ファン・ナ）はなんであそこにいたのかっちゅう問題がある」

みんな頷いた。美結も不思議で仕方なかったのだ。

「一度は工作員に逆らった彼女が、どうしてまたあの辺りに戻ってきたのか。あんな目立つ場所に出てきたのか。制裁リストに載せられたことは、知っていたやろに」

「また脅されたんでしょう」

忠輔が言った。そのことについては、既に熟慮していたようだ。

「お父さんを殺す。その脅しで言うことを聞かないのなら、今度は留学生たちを殺す。そう脅した」

「佐々木先生。あなたのことを殺す、と言ったのかも」

美結は言った。確信を込めて。

忠輔はただ黙り込んだ。返しようもないだろう。

美結はふいに、自分の身震いに気づいた。卑劣すぎる……純粋な怒りの炎が燃え立っている。あの儚げな娘をここまで可哀想な目に遭わせた挙句、殺す。いったいどうすればそんなことができるんだ？

「公安は全く無能やな」

水無瀬が腹に据えかねたように言った。

「犠牲者の女の子を追っかけ回して、確保したと思て得意になったわけやろ。逮捕やない、保護せんといかんかったのに。頭数だけはいたんやから身を挺して守るとか、ちゃんと原因に気づいて耳からマーカーを取り除いてたら、助けられたかもしれんやんか。しかも血が滴ってたっちゅうことは、それを耳に打ち込んだ王超（ワン・チャオ）がまだ近くにいたってこっちゃ！　みすみすホンボシを取り逃がしおって」

水無瀬の声量は大きくなるばかりだった。

「彼女を利用してたモノホンのワルに気づけへんかった。アホか全く。マークさえしてへんかったんか？　それとも、外交特権のある大物は逮捕でけへん言うて、手下を捕らえるしかなかったんか……それが関の山か」

ぼやきとも嘆きとも取れる水無瀬の声を背景に、船はゆったりと進んでいく。吾妻橋（あづまばし）、駒形橋（こまがたばし）、そして厩橋（うまやばし）をくぐりぬけ、蔵前橋（くらまえばし）に差し掛かったところだった。

そこで美結の電話が鳴った。メールの着信を知らせる音だ。来た、と思った。ほぼ予定通り。

――越中島につけてくれ

美結はメールの文言を、そのまま水無瀬に伝える。水無瀬は頷き、

「新谷さん！　越中島（えっちゅうじま）の船着き場で一人乗ります。いや、もっとかな」

船がスピードを上げる。たちまち両国橋（りょうごくばし）をくぐり抜けた。

2

エレベータが開くと、そこはもう空の上だった。

「うわ……」

村松利和は思わず声を出した。足が自然と窓に寄っていく。

いや、窓というより壁だ。壁全体が透明なガラス窓なのだ。視線を下に落とした途端に足がすくんだ。急所を握られたような気分になる。想像はしていたが、やはり圧倒される……目に入る戸数が多すぎて眩暈を抑えられない。

「まだ陽があってよかったですね」

優しい声が聞こえて村松は振り返った。

佐々木安珠がそこにいる。興奮した村松の様子を微笑ましそうに眺めていた。

「夜景になる前だから。どんどん陽が暮れて、夜景に変わっていくところとか、いちばん綺麗だと思いますよ」

「そうですね……」

まばたきを繰り返して、安珠の顔から目を逸らす。今日はキャスケット帽を目深に被っているので直視するのは難しくないが、この程度ではこの女性の魅力を隠せないと村松は思った。美しい女性と絶景に挟まれると、贅沢すぎて自分が仕事中なのを忘れそうになる。一瞬たりとも気を抜くことを許されない護衛という任務の最中なのに。

村松は眉間に力を入れて気を引き締めた。でもおれは今度こそ立派に任務を全うする。また先輩にどやされたくないからじゃない。この歳でゲンコツを喰らうなどみっともないことこの上ないが、村松は小西に感謝していた。あれで自分は目が醒めた。

おれはこの人を守りたい――嚙みしめるように思った。自分のような頼りない護衛にこの人は不満を見せさえしない。それどころかいつも感謝を口にしてくれる。この人を守れなくて何が刑事だ？

それにしても、安珠が時折り見せる眼差しの強さに、村松は驚かされること度々だった。一つ一つを目に焼き付けようとするかのように、じっと視線を固定してものを見る。今もそうだった。東京の全景を見つめるその顔は景色を楽しむ、という表情からは程遠い。

あの時もそうだった。燃え上がる若い女性を自分は正視できなかった……あまりのショックにほとんど気を失いそうだった。だがこの女性は最後まで目を離さなかった。まるで苦行のように目に焼き付けていた。何という人だ……あの瞬間の畏怖は忘れられない。村松には、安珠が人ならぬものに見えた。まるで超越的な女神のようでもあり、感情を持たない魔神のようにも思えたのだった。

「じゃ、ミーティングに行ってきまーす。好きなだけ景色を楽しんでてください」

　だが今は、華やかな笑顔で手を振る魅力的な女性だ。村松に背を向けて去っていく。その先にはライヴ会場となるレストランの入り口が見える。村松は立ち尽くし、安珠が中に消えるのを見届けた。

　佐々木安珠は今日、シンガーとしてここに来た。インディーズでＣＤも出している、一部から注目されている歌い手なのだ。今夜ここに注目の若手ヴォーカリストが集められて、天空での夕食を楽しむ来場客に彩りを添えるささやかなイベントが行われる。安珠はそこに抜擢（ばってき）されたのだった。厨房（ちゅうぼう）脇の事務所で他の出演者と一緒にミーティングをする時間が来た。軽いリハもやるらしい。その後、午後六時三十分からライヴ。安珠の出番が何番目かはまだ分からないと言う。

　既にこの展望台に来たことがあるという安珠と自分では、やはり景色に対する感激の度合いが違った。そして彼女がミーティングをしている間、邪魔はできない。自分にはやることがない。村松は背負ってきたリュックの中にあるノートパソコンを取り出して起動し、ＵＳＢケーブルでウェブカメラを繋（つな）いだ。レンズを窓の外に向けて撮影を始める。

　どこを撮（と）っても絶景だ。いったいいつカメラを止めたらいいんだ？　村松の頬は緩む。嬉しい悲鳴だ。この時間帯は夕暮れ、そして夜景と、何種類もの絶景を収められるからいい。後で自分のＳＮＳにもアップしよう。警察官なのでむろん匿名だが、村松はＳＮＳを重宝していた。そこを介してつながる不特定多数の人間たちとの絆が心地よい。実際に会ったことのない人間の方が多く、厳密には友人とも呼べない関係だが、自分にはそういう相手が必要なのだ。警察の中の人間関係は濃すぎて、時々息が詰まってしまう。

だが村松は警察官であることに誇りを感じているつもりだった。職務は決して忘れない。ミーティングが終わって戻ってきたらたちまち安珠に張り付き、警戒を怠るつもりはない。

小西のおかげだ、と思った。

隅田公園では自分の力不足を痛感した。任務に命を懸ける覚悟は、あるつもりだった。だがそれは頭の中だけのことで、いざというとき身体は言うことを聞かなかった。もっと訓練に身を入れるべきだった……警察学校時代にしっかり柔道か剣道の段を取るべきだったし、射撃訓練だってあと千発撃っておけば、いざというときあわてることはなかったはずだ。

あの先輩刑事は違った。見事にジャイロを叩き落とし、銃を突きつけられても怯まず、窮地の中にも活路を見出そうとしていた。あれこそ刑事だ。気の合わない単細胞の先輩だと思っていたが、あの姿を見せつけられた今は尊敬の念しかない。悔しいのは、小西がいまだに自分のことを弱虫のオタク小僧としか見なしていないことだ。村松は密(ひそ)かな闘志を燃やしていた。証明してやる——自分も刑事の端くれだと。

でも、今だけはこの風景を楽しもう。村松はガラス窓に向けたウェブカメラをズームした。この展望台は地上三七〇メートルの高さにある。東京タワーのてっぺんより上だ。更にこの上にも展望台があり、そちらは更に一〇〇メートル高いところにある。そんな高度、普通に考えれば飛行機にでも乗らないと到達できない。実際に同じ目線をヘリコプターが一機通過していって、村松は呆れて笑ってしまった。

　ここから七〇キロ先まで見えると言うから、首都圏の大部分は見渡せることになる。霞(かす)んだ地平線の辺りにある、あそこは何区だ？　いや何市だ。考えている間に、景色はみるみる夕闇に覆い隠されてゆく。滲(にじ)む光がぽつぽつ現れて、次第に宝石箱に変わっていく。

　村松は思い立って、見物客の方にもレンズを向けた。誰もが笑顔や興奮した表情で絶景を眺めている。その幸せそうな様子もまた良い映像だ。村松はパソコンの画面で様々な顔を確かめて満足した。開業して一年ほど経つが人気が衰える気配はない。今日も何千人という客が訪れていた。

　通りがかった警備服姿の男が村松をちらりと見て、すれ違って離れていく。咎める素振りはない。それもそうだ、見物客のほとんどがカメラやビデオを手にして風景を撮影しまくっているのだ。村松は逆に、警備員の顔に緊迫感がないのが気になった。しかもこのフロアに来て初めて見かけた警備員だ。地上の入り口辺りには警備員がわらわらいたのに、展望台には妙に少ない。お客に威圧感を与えたくないという配慮か。分からないではないが、客の多さに対しては少なすぎるのではないか……もしこんな苦言を呈したら、いっちょまえのことを言うなと先輩たちに茶化されそうだが。

「うん？」

村松は思わずパソコンの画面をよく見る。撮影をしているフレームの中に映った何かが心に引っかかった。慌ててレンズの向いている方に目を向ける。

もうよく分からない。見覚えのある人間が映ったような気がしたが……気のせいか。その時、ピアノの演奏が漏れ聴こえてきた。続いて、歌声が。リハが始まったのだ。

その歌声の伸びやかさと透明さに、村松は硬直したように足を止めた。レストランから離れて行こうとしていた足を戻す。気がつくとウェブカメラもレストランに向けていた。とりわけマイクを向けたい。

安珠の声だと直感した。なんと美しい……いつの間にかレストランの入り口まで来た足をあわてて止める。待て、すぐライヴ本番だ。ライヴ中は最後列で観させてもらうことになっている。立派な護衛の仕事のはずだが、仕事とは思えない最高の贅沢になりそうだった。

村松は再びカメラを景色に向けた。だがマイクは安珠の歌声を拾っている。これだけで最高のＰＶ製作だ、と思った。

3

屋形船は永代橋をくぐり抜け、二またに分かれた隅田川を左側に進む。船着き場が見えてきた。人影が見える。それは——二つ。

影に入っているので顔は分からない。緊張が高まる。

新谷の操船は丁寧だった。滑らかに岸に着けると、乗り込んでくる人間の手助けをする。

初めに入り口をくぐってきた人間が、中にいる面々を見て固まった。

「……これは、どういうことだ」

怒りを込めた声で、背後にいるもう一人に問いかけた。

現れた男——公安部外事第三課課長の吉岡龍太警視は、頬を派手に引きつらせている。

「すみません」

後ろから殊勝な声が聞こえた。

「どうか中に入って、座ってください」

だが吉岡龍太は動かない。入り口を塞ぐように立ち尽くしている。

「どういうことだと訊いてるんだ。インド人の取り調べの詳細をくれるというから来たんだぞ」

「差し上げます。しかし、ぼくらの話も聞いてください」

「吉岡課長。よくぞ来てくれた」

水無瀬は盛大に手を叩かんばかりだった。

「でかしたな雄馬君。もう逃がさん。こいつをここで締め上げる」

突っ立っている男の後ろにいる人間に向かって言う。吉岡雄馬警部補――龍太の実の弟。吉岡龍太は階級が上の水無瀬に向かってしっかり頭を下げたが、ただの儀礼だった。続いて、殺気を放ちながら立ち上がった小西哲多の視線を受け止める。隅田公園で対峙して以来、自分が目の敵にされていることは先刻承知だった。龍太は微かに笑い、美結には目もくれず、ちらりと佐々木忠輔に目を留めてから、また水無瀬に向き直った。

「水無瀬さん。締め上げる、とおっしゃいましたが、私を見くびっているのではないですか。私は何も喋りません」

「相変わらずやな。そのまさに公安っちゅう態度が事態をこじらしとる」

龍太は口を結んだ。水無瀬を見返したまま黙る。

「猜疑と秘密主義が習い性になっとるだけや。おかげで組織の血が滞っとる。それはお前も認めるやろ？」

美結は横で思わず何度も頷いた。

「何をおっしゃられても結構です」

硬い声が返ってくる。手強い、と思った。

船がまたゆったりと動き始める。

「動いてる船で突っ立ってるのは危ない。とにかく座れ。雄馬君も入れんで迷惑や」

龍太は不承不承、座ることに同意した。ようやく雄馬も入ってきて、兄の背を押して座椅子に座らせる。自分はその隣に、入り口への経路を塞ぐかのように座った。

「おい、もっとリラックスせい。膝を崩せ」

水無瀬は思い切り顔を緩めた。

「風雅な船旅や。川の上じゃ誰も聞いとらん。たまにはお前も言いたいことを言え。相当たまっとるやろ」

だが龍太は乗ってこない。目さえ合わせようとしなかった。

「お前がそんなちっちゃいヤツやったとはなぁ。まったくガッカリや」

水無瀬はせせら笑う。

「それでも名門の血が流れとんのか、ほんまに？　吉岡家の人は、自分の部だけやない。警察全体のことを考えられる器を持った人ばっかりやったのに。お前はいつ公安に魂を抜かれた？」

龍太の表情がわずかに変わった。水無瀬はその瞬間を逃さない。

「一生公安にいるつもりか？　パラノイア体質に染まるほどバカじゃあるまい。これ以上余計な敵を作るな。それが将来お前の寝首をかくことになる。もっと大局を見ろ」

「吉岡課長。お願いします」

　美結は思わず頭を下げていた。

「情報を共有しましょう。力を合わせないと大変なことになります」

　すると龍太は珍しい生き物でも見るように美結を見た。それから、ちらりと弟を見る。

だが表情はいささかも変わらない。その牙城（がじょう）は堅いと見た水無瀬の目が、据わった。

「おい公安課長。刑事部に、周唯（ツォウ・ウェイ）の捜査から手を引かせたあげく、みすみす死なせた罪は重いぞ」

　龍太は大きく表情を変えた。口の端を震わせながら水無瀬を睨み返す。

「それは余りにアンフェアな糾弾です」

「何がやねん。言い訳があるなら言うてみい」

「まず、中国のエージェントについては調査の遅れがあったことは認めます。しかし」

　感情に負けて誘導に乗ってしまったことに気づき、龍太は言いよどんだ。

　すると水無瀬は、驚くほど柔和な笑みを浮かべて見せたのだった。

「安心しろ……ここで話したことは、表に出さん。情報提供者も特定はせん。お前を裏切り者にはしない」

　水無瀬のセリフにどれだけの効果があったのかは分からない。だが龍太は一度窓の外に目を向け、流れ去る街の光を眺めた後、心を決めたようだった。硬い声のまま喋り出す。

「角田教授のスパイ疑惑が浮上したこと自体が最近なんです。そこから周唯、更にその先まで辿るには時間が足りなかった」

「だからこっちにストップをかけるしかなかったんですね」

雄馬が言う。

「こっちが先に確保すると困るから」

弟らしい気遣い。それとも、雄馬なりの非難か。美結は表情を確かめて、今まで見たことのない雄馬の顔を見た気がした。同期としての顔、主任刑事としての顔は知っている。だが、雄馬が肉親に見せる顔……それは繊細で、どこか痛々しかった。騙し討ちのようにして連れてきたことへの気の咎めもあるのだろう。

「トロいやつらやなー。何のために日々情報を集めとるんや」

水無瀬が軽い口調で腐すが、龍太はあくまで事務的に返した。

「Cの日本侵攻で手が回らなかったんです。あなたもご存知でしょう」

この男は依然として心を開いてはいない。発言はあくまで慎重だった。

「ふん。なんでこっちを頼らんのや」

「……奥島さんは、サイバーフォースの手を借りるなと」

「やっぱりあいつか！　しばき倒したろかホンマ」

水無瀬は吐き捨てた。

「陰険すぎるんじゃ。いつまでも俺を逆恨みしよって……」

「いや。奥島さんは、あなたを恐れているんです」

龍太のその声が、美結の耳にはひどく素直に響いた。

「いささか、被害妄想なくらいにね。借りは絶対に作りたくない」

「アホやなあ」

「ここで内緒で会ったと知ったら、私も処分されます」

「ふん」

水無瀬はじろりと龍太を見る。

「今日は完全オフレコの、肩書きを捨てた私人の集まりや。言いたいことを言い合ったらええ。別に酔っぱらったってええんや。呑め呑め」

ビールのコップを差し出す。むろん龍太は手を出さない。水無瀬の目を見て言った。

「小笠原(おがさわら)管理官たちもそうです。水無瀬さんが怖いんです」

「俺は、公安以上の嫌われ者か！」

本当に傷ついた顔に見えて、美結は思わず口元を緩めてしまう。

美結の様子に気づいた水無瀬は舌を出して見せた。

「まあしゃあないが。全員の弱みを握っとるからな」

背筋がぞくりとした。水無瀬はあっさりと、自分が密かなる権力者だと認めた。今更ながらに美結は痛感する。この底知れない男のことについて自分は何も知らないと。まず、この男の経歴さえ詳しく知らない。警察官僚には珍しく独身、のはずだ。プライベートのことは全く口にしないので、実はバツ三で子供が十人いると言われても、それはそれで水無瀬らしい気もするのだが。その言葉遣いから出身は大阪かその近辺と想像はつくものの、正確なことは分からない。上司に経歴を根掘り葉掘り訊くのは失礼に当たると思い、どんな気楽な場面でもあえて訊かないできた。そうすれば、自分のことも話さないで済む。

美結は佐々木忠輔の視線に気づいた。興味津々という目で水無瀬を見つめている。この奇天烈な警察官僚が忠輔の興味を惹くのは当然だと思った。明らかに異能者同士。いわば、近い種族。そんなふうにお互いを感じているのではないか。

雄馬も二人を、そんな目で見ている。ちょっと羨ましそうな表情に見えてしまうのは気のせいか。

「いや、俺のことなんかどうでもええ」

水無瀬はいきなり表情を引き締めた。

「事態は最悪の方に転がり落ちてる……映像が出回っとる」

全員が身体を強ばらせた。避けたい、だが避けて通れない話題に、水無瀬がついに切り込んだのだ。

吉岡龍太も重々しく頷く。

「アップされるたびに削除要請をかけてはいますが、追っつきません」

覚悟を決めた顔に見えた。これほどの切迫した事態に、力を合わせるしかないと思い切ったのか。そうであってほしい。

「膨大な人間の手が動いている。誰もが常に、どこかのサイトで目にすることができる状態です」

龍太は言い、視線を動かした。美結に目を向けてくる。

美結は目を逸らしてしまった。

「……ご覧になりましたか？」

龍太は水無瀬に言った。

「ああ。見た」

水無瀬は軽く返したが、さすがに声音は硬い。

「新手(あらて)のスナッフムービー。よくできたCG映像とも言われてるみたいやが、ちゃうな」

水無瀬は言い切り、公安課長を睨みつけた。

「分かっとんのやろ。なんで公安が撮影した抹殺シーンがネットに上がるんや。お前らの誰かが流出させた。つまり、スパイがいるっちゅうこっちゃ」

「違います」

龍太は即座に否定した。

「我々が撮影したのとは、明らかにアングルが違う」

「本当か？」

水無瀬は疑わしそうに言った。美結は隣の小西を見る。この先輩は現場で一部始終を見たのだ。

小西は自分に集まる視線に気づいて、口を開いた。

「公安以外で、あの場で動画撮影をしていた人間……思い当たらない」

そう言って首を振る。

「カメラを構えている人間は、少なくともいなかった」

「遠くから望遠で撮っていたんでしょうか？　それなら、小西さんが気づかなかったのも分かります」

「検証しよう。これから、その動画を再生する」

水無瀬が言い、場の空気が凍った。誰も何も言わない。

「つらいが、見なくてはいかん」

水無瀬は制服のポケットからＵＳＢメモリを取り出した。既にネットからダウンロードして保存していたのだ。それを、美結に差し出してくる。

本当は触れたくもなかった。だが決然たる水無瀬の手に負ける。美結はＵＳＢメモリを受け取り、ノートパソコンに差し込んだ。

読み込んでいる間、思わず船から下りたくなる。墨田署でもアクセスして動画の内容を確かめた者はいた。井上係長は、己を律して全てを見たらしい。感想は聞いていない。美結の方は、冒頭の十秒ほどで再生を停止してしまった。

小西を見て悟る。この人もまだ、全てを見てはいない。出回っている動画が、自分がいた隅田公園のあの場面だと確かめるので精一杯だったようだ。

雄馬はしっかり見たと言っていた。だから今は比較的落ち着いている。では、佐々木先生は……美結はさりげなく目を向けた。表情を消してパソコンの画面を見つめていた。おそらく初見だ。それはそうだろう、教え子の残酷な死の場面など見たいはずがない。

だが忠輔は覚悟していた。最後までつぶさに見ると。

それを見て美結も決意した。目を逸らさない。真相を突き止めるために、刑事はどんなものも直視しなくてはならないのだ。

「现在（シャンツァイ）、我焼死在火刑柱上（ワァシャオツァイホーシンツゥシャン）！」

女の叫びで始まったその動画は編集が入っていて、ところどころ表情がつながらなかった。だが、必死の顔だった女が表情を失い、人間とは思えない顔色になり、人間とは思えない音を出す様子が克明に捉えられている。やがて靄が漂い、火が点き、燃え盛るまで――信じがたいほど長い数分間が過ぎて行った。

大地に崩れ落ちた、人の形をした燃料にズームして、動画はふいに終わった。画面が戻った後、船の中に降りてきたのは恐ろしいほどの沈黙。

美結は、許せない……と言った安珠の思いを完全に理解した。

『どうやってやったかは分からないけど、あんな殺し方……人間じゃない』

安珠の言う通りだ。どんな想像をも超えて生々しく残酷だった。

人間は、こんな死に方をするべきではない。

だが美結は小西の顔を見て、思いを新たにした。自分が見たのがただの映像であることに感謝しなくてはならないと。小西や安珠はこれを、己の目で実際に見たのだ。

「やっぱり、我々公安のいた角度ではない」

そう言う吉岡龍太も現場にいた。動画に心を動かさないと思いきや、顔が青ざめている。この男も人間なのだ。

「これは……望遠で撮ったものじゃない。ごく近くで撮ってる」

そして、呆然（ぼうぜん）たる声。小西も覚悟を決め、目を背けなかったのだ。

「まさか……いや、それしかない」

小西は目を剝（む）いて龍太を見た。龍太が微かに頷く。

「小西さん？」

美結は不安になって訊いた。

「あの場にいて、隠し撮りできる人間といったら」

「だれや」

水無瀬が訊くと、小西は焦点の合わない目で見返した。

「ベンチに座っていたサラリーマン風の男です。たまたま居合わせただけだと思ってたが
……あいつが？」

「間違いないんですか？」

雄馬が訊くと、龍太が頷いた。既に同じ結論に達していたようだ。

「撮っている場所はちょうどあの男のいた辺りだ。目線の高さも」

「吉岡龍太。彼女の検死結果を教えろ」

水無瀬が凄んだ。

「彼女が耳につけられたのは何だった？」

「それは……」

龍太の額に脂汗が浮いている。

「なんや。決心して、情報共有してくれるんやなかったんか？」

水無瀬の苦言に、龍太は唸るような声を返す。

「……何もかもを明かせるわけではありません」

「いまさら何言うとんじゃ」

水無瀬の目が三角になる。

「半端なことを言うなボケナス」

「渡せない情報もあります……どうか、察していただきたい」

「いつまで古くさい秘密主義を守る気や」

水無瀬は胸ぐらを摑みそうな勢いだった。

「もうお前も一味の仲間入りや。覚悟を決めい」

「し、しかし……」

龍太は、船に乗ってしまったことを強烈に後悔していた。

「この死に様、強烈なレーザー兵器でしかありえん。ピンポイントで照射されたんや。お前らの結論もそうやろ?」

「…………」

「これだけ強力なレーザーということは、おそらくX線レーザー」

忠輔が冷静に言った。

「そうか。確か、相当扱いが難しい種類のレーザーやったよな?」

水無瀬が面白くもなさそうに言う。忠輔は頷いた。

「一〇フェムト秒の短パルス励起が必要なはずです。発振に必要な励起エネルギーは甚大……でも、制御機構の開発は時間の問題とも言われていた。どうやら軍事産業の分野で、いち早く実現したようですね」

「ああ。世の常や。どこの国も軍事費は青天井やからな……技術の進歩は、戦争の犠牲者の数だけ進むという皮肉だ」

忠輔は嚙みしめるような顔で頷いた。

「振動数が高いので、桁外れの高エネルギー密度を実現できます。どんな物体も瞬時に焼き尽くせる。距離が遠くても問題ありません。いわば……究極の兵器です」

「…………」

「マーカーさえあれば、レーザーは自動追尾でズレなく相手を抹殺する」

「しかし……あの時、周りにそんなものは」

小西が苦しげに言う。美結は改めて、安珠が送ってきた絵をパソコンの画面に映し出した。どこにもレーザー発射装置のようなものは描かれていない。ただ、微かな線が空を舞い、女を貫いているだけ。

「遅かれ早かれ、彼女が火あぶりになることは決まっとった。彼女は死刑囚だった」

水無瀬は冷徹に言った。

「女は何か言っていた。中国語で」

小西がふいに言い、水無瀬は頷く。

「動画には編集が入っとったな。あんまり聞き取れなかったが」

「落ちたジャイロに向かっても、呼びかけていた。Cに何か伝えたかったのか……」

「龍太。彼女はなんと言ったんや」

公安部外事課の人間は、捜査の対象となる国の言葉も習得している。黄娜（ファン・ナ）の中国語も正しく理解したはずだ。

「正直に言え！　ここにいるのは味方やぞ」

「彼女は——Cに警告を発していた」

龍太はついに言った。

「本当の敵は自分ではない、と……自分を火あぶりにする者が、本当の敵だと伝えたかったようだ」

「日本の警察はアホばっかり。Cの方がよっぽど頼れると踏んだんやな」

黄娜は危地に立ち、警察を頼るのではなくCに期待をかけた。自分を襲った相手だというのに。そう考えると切なかった。彼女は誰からも追われて孤立無援だった。仲間は、いた。自分の身を案じてくれる者も。だが頼れなかった。相手が大切であればあるほど。身に危険が及ぶからだ。

佐々木忠輔が顔を伏せてじっとしている。

「小西さん。他に何か、気づいたことは」

美結は訊いてみた。小西は悩みながら口を開く。

「動画ではカットされてたが……TRTを指差して何か言った。Cに、何か伝えていた」

「ライジングタワーに何が？」

雄馬は言い、兄を見た。だが龍太は再び口を噤む。

「公安のシステムを強引に覗いてもいいんやぞ」

業を煮やした水無瀬が恫喝した。

「処刑の一部始終を捉えたお前らバージョンの映像もあるんやろ。強奪するぞ」

「い、い、い、い、い」

「あなたの道具は死に体」

「え？」

「黄娜はそう言った」

龍太は無表情だった。だが正直に語っている、と美結は感じた。

「真意は分からない。ただ、タワーを指しながらそう言ったのは確かだ」

「どういう意味だ……」

「道具？　TRTが？」

美結は口を噤んだ。考えたくない可能性に行き当たる気がしたからだ。

「彼女は日本語も話せたのでは？」

雄馬が鋭い質問を発する。

「どうして最期の言葉は、ぜんぶ中国語だったんでしょう」

それには、佐々木忠輔が答えた。

「言語学のエキスパートというのは、あくまで周唯（ツォウ・ウェイ）の経歴であって黄娜のものではない。いま思えば、彼女が能力をフルに発揮する場面をぼくは見ていない。黄の娘である彼女は、急にスパイに仕立てられて、日本語の能力は充分でなかった可能性がある。書き言葉やヒアリングはまだできるとしても、喋るのは苦手だったのかも知れない。発話障害者を装っていたからぼろは出なかったが、隅田公園では切羽詰まっていた。正しい日本語を使う自信がなかったのかも知れない」

忠輔の推測はきっと正しい。美結は改めて黄娜に同情した。生まれた国の言葉で、誰かに伝えるしかなかったのだ。残りわずかの命を使って、最後の思いを。

彼女のメッセージを汲み取らなくてはならない。

「水無瀬さんがサイトをダウンさせる前に、周唯が犠牲者に過ぎない、という情報はCに伝わっているはずだ」

雄馬が急いで指摘した。

「イオナやウスマンがメッセージを送った。Cがどこまで信じたかは分からないし、いま、どこまで知っているかも分からないけど……」

「Cも改めて調査し直してるやろ。真に責めるべきは誰か。自分の間違いも悟ったやろ」

「責任を感じてほしいです」

美結は思わず言っていた。

「リストに載せられたせいで、彼女はみんなに追いかけられて……ゴーシュが違うって言ったのに、信じてくれなかった」

本当に不憫でならなかった。父親を人質に取られ、利用されるだけ利用され、悲惨な死を与えられた。挙句にその様子が世界中に晒されるとは。彼女の一生とはいったい何だったのか。

彼女に報いたい。結局一度も会うことはできなかったが、彼女への手向けとしてできる限りのことをしたい。殺した犯人を捕らえたい。それがどんな恐ろしい相手でも。

美結は、不動の思いを自分の中に見つけた。

「Cはいま、何を考えてる」

水無瀬は誰にともなく問うた。

「真の敵が、黄娜を操っていた中国軍部の諜報員だってことは、もう知ってるはずやな」

「我々のメッセージを信じていれば」

忠輔が言った。

「Cと手を組めへんやろか？」

水無瀬が大胆なことを言った。

「真実を知ったCは、中国政府の諜報部が共通の敵だと悟ったろう。なんとか共同戦線を張れたら」

全員が反応に迷っていた。龍太は口を閉じて余計なことは言わないようにしている。美結も何も言えなかった。水無瀬らしい奇想だが、現実味は感じない。

「それには障害があります」

佐々木忠輔が沈んだ声で言った。

「それはたぶん……ぼくです」

「先生。あんたへの脅迫が分からへんねや」

水無瀬が勢い込んで訊き、若い刑事たちも頷いた。

なぜCがこの一介の教師を敵視しているのか。そして……

「研究をやめろ。考えるな。それから、東京征服宣言。なんでそうなるんや。先生、どういうことや」

忠輔は深い憂いを帯びた眼差しでうつむいている。ふいに顔を上げ、

「一柳さん。ちょっとPCをお借りします」

と言って美結のノートパソコンに手を伸ばした。妹の描いた画像の上に重ねるようにメールソフトを開く。モバイルルータを持ち込んでいるので船上でもメールの受信に問題は

ない。忠輔はＩＤとパスワードを打ち込んで自分宛のメールをチェックし始めた。着信音が鳴り、すぐさまメールの内容を読み込む。そして顔を上げた。

「分かりました」

その口から、誰もが想像しなかったセリフが転げ落ちた。

「Ｃの正体が」

4――Ｃの誓約

その刻（とき）が近づいている。

Ｘデイ。Ｘタイム。

私は世界を監視し悪をあぶり出し制裁を下してきた。私に賛同するシンパを増やし、目に見える悪を駆逐する努力を続けてきた。同時に――時間をかけ、周到に準備をしてきた。世界の裏側に潜む悪の根源。真の闇の核を潰（つぶ）すための準備を。

全てが極東にあることはずっと前から明らかだった。

今夜、ついにその刻が来る。

人々よ、世界中の悪よ、そして〝皇〟よ。神の如き巨大な拳（こぶし）を見て仰天するがいい。これが私の怒りだ、震え上がるがいい。この世の頂点に立ってふんぞり返っていたお前が、いつしか見据えられていたことを知る。龍を初めとしたあらゆる呪われた火器を手にして世界を支配する気分になっていたお前が、いつの間にか追いつめられていることを知り絶望する。

私は数百万の目と槍を持っている。ブッディズムの偶像、千手観音以上の恐ろしい存在だ。私の身体が世界のどこにあろうが問題ではない。狭い部屋の中であろうと青空の下であろうと、私は自在に意図を実現する。人間が作り上げたネットワーク。その王になるというのは、そういうことなのだ。

逃れることはできない。いつ何時、雷が自分の脳天を直撃するか怯えながら日々を過ごすのだ。自分を超える神の如き存在があることを思い知れ！

私はおそらく——永久に神でいることはできない。だが神の力がこの手にある間は劫火を降らせ大暴れする。そのためにこそ、私は生まれた。

なんびとも私の怒りを鎮めることはできない。

神の如き指を上げる。タッチパネルの上でフリックする。

さあ——始まった。

5

スタンダードナンバー、スタイリスティックスの〝*You Make Me Feel Brand New*〟に続いて、安珠のオリジナルとおぼしき歌が始まった。

ユスキュダルの猫たち
きらめく海峡　ボスフォラス
丘にある永遠　チャムルジャ
還りたいあの場所

レストランの最後列の壁にひっそりと立ちながら、村松はウェブカメラの撮影を続けていた。さりげなくステージ方向にレンズを向けたまま足元にパソコンを置いている。監視の一環と言えば言えた。誰に咎められることもないだろうが、なんとなく後ろめたい。

私はぜんぶ覚えている
すべての顔を

すべての色を
すべての影を　光を

だが撮影をやめられるわけないだろう、と思った。それほどに安珠は素晴らしかった。このまま日本中に生配信したいぐらいだ。結局安珠がライヴのトリを務めることになったのは当然。今日の出演者の中で、誰がどう聴いてもピカイチだった。

おれにだって音楽の善し悪しぐらい分かる。小西は自分のことをアイドル好きのイタいヤツと思っている節(ふし)があるが、バンドものだって洋楽だって聴いているんだ。そして、安珠の歌は本物。……妙に寂しい気分が湧いてきた。この人がメジャーデビューして有名になってしまったら遠い存在になる。そんな日は近い気がした。本人にその気があるかどうかは、よく分からないが。

満場の拍手とともにライヴイベントが終了する。安珠は控えめな笑みと共に一礼するとステージ裏に引っ込んだ。村松はレストランを出ると一度深呼吸し、何事もなかったかのように再び夜景の撮影を始めた。十分ほどして、

「村松さん？」

声を掛けられて振り返る。再びキャスケット帽を目深に被っている。

「あ、安珠さん。お疲れさまでした」

「ライヴ終わりました」

「はい。もちろんしっかり聴かせてもらいましたよ。素晴らしかったです」

「ありがとうございます。ライヴっていうより、オーディションみたいな感じでしたけど。お客さんも、何が始まったのかって顔してたし。完全に告知不足。でもなあ、私もブログにのっけなかったし。事務所がツイッターで流してくれたぐらいで……このレストラン、高いから気が引けたんですよね、来てくださいっていうの」

「でも拍手の音は大きかったですよ。安珠さん目当てのお客さんも、間違いなくいたし。最後はみんな感動してました」

「拍手もらえたのが救いです。あれがなかったら本当、ただのリハみたいでした」

　そして村松のパソコンとウェブカメラに目を留める。

「いい画が撮れたでしょう？　いちばんいい時間帯でしたもんね」

「いやあ、思った以上です！　ずっと見てても飽きません」

　空の色が刻々と濃くなり、地上に無数の光が現れてくる過程は素晴らしかった。カメラに収めながら、村松は後で安珠に見せようと思った。だがいざ戻ってきたら馴れ馴れしく「見てください」とは言えない。それにライヴの間中も撮影を続けてしまった。だからただリュックに仕舞ってしまった。あっけらかんと「撮影しちゃいました」と言えばいいのかもしれないが、どうにも恥ずかしかった。自分の立場を思い出せ……おれは護衛。この人の命を預かってるんだ。

お目付役の先輩、福山寛子にもきつく言われていた。SPとしての心得――警護対象者は国賓と思え。お前が守り損ねたら、万死に値する罪だ。そして国賓とは本来、親しく口をきける間柄ではない。決して図に乗るな。

村松と安珠は、既に福山が眉をひそめるほど親しげに会話を交わすようになってしまっているが、それは安珠がこだわりなく距離を詰めてくれたからだった。話しかけてくれるのに撥ねつけるわけにもいかないよな。村松は自分にそう言い訳していた。

「上に行ってみません？」

ふいに安珠が言い出した。この展望台、〝天楼デッキ〟の更に上にある〝天楼回廊〟のことだ。

「はい！」

村松は一も二もなく頷く。警護対象者の行くところならどこへでも行くのが自分の役目。だが、上の展望台からならより絶景が期待できると思ってしまったのも確かだった。高度が更に一〇〇メートル上がるのだ。

上に行くためには新たにチケットが必要になる。二人は売り場でチケットを買い、エレベータに乗ろうとした。

「ん？　なんだか様子がおかしいですね」

エレベータ前にお客が集まって騒いでいる。薄い緑のエコカラーの制服を着た女性係員が平謝りしていた。

「えっ、エレベータが動かない？」

係員の説明を耳にして、村松は声を上げた。係員は恐縮しながら説明する。

「一時的な機器トラブルです。間もなく復旧いたしますので、もうしばらくお待ちくださいませ」

「上にも、下にも行けないんですか？」

「申し訳ありません。全機停止しておりまして……」

村松は仕方なく、安珠と一緒にエレベータを離れた。

「なんでしょう。機器トラブルって」

「ちょっと心配ですね」

村松は辺りに目を配った。行き交う見物客たちを観察するが、怪しい顔は見当たらない。差し迫った身の危険は感じなかった。

これはちょっとした椿事(ちんじ)であって、安珠の身を危険にさらすものではない。村松はひとまずそう判断した。だが十秒後には自分の判断に自信がなくなった。

「きゃっ、何あれ⁉」

客の一人が窓の外を指差して叫んだのだ。

6

「……なんですって？」

一柳美結の掠れた声が、屋形船の中に響く。

「いま、なんと」

「Cの正体が……分かった？」

雄馬も小西も耳を疑っている。美結が見ると、龍太の顔は一瞬で青ざめていた。まさか、という感じで口が半端に開いている。水無瀬の表情を確かめると、忠輔と刑事たちの顔を面白そうに見比べていた。

「はい」

衝撃の言葉を口にした佐々木忠輔は、静かな表情ではっきり頷いた。

「実はもう、見当ついていましたが……いま来た連絡でほぼ確証が得られた」

「……誰なんですか、Cは」

意を決して問うた雄馬に向かって、忠輔は言った。

「ケンブリッジ大学の学生」

思いもかけない単語が飛び出してきて呆気にとられる。

「学生？」

うん、と忠輔は頷いた。

「ただ、飛び級で入学した特待生だから、まだ十五歳。日本だと中学生です」

「……まさか」

「先生、冗談ですよね？」

また小西と雄馬が競うように訊くが、美結の目は龍太に引きつけられた。水無瀬も目敏く気づいてニヤリとする。ホレ見ろとでも言うように。やがて全員が、忠輔までもが、青ざめた龍太を見つめた。

公安課長は観念してうつむく。

「……どうして分かったんだ」

心底驚いていた。この男は、Cの正体を知っていたのだ。公安の中枢にいればそれも不思議ではないかも知れない。だが……一介の大学講師がCの正体を知る理由が分からない。

美結は忠輔に目を戻す。

「ぼくなりに分析しただけです」

忠輔はこともなげに言った。

「いままでCが起こした事件、騒乱をプロファイリングし、サイトの発言もすべて吟味した。イギリス在住の知り合いにも調査を依頼しました。その結果がいま、届いた。全てを総合すると明らかに――一人の少年に絞られます」

「それ以上はやめてくれ」

龍太が息も絶え絶えに遮った。

「なんだ貴様？　この場はオフレコの無礼講やぞ？」

水無瀬が馬鹿にして言う。

「トップシークレット……」

「佐々木君の発言を妨げる権利はない。言うてまえ」

水無瀬が言い切り、忠輔は頷いた。

「チャールズ・ディッキンソン。それがCの名前です」

チャールズ……？　美結の頭の中が白くなる。Cとは、Charles のCか？　ただの自分の頭文字？　何と大胆な真似を……

「先生、それっていったい」

どんな人間なのか。美結の声は掠れたまま元に戻らない。

忠輔は少しうつむく。

「確信を持てたのはなぜかというと……彼が、ぼくの旧友だからです」

「な、なんですって？」

「旧友といっても、直接会ったことはないが」

　この人はC並みに意表をついてくる。自分がどんなに突拍子もないことを言っているか分かっているのだろうか？　いや……この人が突飛なのは今に始まったことじゃない。美結は自分の顔に浮かぶ引きつった笑みを消せなかった。

「というと？」

　さすがの水無瀬も、いささか唖然としながら訊く。

「数年前まで、メールでよく話した間柄です。ぼくの研究に興味を持って、向こうから連絡をくれたので」

「なんと……」

　Cが子供だと言い当てたのは水無瀬自身。それは得意だろうが、予想が当たってしまったこと、いや予想を超えて若かったことに驚いている。

　忠輔は一枚の写真を取り出して座卓の上に置いた。

「これが彼。チャールズです」

　黒っぽい瞳に淡い髪の色の少年が写っている。あまり鮮明ではない。部屋の中で、フラッシュも焚かずに撮ったものだろう。

「当時、彼が送ってきてくれました。動画もある。妹のアストリッドと一緒に庭で遊んでいる、微笑ましい動画です。メールに添付して送ってきてくれた」

　それぐらい親しくやりとりしていたのか……ただ、その動画は持ってきていない。改めて送ります、と忠輔は言った。

「彼の若さに初めは驚かされた。当時、十を超えたばかりだったから。だがちょっと話しただけで並外れた頭脳の持ち主だと分かった。数理系に留まらず、歴史や哲学や文学、言語学にまで精通していた。既に何カ国語も喋れました。でも日本語は学んでいなかったので最初は英語で話していましたが、やりとりしているうちに彼は日本語をマスターしてしまった。気に入ったようで、常に日本語で喋りたがってね」

「ああ、それで……メッセージボードでも……」

美結は思わず言う。日本語の返答に支障がなかったはずだ。向こうは翻訳ソフトなど使う必要がなかった。だがまさか、この忠輔がきっかけで日本語を覚えたとは……

「彼は、ぼくに妹がいるってことにも、親近感を覚えたようです。こっちも安珠を紹介して、兄妹ぐるみで仲良くなってね。しばらくは親しく連絡を取っていたんですが。二年近く前、ふっつり連絡が途絶えた」

全員が返す言葉もなく、目の前に置かれた写真を見つめた。どう見ても純真な目をした普通の少年だ。これが、数々の者に〝制裁宣言〟を下したCその人なのか？　そして、爆弾を送りつけて忠輔を脅した。研究を止めろ、考えるなと命令した。

かつて親しかった人間に、なぜそんなことを？

「何があったんですか。彼との間に」

雄馬が訊き、忠輔が首を傾げた。

「分からない。急に連絡を絶ったのは向こうの方。そして、こんなに時間が経ってから、Cとなって脅迫してきたのも向こうだから……彼がどう変貌し、いま何を考えているのかは、ぼくにも見当がつかない」

忠輔が分からないのであれば、誰にも分かるわけがない。空しい沈黙が落ちた。

「吉岡龍太。Cの正体を知っていながら、どうしてCを野放しにしたんや」

水無瀬が矛先を向けると、龍太はあわてて抗弁した。

「できることはやりました！　スコットランドヤードに掛け合ったし、サイトを通じて直接呼びかけることも試した。ことごとく効果無し。Cは英国にいるわけですから、我々極東の警察組織にできることなど限られています。いや、そもそもイギリス当局も奴をもてあましてる」

「その通りです、水無瀬さん」

忠輔が龍太に加勢した。

「イギリスだけじゃない。全世界が彼一人に翻弄されているんです。居場所さえ分かっているのに」

「ええっ」

「居場所も？　ほんまか？」

「はい。ケンブリッジの学生寮です」

また全員がぽかんとした。学生寮？　Cは普通の学生として日常を過ごしているのか？

「……分かってるなら、どうして捕まえないんですか」

美結の問いに、忠輔は頭を振った。

「無理なんだ。彼の部屋に誰も近づけない」

「な、なんでですか？」

龍太が頭を抱えている。秘密のヴェールが全て剝がされてゆく。公安のアドバンテージは既になくなっていた。

「ケンブリッジの知り合いが明かしてくれました。彼は寮の自分の部屋に閉じこもったまま、もう一年も外に出ていない」

「え？　どういうことですか」

「誰も入ってくるな。ぼくの邪魔をするな。そう言っているんだ」

それは美結の理解を絶していた。水無瀬も腕を組んでふーむと鼻を鳴らす。

「詳しく教えてくれ」

促され、忠輔はゆっくり喋り出す。

「彼は入学当時から人気者でした。長い伝統を誇るケンブリッジでも、入学当時十二歳というのは飛び抜けて若い。でも彼には、天才児にありがちなエキセントリックな印象はなく、年相応の子供の可愛らしさも持っていました。そういう意味では、二重の天才ですね。社交性も備えているという。彼の二つ下の妹、アストリッドも、チャールズほど際だってはいないものの優秀な子供だった。性格は真逆で、繊細で内向的で、社交性があるとは言えなかったんですが」

　忠輔は郷愁を感じさせる眼差しをした。

「事情があって両親のいないこの兄妹は、幼少期は祖母に育てられました。ケンブリッジに通うためにチャールズは祖母の家を出ましたが、アストリッドは家に残った」

「だが結局、チャールズも大学の寮に引きこもるようになったっちゅうことか」

　水無瀬が言う。

「はい。独自の数学理論か、新しいコンピュータソフトでも完成させるために集中したいんだろう。初めはみんなそう思って放っておいた。天才の考えることは常人には分からない。彼の集中力は桁外れで、邪魔を入れないようにして何日もぶっ続けで考え込むことが以前にもあったから。寮の部屋にある山ほどのコンピュータ機器に囲まれていれば満足なんだろう、と。ところが、三カ月も出てこないとさすがにみんな心配し出した」

　忠輔は一度、全員の顔を見回した。美結はふと忠輔の背後に目をやる。障子窓の外を後方に行き過ぎていく橋は、勝鬨橋（かちどきばし）だった。この船は隅田川から東京湾に出ようとしている。

「毎日部屋まで食事を届けていた寮母さんが訴えました」

忠輔が続けた。

「チャールズが心配です。こんなに出てこないことは、今までなかった。食事の量も減っている。誰か、チャールズを部屋から出してやってください――それでみんなが出てくるように説得にかかった。チャールズの反応は素っ気なかった。邪魔するなの一点張りです。同級生や教授が彼の部屋のドアを叩いて出てくるように言った。だが鍵がかかっていて入れない。仕方ないから、部屋に押し入ろうとした。ところがチャールズはすかさずみんなにメールを送ってきました。〝ドアを破るとどこかが爆発するよ〟という内容だった」

爆発、という言葉に全員が反応した。

予期していたのか、忠輔は憂い顔で続けた。

「ぼくは不特定の人間を人質に取っている。チャールズはそう言いたいらしい。彼の担当教授や同級生は、急に暴力的なことを言い出した彼に困惑したが、爆弾なんて脅しだろうと挑発した。ドアを何度も叩き、いい加減に出てこいとメールを返した。すると――上から爆発音が響いた。寮の屋根の破片が中庭に落ちてきた」

雄馬が少し、ビクリと動いた。まるで爆発音が聞こえたかのように。

「チャールズの言うことに嘘はありませんでした。更にニュースが飛び込んできた。ケンブリッジから遥か遠く、英国南西部のコーンウォールの農場で爆発が起きたというんです。ブリテン島の果てにまで、チャールズは何か仕掛けを埋め込んでいた……かつて寮生たちと遊びに出かけたときに、みんなの目を盗んで地中に埋め込んだらしい。その爆発では、羊が何頭か驚いてひっくり返っただけだが、爆弾を操る能力があることを証明するには充分です」

爆弾はやはり、チャールズという少年にはそもそも使い慣れた道具だったのだ。

「チャールズは重ねて言った。自分は仕掛けた爆弾を好きなときに、クリック一つで爆破できる。どこが爆発するかは自分しか知らない、と。だから誰も彼に手を出せない。強行突入できない」

「そんな……」

「彼の部屋から、ISPにつながるLANケーブルも断つことができない。何が起きるか分からないから」

刑事たちは唖然とした。知っていた龍太も改めて、信じられないというように首を振っている。水無瀬だけがずっとニヤついていた。

「むろんこの話は公表されていない。チャールズはまだティーンだし、人権に配慮して機密扱いになってるんです。当局には居場所も分かってるしね。学校関係者や同級生たちに厳重に口止めして、話が洩れないように努めている。ぼくが、ルーカス教授職についているホワイトヘッド教授と懇意でなかったら、ここまで詳しい話を聞くことはできませんでした。教授は、チャールズがかつてぼくと親しくしていたことも知っていたから、教えてくれたんです。でなければ決して話を洩らさなかったでしょう。Cがケンブリッジの寮にいると一般に悟られると大変なことになるから。シンパも集まってくるだろうし、逆にCを恨んでる犯罪者たちもやって来る。Cを排除したい権力者が刺客を送ってくる可能性もある。暗殺の恐れがある」

「なるほどなあ」

水無瀬は愉しげに言い、

「それで間違いないんだな？　公安課長」

と揶揄するように言った。すっかり顔色の悪くなった龍太は、喉を絞められているかのような掠れ声を出した。

「チャールズ・ディッキンソンが、自分をCだと認めたわけじゃない……外部からの呼びかけにはもはや答えず、ひたすら沈黙しています。だが、チャールズが閉じこもり始めた時期と、Cが活動を活発化させた時期が重なっている。そして、いくつかのサイバー攻撃の痕跡を辿ると――Cは必ず巧みに姿を隠すから、確証までは得られていないが――まず、彼がCだと判断して間違いない。それがイギリス当局の結論だ」

「ゴーシュの言っていることは本当だったんですね」

美結は思わず言う。

「Cはイギリスにいたまま、日本を狙っている」

しかし……と小西が怒りを露にした。

「東京の大学まで、クリック一つで爆破しようとしたってのか？」

卑怯者にしか思えないのだろう。ジャイロを通じてCと戦ったことのある小西は、相手が少年と知り呆然としていたが、急激に怒りが湧いてきたようだ。

「チャールズは日本に来たことがない。だから代理人、〝Cダッシュ〟を使うしかなかった」

忠輔が答えた。

「だが、ゴーシュは王超に騙されて利用されてしまい、ぼくを脅すという目的を果たすどころか、無関係の角田さんを死なせてしまった。彼としては手痛い失敗だ。サイバースペースの枠を越えて現実に力を振るおうとするとき、チャールズには自ずと限界がある。それをいま身に染みて感じているんじゃないだろうか。ラインがつながっていて、自分自身で操作できるときは天才的な手腕を発揮できても、国外にある爆弾については誰かに託すしかない。全てをコントロールすることはできなくなる」

「せやけど、あのジャイロの操縦は精密すぎる気がする」

水無瀬が言った。

「タブレット端末でも操縦できるぐらい操作性は高いけど、いくら最新鋭のハイテク機械でも、モニタやセンサが高性能でも、遠隔地から操るのは限界があるやろ。何より数秒のタイムラグが消せない。衛星回線を使わざるを得んからな。あれは、とても遠隔地から操っているとは思えん」

小西も強く頷いた。

「あいつは手強かった。細かい操縦だった」

実際に対峙した小西だからこその実感だ。雄馬が眉をひそめた。

「サイバーフォースを襲ったのも、糟谷氏や黄娜を襲ったのも、ゴーシュだと思ったんですが……」

「小西さんがジャイロを追っかけてた頃、私たちはまさにゴーシュと話していた。その後すぐ拘束しました。操縦していた様子はありませんでした」

美結が補足する。

「そもそもゴーシュが、黄娜を襲うわけないしな。彼女を救おうとしてたんだから」

小西も頷きながら言う。すると雄馬が、誰にともなく訊いた。

「もしかして、自動操縦ってことは……」

「自動追尾システムか？」

水無瀬が眉を上げた。

「顔を認証した相手をどこまでも追いかけるってか。ないとは言い切れんけど、現実には難しいやろな。報告を聞くと、ジャイロはかなり臨機応変な動きをしてる。やっぱり、人間が直接やらないと無理やろ」

「ということは……他にも、Cの代理人がいるということになりますね」

雄馬は半ば諦めたように言った。やはりそうなのか？　美結は暗澹とする。Cダッシュをようやく拘束したと思った矢先、他にもいるとなったら……Cの脅威はまるで減じていないことになる。

「吐け、吉岡龍太」

水無瀬がまたつついた。

「いま分かってることをぜんぶ」

「……まだ、ほとんど何も摑めていません」

「嘘をつけ」

「本当です」

龍太は苦しげに抵抗した。

「ただ……まだ私が知らされていないことがある」

思い切ったように言う。

「何かを摑んでいる人は、いないことはありません」

「奥島」

水無瀬が呟く。まるで忌まわしい呪文でもあるかのように。

「結局あの男や。陰険大魔王。謀略と被害妄想の総合商社。どこまでも厄介なやっちゃ！」

「ゴーシュに問い質さないといけないですね。もっと厳しく、徹底的に」

美結は使命感とともに言った。

「口を割らせるのは難しいだろうが」

同じことを考えていた雄馬が、悩ましげに言った。

「別のＣダッシュが誰か、初めから知らされていない可能性もある」

「まあそうやろうな」

水無瀬が分別くさく言う。

「右手のやってることを左手には知らせない。それが諜報組織の常套手段やから。全知全能の頂点には、チャールズ君一人が君臨していればいい」

「警察だってそうですよね。右手のやることを、左手が知らない」

美結は思わず言った。全員の顔を見回しながら。

「刑事部。公安部。情報通信局。ちゃんと連携できたらもっと成果が出せそうなものですけど……いつもバラバラ」

生意気な発言だと分かってはいた。だが、無念を吐き出さずにはいられない。

「すまんなあ。それが警察なんや」

水無瀬は謝って見せた。

「一般企業となんも変わらん。日本社会そのものっちゅう言い方もできる。目先の利益や自分の所属してる部の都合しか考えられん。組織全体、国民全員のことを考えられる器を持ってる者がおらんのや。それでも警察官は、国民の安全や生活を守るっちゅう使命感がある分マシかと思いきや、それが見当違いのプライドになったりしてな。嘆かわしいが、何の志もないヤツも増えてきた。戦力になるのは、ごくわずかや」

途中から、水無瀬は龍太に向けて言っているのではないか。美結にはそう感じられた。龍太は落ち着きなく視線を動かしている。窓の外の美しい風景が少しも目に映っていない。

刑事たちの様子を見守っていた佐々木忠輔が、控えめに口を開いた。

「チャールズが寮にこもって出てこなくなったのは、世界中にメガクラスのボットネットを構築するためでしょう。強力なウイルスを開発してはばらまき、可能な限り多くのPCを自分の支配下に置く。各国政府や有力な組織、重要な施設のホストコンピュータは既に支配している可能性が高い」

「せやな。自分専用のバックドアを開き、コマンドを送ればいつでも従うようにしてある。だがそれに気づいてる宿主はほとんどおらん。俺もしてやられたぐらいやからな。警察のシステムに入り込んだC印のウイルスは実に巧妙な造りやった。時代の遥か先を行ってるよ。だがそれも、一つのサンプルに過ぎん。多種多様なウイルスを今も開発してるに決まっとる」

水無瀬の笑みは爽やかでさえあった。素直に感心しているのだ。

「なあ佐々木先生。Cがどんな言語にも強いと言うてたけど、コンピュータ言語に関してもそうやないか?」

「はい。その通りです」

忠輔は頷く。水無瀬は思わず天を仰いだ。

「普通は向き不向きがあるもんやけどなあ。どんな種類のコンピュータ言語でも自在に使いこなせる。桁違いの天才みたいやな、頭のできが違う」

「どんな様式で書かれたプログラムでも、パッと見るだけで分かるんです。フラッシュ暗算の要領ですね。だから、どこに脆弱性があるかたちまち判断できる」

「やはりな……下手するとコンピュータ以上の能力や。全くこのチャールズ君とやらは、史上最強のハッカーやろな」

座卓の上の写真を指で弾いた。なんだか羨ましがっているように見える。

「ほとんどの政府が、チャールズを手に入れたがっています」

吉岡龍太公安課長が告白した。

「アメリカの国防総省でさえ。サイバー戦争宣言をしたばかりなのはご存知でしょう?サイバースペースは今や、陸・海・空・宇宙と並ぶ第五の作戦領域であり、サイバー攻撃を受けたら通常兵器による報復も辞さないと明言した」

「アメリカらしいわ。さすが番長国家」

水無瀬は口を歪める。

「どんどん軍事力を増強して新兵器も開発して得意になってたら、サイバーテロで背後を突かれて泡喰っとる。マヌケが。とっくの昔から、電脳世界も熾烈な戦場やのにな……どの国も天才を欲しとる。〝王〟を戴きたがってる」

「いま思い返せば、ぼくらのかつての対話の中に、彼がいずれCになることを連想させる内容もあった」

忠輔は、まるで懺悔するかのように言った。

「だがぼくは彼がCだなんて考えたくもなかったから、可能性を除外してきた。それは、正しい態度とは言えなかった。自分を恥じています」

「だって十五歳ですよ？」

雄馬が同情した。

「出会った当時は十一？　十二？　それぐらいですよね。無理もないですよ」

「だが……ぼくはチャールズと、シリックの話をしたことがある」

忠輔は感慨深そうに言った。

「彼の憧れの気持ちを感じた。Cとしての出発点は、シリックかも知れない」

小西が首を傾げる。

「シリックってなんだ？」

「伝説的なハッカーや。もう十五年以上前のヤツだが」

水無瀬の解説に美結は頷いた。サイバーフォース時代に水無瀬に教わったのだ。インターネット史に名を残すビッグネームのことを。

シリックは、ハッカーという言葉を広めるきっかけとなった者の一人。〝怪盗〟〝大泥棒〟などと呼ばれ、義賊アルセーヌ・ルパンに喩えられることも多かった。政府や大企業からあらゆる情報を盗んで公開するのが活動の主体で、組織の暗部と不正がいくつも明るみに出た。世界中が彼を恐れ、各国の政府や諜報組織が確保に躍起になったが失敗に終わった。そして正体不明のままサイバースペースから姿を消した。だが彼の影響力は絶大で、ウィキリークスやアノニマスなどネット上の革新的な存在はことごとく彼の影響を受けていると言われている。忽然と姿を消したことも伝説性を強めた。死亡説が強く、どこかの政府に暗殺されたのだ、いや病死だ、などとまことしやかに囁かれている。

シリックの名前の由来はシリコン――まさに、コンピュータチップの素材そのもの。コンピュータの化身だ、と崇められていたのだ。今もハッカーたちは彼に憧れ、ネット上の架空の神のような存在に祭り上げられている。

「Cこそシリックの再来、生まれ変わりだと見なす人間も多い」

水無瀬は愉快そうに言った。

「でも、チャールズは……怪盗紳士とはかけ離れてますよね」

美結は思わず言う。伝説の存在と比べると、Cはずいぶん乱暴と言わざるをえない。

「確かに。Cはテロリストだ。制裁リストをアップしてシンパに襲わせるなんて、暴力的に過ぎます」

雄馬が声高に言った。

「核施設をダウンさせたり、紛争地帯の民兵組織同士を戦わせたり、武器庫を爆破したり。既にかなりの人命が失われてる。サイバーテロの域を超えてます」

「それこそが本当に、悲劇だ。彼を止められなかった」

忠輔は無念に耐えない様子だった。

「一線を越えてしまった……あっさりと、人命に関わる領域へ踏み込んだ。チャールズを阻止しなくては。彼の力を削ぐ方法を考えなくては」

「シリックのフリしてメール送ったろか。お前はただのテロリストや、シリックのスピリットなんか微塵も持ってない、ゆうて……聞きゃせんか。十五歳。新人類や。シリックなんて過去の遺物としか思とらんやろ」

「いや。リスペクトはしています。ただ、チャールズは証拠を求めるでしょう。シリックであることの証明を」

「そりゃそうやな。フリをするのは限度がある。やめとこ」

水無瀬は苦笑いの極みのような顔で思いつきを引っ込めた。

代わりに雄馬が身を乗り出してくる。

「でも、佐々木先生。チャールズはシリックなんかじゃない、あなたこそ最大の脅威だと見なしているんです」

その言い方に美結は驚いた。哀願。いや、ほとんど祈りのような響きだった。

雄馬は数少ない希望の光を、目の前の男に見ているのだ。

「でなければ、研究を止めろ、考えるななんて言うはずがない。彼はあなたを恐れている」

小西がじっと忠輔を見ている。龍太も思わず必死な目になっていた。

「あなたが動けば、チャールズは何か……」

雄馬の縋（すが）るような声に、忠輔は思い悩む。

「ぼくにできること」

正解を探し続けている。だが、まだ答えは出ていないようだ。

「こうやって俺らがウダウダ言っとる間にも、Cは着々と準備を進めてるぞ。東京征服をどうやって実行するかや」

水無瀬も、静かに忠輔の背中を押していた。

「ジャイロらしきものの目撃情報が、ネットに飛び交っています」

雄馬が厳しい声で報告する。美結も急いで補足した。

「警察への通報も何件か。まだ視認はされていませんが、Cが既に動き出している可能性が……」

「あれは小さすぎて防空システムにも引っかからん。人間が肉眼で視認して発見するしかないからな。よく考えられとる」

「しかも、夜に飛ばれたら発見は困難」

龍太も公安としての分析をして見せた。

「向こうはおそらく暗視システムを備え、人工の灯りにはできるだけ近づかず、発見されないようにして飛ぶことができる。他に何台あるかも不明。こっちが圧倒的に不利だ」

「やっぱり基地を押さえないと駄目なんだって」

小西が吉岡龍太を睨みながら吐き捨てた。公安に恨み骨髄だった。発火した遺体もジャイロの残骸も独り占めした横暴が許せないのだ。

龍太はその視線から逃げる。平の巡査が警視を睨みつけているのだ、身の程を知れと怒鳴られても仕方ない場面だが、龍太は後ろめたさを感じている。美結は初めて好感を持った。公安らしい陰険な人間だと思っていたが、やはり雄馬の兄だ。どこかで人間らしい血が通っている。……そんなふうに思いたいだけだろうか。

「ジャイロの残骸を分析してるんやろ？」

水無瀬も追及の手を緩めない。

「指令電波のデータが残ってたはずや。結果を教えろ」

「結果は……」

そこでいきなりスマートフォンを取り出して耳に当てた龍太に、誰もが疑いの目を向けた。本当に電話などかかってきたのか？　だが美結は、龍太の表情を見て着信が本当だと直感した。龍太はカッと目を見開くと、

「分かった」

と頷いて電話を切る。そして一度息を吸い込んでから、言った。

「……Cのサイトが復活した」

水無瀬の笑みが強ばる。

「そうか。思てたよりも早いな。こっちのDdos（ディードス）攻撃は緩めてないから、ミラーサイトで回避したか」

「いえ」

龍太はにべもなく否定する。

「ご確認ください。あなたのボットネットが無事かどうか……反撃されている可能性が」

「んなアホな」

水無瀬は美結のパソコンを奪ってチェックを始める。たちまち、鬼気迫る表情に変わっ

た。

「なんちゅう意地っ張りや……元の場所に、何事もなかったみたいにしれっと復活しとる。一つのＵＲＬにそこまで固執するか？」

「サイバースペースの支配者は誰か見せつけたいんでしょう。沽券（こけん）に関わるということでしょうね」

忠輔が頭を振りながら言った。

「水無瀬さん。あなたのハンドラーが突き止められ、攻め落とされた」

「わかっとる」

水無瀬の唇は痙攣（けいれん）していた。

「信じられんが、チャールズは……Tier1（ティア・ワン）も支配してるとしか考えられん！」

「はい。おまけに、世界規模のメガボットネットをフル稼働してあなたのそれを上回った。彼は支配権を取り戻した」

「やりよるなあ。ホンマもんの化けもんや」

「それだけじゃない」

龍太はますます麻痺（まひ）したような顔だ。

「制裁リストが……」

「リストが？」

ショックのせいか、水無瀬の反応が鈍い。代わりに雄馬が自分のスマートフォンでCのサイトにアクセスした。たちまち、見慣れた金色の〝C〟のロゴが誇らしげに画面に現れる。美結は覗き込んで戦慄（せんりつ）した。

そのロゴの下には――制裁リストがある。またもや、全てが日本語。

Cは相変わらず、日本への集中攻撃を世界中に宣言しているのだ。しかも……

「名前が増えてる」

雄馬の声は完全に上擦った。小西がビクリと反応し、雄馬のスマートフォンを取り上げる勢いで迫ってくる。

7

―New!―

・田中晃次（たなかこうじ）　AAA　血の海の遊泳者
・王超（ワン・チャオ）（別名・林明桂（リン・ミンクイ））　AAA　狂った龍使い
・徳田良子（とくだりょうこ）　AA　鉄面皮女王
・渡辺弘（わたなべひろし）　AA　三年ごとに三人
・市ノ瀬進（いちのせしん）　AA　人体遊戯者その2

・轟祐二（とどろきゆうじ） A キングオブリビドー
・早野瑠美（はやのるみ） A 屍肉漁り（しにくあさり）
・湯元正三郎（ゆもとしょうざぶろう） AA
・牧村岳美（まきむらたけみ） AA
・高橋勇一（たかはしゆういち） A
・野田禎治郎（のだていじろう） A
・糟谷尚人（かすやなおと） A
・小竹寿郎（こたけとしろう） A

「ふざけやがって」

小西がギリリと歯を鳴らす。制裁リストは増強されていた。しかも……

「AAA（トリプルエー）が出よったか」

水無瀬の声にもさすがに焦りが滲む。当然だった。AAAというランクが意味するのは〝直ちに殺せ！〟だ。

抹殺指令が下ったのは二人。案の定、王超（ワン・チャオ）の名前がある。Cはついに自らに矢を向けた大罪人を特定し、抹殺する気だった。

「こいつだ……」

実際に上落合のマンションで会ったことのある美結と雄馬は、リストの名前の横にある顔写真に目を奪われた。どこで手に入れたのか、林明桂(リン・ミンクイ)の在留カードに使われていた写真と同じだった。

「やっぱり、ツイッターのアカウントも復活か……」

水無瀬もようやく、美結のパソコンでCのサイトを開いて自分の目で確かめた。その通りだった、これでまた制裁される人間の目撃情報が溜まっていくことになる。対応のため、警察の全ての部署が蜂(はち)の巣をつついたような大騒ぎになる。

「肝が据わっとる……」

その声は震えていた。見ると、水無瀬は画面を見たまま固まっている。

「Cは……真の敵を捜し当てよった」

「王超ですね」

美結は言ったが、水無瀬は答えない。この男は今までで一番深い衝撃を受けているように見える。不安に駆られて吉岡龍太の顔を見た。同じだった、完全に血の気が引いている。

「だれだ。この田中ってやつは」

小西がもう一人のAAAに注目した。

「気になりますね。有名な人ですか？　どなたかご存知ですか」

美結は訊いてみた。沈黙が返ってくる。

「そいつは……」

かろうじて、水無瀬が声を返してくる。だが顔は能面のようだった。

「知る人ぞ知る、ちゅう感じやな。間違いないのは……超弩級の金持ちやってことや」

そこで口を噤む。普段とは明らかに違う水無瀬の様子に、美結は得体の知れない不安を覚えた。改めてリストをよく見る。キャッチフレーズに注目した。

田中晃次という人物のそれは、血の海の遊泳者。穏やかではない。どういう意味だろう。なぜかこの男の顔写真は載っていなかった。他の人物に目を移す。キングオブリビドーというキャッチフレーズはなんとなく分かる。だが三年ごとに三人、というのは何だ？　今回のリストでは何人かの顔写真が欠けていた。あわてて作ったためだろうか？　全ての名前をよく調べる必要がある。

新リストの下には、前に出たリストもそのまま残っていた。周唯のみが外されている。前のリストに載せられた人物たちがどうしてCの逆鱗に触れたのか。ネットユーザーたちはあれこれ推測し合い、そして実際に調べ上げた。数々の〝事実〟が既にアップされている。ウィキリークスばりに、彼らの罪を暴いた記事が流出しているのだ。〝売国奴〟と呼ばれた湯元外務次官は機密文書を他国に売り渡して多額の報酬を得たという噂で、現実に警視庁が調査に乗り出した。牧村という医師は、院長を務めている病院の入院患者に不審死が続いており、患者の遺族から彼女を疑う声が上がっていたところだった。ＩＴ長者の野田はもともと黒い噂が絶えなかった。その他の人間たちについても様々な噂が流布している。ただ、全てが事実かどうかはまだ不透明だった。

「新谷さん！　引き返してくれ。大急ぎで」

水無瀬が元警察官の船頭に声をかける。船は直ちに旋回を始めた。速度を上げて風を切る。いつの間にか目前に迫っていたレインボーブリッジがみるみる遠ざかっていった。

「私人タイムは終わりのようやな！　これから事態が収束するまで、俺たちは二十四時間、警察官や」

思わず背筋を伸ばす刑事たちに向かって水無瀬は指示を出した。

「新たなリストの人物を特定し保護する。雄馬君、刑事部は頼んだぞ。防崎一課長や多々良部長に話して、警備部と連携してしっかり警備態勢を敷いてくれ」

「はいっ」

雄馬が力強い返事を返す。水無瀬は、その兄を見た。

「公安は……とにかく情報開示や。課長、上を説得しろ。これまでのやり方ではこの困難は打開できんぞ」

龍太は悩みながらも頷いた。自信があるようには見えない。だが、その目には決意のようなものも浮かんでいる。美結はそう感じた。

「長尾さんを現場復帰させてください」

ふいに雄馬が言い放ち、美結は驚いて兄弟の顔を見比べた。

「奥島さんでしょう。長尾さんに濡れ衣を着せたのは」

龍太は黙っている。否定する気はなさそうだ。水無瀬が口を歪めた。

「奥島のやり口や。刑事部の力を削ぎたいとき、ヤツは一番人望のある人間、恐れている人間を押さえようとする。その隙にやりたい放題や」

龍太が何か言おうと口を開けたところで、再びスマートフォンを持った。またもや連絡が入ったようだ。そしてすぐに殴られたような顔になる。

「なっ……高橋議員が襲われただと？」

全員が顔を引き締める。旧リストに載っている公民党の高橋勇一議員だ。

電話を切った龍太は、呆然としながら言った。

「議員を乗せて移動中の公用車が、ジャイロに急襲された」

「議員は？」

「無事です。護衛についていたSPが発砲して撃退。ジャイロは逃走中」

「……やっぱり噂じゃなかったのか」

「サイトに、ジャイロ。Cの完全復活やな」

「ジャイロはどこですか？」

「豊島区目白付近を移動中。東に向かっているそうだ」

「暗いのに、見失ってないのか？　あんな小さなジャイロを」

「それが……ライトを点けているそうです」

「なに？」

戦慄が走る。隠密行動をするとばかり思っていたジャイロが灯りを？

「……気に喰わねえな」

「示威行動か。挑発かな。我々に対する」

「俺は、ジャイロを追う」

小西哲多が腰を浮かした。

「また叩き落としてやる」

「待ってください、小西さんが行っても……」

美結は心配になって止めたが、

「籠もって考えてるのは性に合わねえ。追っかけられるもんがあるなら俺は追っかける」

有無を言わさぬ宣言だった。

「ええんちゃうか、小西はそれで」

水無瀬が笑顔で後押しした。

「ネットとリアル、二手に分かれて挟み撃ちや。小西、食らいついたら放すなよ」

警視正がウインクを投げてきたので小西はたじろいだが、すぐに堅苦しく敬礼する。

「了解しましたっ」

美結はなぜか切ない気持ちになった。あまりに小西らしい勇ましさ、愚直さ。思わず自分もこの先輩と一緒に出て行きたくなったが、相棒を置いていくわけにはいかない。雄馬を見ると、雄馬は既に美結を見ていた。

「ぼくらはもう一度ゴーシュに当たろう」

決然と言う。

「ジャイロは彼が準備した。基地がどこにあるか、必ず吐かせる」

美結は頷く。自分たちが持つ切り札は今のところ、Cに見限られたかつての分身、ゴーシュ・チャンドラセカールしかいない。

忠輔がそんなコンビを見つめていた。教え子の行く末を案じる気持ちが痛いほど伝わってくる。だが美結にはかける言葉が見当たらない。

龍太も、弟と美結をじっと見てくる。ゴーシュに関心を持っている。今日ここにやって来たのも何を自供したか知りたかったからだ。兄の視線に気づいた雄馬が言った。

「龍太。情報を共有しよう」

兄弟の会話だった。

「分かった。善処する」

公安課長は迷わず言った。どこか吹っ切れた顔に見えた。

風雅なはずの屋形船は今や、飛ぶように波を切っていた。出航した船着き場に全速力で向かっている。今までの滑らかな航行が嘘のように船体が激しく上下している。乗っている全ての人間が荒波に揺られていた。だが、上陸すればもっと激しい波にさらされる。それぞれの任務を抱えそれぞれの闘いを戦う。誰にとっても簡単な戦いはない、敵は強大であり、そして警察は内部にも障害を抱えている。結んだ手を分断しようとする力がある。それでも――と美結は思った。希望はある。

なぜなら水無瀬が目を輝かせている。一世代下の若者たちの顔を、頼もしそうに。そして自らも言った。

「防衛省の情報本部に依頼して、ジャイロの指令電波を追う。あそこの電波部なら、東京中を飛び交ってる電波を分析できるはずや。復活したサイトも、改めて攻略してみる」

水無瀬は水無瀬らしく、頭とスキルと人脈を使って対応するつもりだ。

「情報を集められるだけ集めて、みんなにメール入れたる！　待っとけ」

はいっ、と若き刑事たちは声を合わせた。

いつしか船は速度を緩め、やがて着岸した。刑事たちが一人ずつ立ち上がって船から飛び出して行く。

日本警察vs〝C〟、新たな攻防の幕が切って落とされた瞬間だった。

第二章　逆風

「何でもおぼえてるさ、アリョーシャ、お前が十一になるまではおぼえているよ、あのときこっちは数えで十五だった。十五と十一というのは、たいへんな違いで、その年ごろの兄弟は決して兄弟になれないもんだよ。お前を好きだったかどうか、それさえわからんね。」

（ドストエフスキー『カラマーゾフの兄弟』原 卓也訳）

1

ゴーシュ・チャンドラセカールは墨田署の留置場に拘留されていた。

拘留にあたっては特別に厳重な警備態勢を敷いている。むろん留置場の中にコンピュータ機器は持ち込めないから、ネット経由でよからぬ工作をするような恐れはないはずだが、何せCダッシュ。安心はできない。二十四時間、警察官がゴーシュのすぐそばに常駐する形をとっていた。

これほどの危険人物を所轄署に留め置くのは危険ではないか、監視態勢が完璧な小菅(こすげ)の拘置所に移送すべきではないかという声も上がったが、そうなると取り調べ時間が限られるなどいろんな問題が生じてくる。やはり起訴前拘留の二十三日間は署で締め上げる方が得策だという判断だった。

隅田川の船上での密談を終えた美結と雄馬は、墨田署に戻ると取調室に直行した。看守役の制服警官に連れられて取調室に現れたゴーシュは、少しやつれたように見えた。無理もない。今回で早くも六度目の取り調べだ。そもそも、故国ではない場所で囚(とら)われの身になることが心身にもたらすストレスは想像を超えている。これから訪れる更なる尋問、裁判、そして刑罰。絶望的な気分にならない方がおかしい。

だがパイプ椅子に座り、美結と雄馬と対峙したインド青年の目の光は強いままだった。

「Cの正体はチャールズ・ディッキンソンね」

美結は先制パンチを食らわせる。

ゴーシュの顔が固まる。だが、すぐに言った。

「だれですか、それは?」

「しらばっくれないで。佐々木先生が突き止めてくれたの」

「………」

「Cは、先生の知り合いだったのね。だとすれば動機の推測もできる」

ゴーシュは苦虫を嚙み潰したように、イライラと視線を彷徨わせた。

「諦めて、ぜんぶ話して」

だがゴーシュは口を閉じたままだった。じろりと二人を睨んでは目を逸らす。

「ジャイロは一台じゃなかったのね。いったいいくつあるの？」

美結は殊更に厳しい声を出した。表情に弱さを出さないように気をつける。

「ジャイロの基地はどこだ？」

雄馬も訊いた。だが美結とは違い、鋭さはない。

「いま全てを告白すれば心証もよくなる。Cの計画を未然に防いで、警察に協力したという事実はしっかり残すよ。だから……」

アメとムチ。分かりやすい役割分担だと思ったのか、ゴーシュはフッと笑った。

「いま何時ですか？」

ゴーシュは唐突に訊いてくる。取調室にはむろん時計がない。

少し迷ったが、美結は告げた。

「もうすぐ午後八時半だけど」

ゴーシュは表情を引き締めた。そして呟く。

「Xデイ、Xタイム」

「え？」

美結が聞き咎めた。雄馬が身を乗り出す。

「なんだって？」

「Cが定めた運命の刻だ」

その頃小西は車を飛ばしていた。レガシィB４に見切りをつけ、小回りの利くハッチバック、スズキのＳＸ４に乗り換えている。ジャイロにどこへ逃げられても、狭い路地にも入っていけるから追跡に向いている。本庁の通信司令本部がジャイロの移動状況を無線で流し続けてくれていた。大塚から小石川付近を飛んでいるらしい。迎え討つように春日通りを飛ばす。目を皿にして、すっかり暮れてしまった都会の空を見つめた。

「おうっ。いやがった」

不審な光が目に入った。赤と白の光を点滅させて黒い空に浮いている。小西は一度ジャイロとすれ違い、ターンして反対側の車線に移った。すこぶる嫌な気分だ、なんのつもりだ？　ジャイロは明らかに自分を誇示している。人々の視線を集めたがっている。ふらふらと気の抜けたようなのんびりした飛行だった。よからぬ企みがあそこに浮いている。腋に嫌な汗が流れるのを感じながら、小西はできる限り近づいて目を凝らした。断言はできないがおそらく、先日撃ち落としたのと同じタイプだ。ただ装備は違うだろう。目立つことに特化した機体かも知れない。

そしてCのジャイロはこの一台とも限らない。いや、他にもいるに決まっていた。あの手強いのが何台もいると思っただけでゾッとする。他に備えている機能は何だ？　また異常な音や稲妻を出すのか？　まさか、いきなり爆発したりは……何があってもおかしくはない。まだ十五歳だというCは、常人が考えもつかない発想をする天才児なのだ。小西は背中や額にまでじっとり汗をかきながら、SX4をぴったりつけていった。

小西の周りを走る車も明らかにジャイロを追いかけている。本庁の交通部、あるいは機捜。高橋議員を守っていた警備部の一派もいるかもしれない。だが違和感のある車種もある。小西と並走しているのは大きなヴァンと、ごついSUVだった。ホンダのCBタイプのバイクもいる。あからさまにジャイロを見上げ、繰り返しデジタルカメラを向けている。マスコミか。興味本位の暇人の可能性もある。だが――Cのシンパかも知れない。小西は油断なく目を配りながら、他の車両たちとともにジャイロに連れられていった。

「クソ……まただっ」

小西はハンドルを叩いた。自分が向かっているのはいま自分が来た方。視界に入ってきたのは――白と青に彩られた光の槍だった。三日前と同じだ、ジャイロは墨田区に向かっている。どうしていつもこっちなんだ？　制裁リストの人間がこっちにいるのか？　まさかまた隅田公園……そして燃え上がるのか？

いや違う、あれは中国のスパイの仕業だ。だが燃える女が目に甦ってくる。あの呪わしい動画を見てしまった。自分の記憶を念押ししてしまった。そして——あの女が指差していた場所。やっぱりそうか、TRT——東京ライジングタワー。

あそこに何かがある。しかし、いったい何が？

「あっ」

小西は叫んでしまう。思い出した、今日はあそこに村松と、佐々木安珠がいるのだ！地上何百メートルも上の展望台に。

不安が猛烈に膨れあがり、その不安は目の前でたちまち現実となった。ジャイロはスピードを上げてTRTに近づくと、寄り添うように上に向かって飛び始めたのだ。健気(けなげ)に上へ、上へと昇り、ジャイロはやがて光の点になる。

そして気づいた。塔の上方に、同じような光が群れているのを。

全てが動いている。ふわふわと揺れている……昇ってくる光を待ち構える。仲間を受け入れるかのように。

「……なんてこった」

同時刻、墨田署の取調室で、美結の問いに返ってきた答えは全くの意味不明だった。

「ゴーシュ、あなた何を……Xデイ？」

「ＴＲＴです」

「なんだって？　どういう意味だ」

雄馬が面食らう。

「だから、東京ライジングタワーです」

ゴーシュの笑みに美結はぞくりとした。まるで邪悪な妖精に見えて、正視できない。

「あそこがジャイロの巣です」

「嘘」

美結は思わず口を押さえる。

「そんな馬鹿な……タワーのどこに」

雄馬も声を震わせる。

「展望台の上に、広い空間がありますよね。デッキというか」

ゴーシュは嚙んで含めるように説明した。

「あそこの一角に、箱形のユニットが置いてあります。そこから離発着を」

「まさかそんな……」

「ライジングタワーを運営している人たちが、気づかないはずがないでしょう」

冷静に指摘したつもりだった。だがゴーシュは余裕たっぷりに笑った。

「うまくカムフラージュしてあります。もともとのデザインに偽装してあるから、よほど注意深く見ないと関係者でも見分けられない。基地からの離発着は夜間に限っているので、気づかれる心配はないんです」

「………」

美結と雄馬は顔を見合わせた。

納得するしかないようだった。ゴーシュの説明は理路整然としている。

「そうだったのか……」

雄馬は降参したように言った。

「とんだ都会の盲点だ。まさか、都内一のランドマークに……しかも、あんな上空に」

「ジャイロはすべてチューンナップしてあります。あの高さでも安定した飛行が可能です」

「待って」

美結はひどい不安に駆られる。

「黄娜(ファン・ナ)さんの最後の言葉……王超(ワン・チャオ)は、Cの計画を知っているのね？」

「ある程度は、おそらく」

ゴーシュは眉をひそめた。

「ぼくは周唯(ツォウ・ウェイ)と……黄娜と情報を共有していた。Cが東京を支配下に置く計画があることは、彼女も知っていたから……」

「ということは」

美結は急いで確認する。

「Cがこれからやることを、王超も知ってる」

「全てではありません。ぼくだって、全ては知らない」

「でも……王超がどう出るか」

「また便乗して、何かするつもりかも知れない！」

二人の刑事はあわてて立ち上がる。

「いや。Cは同じ過ちは繰り返さない」

だがゴーシュは自信たっぷりに言った。

「おそらく、既に王超の存在をしっかり把握している。もしかすると、制裁リストに挙げたのでは？」

二人は黙り込む。表情を変えないように必死だった。むろん情報をシャットアウトしているので、Cのサイトが復活したことは知らないはず。だがゴーシュは鋭かった。この期に及んでも忠誠心に揺らぎはなく、そして、決してチャールズ・ディッキンソンとは呼ばないつもりだ。

「そういえば」

美結は血相を変えた。

「安珠が今日、ライジングタワーでライヴだって……」

雄馬もハッとして美結と目を見合わせる。偶然か？　いやそんなはずはない。Cがこだわりつづけている、おそらくは恐れている、佐々木忠輔。安珠はその妹だ。そしてチャールズとは、旧知の仲。その彼女がいま塔の展望台にいる。

「安珠には村松君がついてます。でも」

少しも安心できなかった。先日も、村松は安珠を危険にさらすという失態を犯した。人手不足でなかったら護衛役を外されているところだ。教育係の福山がサポートに回ってくれるから美結もよしとしていたのに、今日は非番。どうしてよりによってこんな日に！

美結は取調室を出て村松に電話を入れた。だが——相手は出ない。呼び出し音がひたすらに続くだけだ。

「出ません」

取調室から出てきた相棒に告げる。雄馬は頭を掻きむしった。

同時刻。

「おい村松！」

電話の相手が出るなり、小西は怒鳴っていた。

「お前いま、ライジングタワーの中だろ⁉」

『はい。展望台です』

「どうだ、いまそっちは?」

『やっぱりすごい眺めですよ。初めて上ったけど、想像以上でした』

「そうじゃねえ」

眺めの感想など訊いているのではない。

「異常はないか? 何か起こってないか?」

『どうして分かったんですか』

不思議そうに訊いてくる。

『いま、エレベータが止まってます』

「何?」

『機器トラブルみたいです。あと、お客さんが少し興奮して騒いでます。でも大半は落ち着いてるんで、大丈夫ですけど』

客が騒いでいる? それは——窓の外を見たからじゃないのか。

「てめえ気をつけろ! Cの亀の巣なんだよそこは!」

『はあ?』

まるで切迫感のない声が返ってくる。小西は更に怒鳴りつけようとして、息を呑んだ。

塔の上を見上げた小西の目に異様な光景が映ったのだ。

「ウソだろ……！」

光が増えている。

さっき上っていったジャイロを迎えた群れがいきなり倍増した。いや、消していた明かりを点けたということか？　ざっと十五ほどの色とりどりの光が浮いている。白と赤に加えて青と緑が舞っている。点滅の仕方も様々。まるで巨大な蛍の集会所だ。

「あ、あんなにあるなんて聞いてねえぞ！」

小西の悲鳴の意味が理解できなかったらしい。村松は妙に気楽な声で言った。

『ちょっと待ってください。美結さんからも電話入ってます』

村松は背中がざわざわするのを感じた。二人の先輩からほぼ同時に電話が入るとは……だが、こういう時ほどあわてるのは恰好悪い。自分の声が能天気なのは自分で分かっているし、こういうところが先輩たちを苛立たせるのも分かってはいるのだが。

すぐ横にいる佐々木安珠の視線を意識しながら、村松はスマートフォンを操作し、美結からの電話もペアリングした。グループトーク機能を使ってお互いに話せるようにする。

『あっ、村松君？　いまどこ？』

切迫した美結の声に答える。

「ライジングタワーの天楼デッキです。安珠さんの護衛を継続中です」

『おっ美結か？』

小西の驚いた声。

『あれ、小西さん？』

美結も驚いている。

「小西さん、これから三人で話せますよ」

村松は得意げに言った。小西はうむむと唸る。

『なんだか気色悪りいな。電話で三人って』

「何言ってるんですか。こないだグループルームに登録したばっかりじゃないですか、こういう機会もあるかもしれないからって」

『そうだっけか』

『小西さんは、いまどこですか？』

美結が訊いてきた。

『ライジングタワーの真下だ……大変なことになってる』

村松は肩を叩かれて振り返った。安珠が一方を指差している。窓ガラスの方だった。村松は目を向けて、

「うわあ！」

と悲鳴を上げた。

「窓の外を、変なのがいっぱい飛んでます！」

『それがCの亀だ！　ごまんといるぞ！』

小西が叫んだ。地上から肉眼で確認して喋っているらしい。

村松は見物客の様子を確認した。みんな窓の外に目を奪われている。さっき悲鳴を上げたのは、窓の外の異変にいち早く気づいた人だったのか。村松もあわてて見たがその時は異常がなかったので、おかしな人がいるな、で済ませていた。甘かった……異変は着々と進行していたのだ。

『村松、展望台の様子を教えろ』

『お願い、村松くん』

先輩たちがせがむ。村松は無理だ、と思った。驚きに固まる者、恐怖に震える者。全ての客にパニックが伝播（でんぱ）していくのが分かる。口で伝えるより、この光景を見せるのが一番だ。

「ノートPCを持って来てるんで、ウェブカメラを起動します。スカイプをつなげますよ。美結さんのアカウントに」

安珠が村松のリュックを持って、中から機器を出すのを手伝ってくれた。

『分かった。安珠はもちろん、無事よね？』

美結が早口で確かめる。

「はい。すぐそばにいます」

『大丈夫だからって伝えて。必ず助けるからって』

村松は安珠に、言われたままを伝えた。

「でも、すぐビデオ通話繋ぎますから。直接言えますよ」

『ちょっと待って。三階の私の席に戻るから』

「了解です」

『俺のほうはよ⁉』

小西は混乱している。この人には複雑なことを指示しても無駄だ。

「すみません。小西さんスマホ持ってなかったですよね？　じゃあ映像なしで我慢してください」

『なんだと、おい……』

「ずっとじゃありません。あとで方法を考えます」

TRTはもともと電波塔だ。小さな中継所を開設しちゃったな、と村松は思った。墨田署強行犯係ネットワークだ。

三分後。美結は墨田署三階の刑事課強行犯係の自分の席に戻り、パソコンを起ち上げた。

村松からのコールを受けると、ビデオ通話画面に中継映像が映る。かなり鮮明で、しかも展望台の内部が意外に広く見渡せる。広角レンズを使っているらしい。画面がぐいと動いた。村松がウェブカメラのレンズを窓の外に向けたのだ。不審な光が点滅し、ふわふわと横切っていく光景が映って美結は総毛立った。見物客たちが呆然と立ち尽くしているのが見えるが、気持ちはよく分かる。UFOの群れに囲まれたような気分だろう。

『Cのジャイロ、こんなにいたんですね……』

村松の声は意外に冷静だった。美結はパニックにさせたくなくて口を噤んだが、小西は直情的だ。

『こんなところを巣にしやがって！ 高すぎて手が出ねえ』

携帯電話の方も繋いだまま。その声を聞いた村松が言った。

『……そうか。タワーがジャイロの基地だったんですか』

留置場にゴーシュが無事戻されたことを自分の目で確かめた雄馬が、刑事課まで上がってきた。美結は手を挙げて雄馬を呼び寄せ、状況を伝える。

「基地……ゴーシュの言う通りか」

呆然とビデオ通話の映像を眺める。何かとてつもなく危険なことが始まっている。Xデ、イ、い、い、Xタイム。

『どうも様子がおかしいです』

村松の現場レポートがそれを裏付けた。

『エレベータが動き出す気配が全くありません。そちらから、タワーを運営している会社に確かめてみてもらえませんか？　これ、もしかすると……』

『もしかすると、なんだ』

小西が声を荒らげる。

『ハッキング』

聞きたくない言葉があっさり返ってくる。

『ライジングタワーの制御系統に、侵入されたんじゃ……』

美結と雄馬は顔を見合わせる。村松は真実を言い当てたと直感したのだ。そしてお互いの顔に解決策は見つけられなかった。

事態は最悪の段階に突入したらしい。

「また集まろう」

雄馬が早々に宣言した。

「さっき解散したばかりだけど……ぼくらだけでは何もできない」

「力を合わせるしかないですね」

美結も一も二もなく同意する。手分けして連絡をした。雄馬は実の兄へ。だがすぐに顔が曇る。

「……留守電だ」

美結は佐々木忠輔に。かつてのボス、水無瀬に連絡を入れた。そして考える。現在のボスにも、至急連絡しなくてはならない。美結はデスクの受話器を取って井上の携帯電話にコールした。休ませておきたかったが、もう無理だ。

「井上さん、ライジングタワーが……」

伝えるとき、胸が痛んだ。また自分たちの管区で大事件。神経が保たない。だがもちろん井上は、すぐ行くと言った。そして二十分後。

「これも、Cのサイバーテロだというのか？」

墨田署の会議室に井上の声が拡散し、消えた。一昨日まで捜査本部開設で慌ただしかったこの部屋はすっかり片付き、殺風景なだだっ広い空間と化している。

美結は井上にはっきり返せない。事態は単純ではない、陰謀の裏に陰謀がある。確かなのは、ＴＲＴが完全に制御不能に陥ったということだ。

「しかし、なんでライジングタワーだ？」

今度は水無瀬が言った。この警視正は帰宅せず警察庁にいた。連絡がつくと、面倒がることもなく墨田署までやってきてくれた。しかも公用車ではなくタクシーで。井上はしきりに恐縮し、わざわざすみませんと何度も言った。この二人は久しぶりの再会らしいのに、ゆっくり昔話もさせてやれない。美結はやるせない怒りを覚えた。

「狙うなら、政府関連か大企業のシステムやと思ってたが……」

「目立つところ、見栄えのするところを狙ったんでしょう。世界に向けてアピールするために」

佐々木忠輔が愁眉の表情で言う。この男もすぐにやってきてくれた。このご時世でも携帯電話を持たないという希少な男だが、最寄りの交番の警官が常に動向を把握してくれている。連絡すると、またすぐミニパトに乗せて送ってきてくれたのだった。

「あのタワーは、人々を威圧するには恰好の道具です。世界一の電波塔は最高のメッセージツールだから」

「しかし、タワーの高層部に〝巣〟を作るとは……いったいどうやった？」

「ゴーシュによれば、ジャイロが離発着するユニットがあるそうです」

雄馬が説明した。

「でもそんなもん、建設段階で組み入れないと難しいやろ」

水無瀬のもっともな問いに、美結と雄馬が頷く。既に達している結論がある。

「ちゅうことは……」

水無瀬が二人の表情を見て目を瞠った。察したのだ。

「建設作業員の中に、Cのシンパがいた」

答えたのは忠輔だった。

「まさか」

井上が唸る。屋形船での密談にはいなかったから、話についてこられないように見える。美結は気の毒になったが、自分でさえ追いつくのに精一杯だった。事態は今や誰の想像をも超えてしまっている。

「シンパが、正規のもの以外のユニットを組み込んだ……つまり去年から、いやもしかするともっと前から、決まってたんや。ジャイロが飛び交い、東京が支配下に置かれることが」

「チャールズ……なんということを」

忠輔は眼鏡を取り、眉間を押さえた。そのままじっとしている。

「ほれ。始まった」

水無瀬は会議室の壁に掛かったテレビを見て薄く笑った。美結もつられて見る。

チャンネルは公共放送局に合っている。番組は生活情報バラエティ。その画面の上に、〝ニュース速報〟の表示が映っていた。食物繊維の効用について掘り下げている番組とはあまりにかけ離れた内容だった。


東京ライジングタワーがシステム不具合　来場客が閉じこめられている模様

二行のテロップのみだが、ついに全国に流れた。タワージャックという言葉は使われていない。不慮の事故、というイメージだ。

「現場にマスコミが押し寄せるぞ。警察のお偉方にも緊急連絡が行って、集まり出した頃やろ。様子うかがいしてみるか」

水無瀬はスマートフォンを取り出してかける番号を選び始めた。するとテレビ画面が切り替わる。

「うわっ」

会議室は驚きの声で満たされた。

美結はテレビ画面に目を凝らす。ライジングタワーの生中継が始まった……だがたちまち目が霞んでしまう。焦点が定まらない。

画面に映ったタワーが、あまりに見慣れない姿をしていたからだ。

2

いい加減に首が痛い。タワーが高すぎるのだ。

小西はSX4を、東京ライジングタワーがよく見える浅草通りと北十間川(きたじっけんがわ)の間の路地に駐(と)めた。できる限り上体を反らして見上げていたが、しまいにはボンネットに寝転がるような恰好になった。だがどんなに見つめてもあんな上空に手が届くはずもない。飛び交うジャイロにただ見とれるしかなかった。

その動きは、明らかにコンピュータ制御による編隊飛行。基本は展望台の周りをゆっくり回っているのだが、時々パターンが変わる。展望台に近づいたり離れたり、ライトの色を変えたりする。まるでショウのように。見られることを大いに意識しているのだ。

おおと声が上がったので見回すと、通り沿いに野次馬たちが並んでいる。綺麗だなあ、などと能天気な声を上げる者もいた。馬鹿な——小西はイライラと路上に唾（つば）を吐く。いつ搭載した武器を使って〝悪人〟を襲い始めるか分からないのに。下から見上げる分にはまだ気楽だが、展望台に閉じこめられている者たちにとっては恐怖でしかない。Cめ……なんと底意地の悪いヤツだ。

「そっちは大丈夫か？」

さっきから電話を繋ぎっぱなしにして、くどいくらいに村松に確認している。

『お客さんたち、疲れの色が濃くなってますかね……』

と言う村松の声も疲れてきている。

『そのへんに座り込んでぐったりしてます。外のジャイロも飛び回ってるだけで、何もしてくる気配がないから』

「いや。気をつけろ。いきなり何してくるか分かったもんじゃねえ」

『はい。でも、どう気をつけたらいいんでしょう』

「銃は持ってるんだろ？」

『はい』

「他にも武器になりそうなもの捜しとけ。いきなり寄ってきたらぶん殴れるような」

『……はあ』

「とにかく、安珠さんを死んでも守れ。その次に、周りのお客も傷つけるな。身体を張れよ！　そのための護衛だぞ」

『はい。でも……』

「なんだ？」

『ちょっと、さっきからトイレ行きたくて』

「馬鹿野郎。とっとと行ってこい！」

怒鳴りつけた小西の視界に異変が起こった。

「な、なんだ？」

おおっ、というどよめきが耳に届く。見上げていた野次馬や通行人たちも度肝を抜かれたのだ。ランドマークの白と青の優しいライティングが――一瞬で赤に変わった。

いや、赤一色ではない。その中に真っ白な文字が浮かんでいる。


〝C〟

「くそったれ！」

小西は電話を口につけたまま怒鳴った。相手の村松がひゃっと言う。

『ど、どうしたんですか？』

「……タワーを盗られた」

小西は虎のように唸った。


同時刻、墨田署会議室の面々は、テレビ画面いっぱいに映し出された赤地に白い〝C〟を呆然と見つめていた。画面に映ったテレビリポーターが我を失っている。

『これはいったいどういうことでしょう。ライジングタワーは乗っ取られたのでしょうか……あのCによって？』

雄馬がリモコンでテレビのチャンネルを変える。ほぼ全てのテレビ局が現地から中継を始めていた。井上が泡を食って会議室を飛び出して行く。現地に人をやるためだ。既に帰宅している署長や刑事課長も署に呼び戻す。いや、墨田署の全署員に動員がかかるに決まっていた。

「チャールズらしいな」

画面をじっと見つめていた忠輔が言った。

「ライジングタワーが完成する前から、乗っ取ることに決めていたんだ」

「しかし……何でこんな、人を食った……」

雄馬の声は、怒りというより呆れに近い。

「一番効果的なタイミングで、タワーを使って人々にメッセージを送ると決めていた。こんなに分かりやすい征服宣言もないから」

「でも、どうやって乗っ取ったんですか？」

美結にはどうしても分からなかった。

「タワーのシステム系はたぶん、インターネットと繋がっていない。ハッキングのリスクを考えて、独立したネットワークを使っているはずです」

「確かに。スタンドアローン環境にあるはずや」

水無瀬も同じことを考えていた。

「ただ……タワーの制御システムのいずれかのポイントが、インターネットに繋がった瞬間がたぶんあった。その隙に攻撃を仕掛けたのかも知れん」

「でも、そんな短い間に……相当難しいはずです」

「一度も外部と繋がっていなくとも、ハッキングは可能です。よくご存知でしょう」

忠輔が冷静に指摘し、水無瀬は目が醒めたような顔になった。

「スタックスネットか？　あれもスタンドアローン環境だった……同じ原理か」

美結にも聞き覚えがあった。ウイルスによってダウンしてしまったイランの核施設の事件だ。

「なるほど……では」

美結が顔を向けると、忠輔は頷く。

「誰かを使って、ＵＳＢか何かからスパイウェアを送り込んだ」

ああ、と雄馬も腑に落ちた声を上げた。だが美結は首を傾げる。

「人間がウイルスを持ち込めば、システムを狂わせることは簡単にできる。でも、外からコントロールすることは」

「できるよ」

水無瀬は無念そうに言った。

「勝手に外部に繋がるようにすればええ。チャールズの作ったトロイの木馬はあまりに巧妙やから、管理側が少しも気づかずに外部との太いパイプを作られていた可能性が高い。しまいにはＣの命令しか聞かなくなった。これは厄介やぞ。タワーの電源を落とすわけにも行かん。何千もの人が閉じこめられてる……それを見越しての計画やな。なんちゅう悪知恵や」

「どうやって取り返したらいいんですか？」

「ちょっと待て……いま考える」

「またニュース速報が」

忠輔が注意を促した。見ると、画面に衝撃の文字が表示されていた。

東京西部　清瀬市、小平市で停電発生　東京電力が原因を調査中

「停電……？」

テレビのリポーターも、あわてて駆り出されたらしいスタジオのキャスターも、速報で出た内容について緊迫した口調で詳細を伝え始めた。だが表情には妙に温度がない。実感を欠いたまま喋っているからだろう、と美結は思った。自分で伝えている内容が馬鹿げて感じられるのだ。さっきからスマートフォンに耳を当てていた雄馬が、

「ほんとですか」

と緊迫した声を出した。相手は本庁刑事部の同僚のようだ。そして美結たちに向かって声を大きくする。

「ＪＲの指令室のシステムがダウンしたそうです。都内全線の電車が停止」

「……やりよった」

水無瀬が上擦った声を出す。

「やりましたね」

忠輔も同調した。美結はそれを、非難するような目で見てしまった。気づいた水無瀬が言い訳するように言う。

「チャールズは本気や。勝負を懸けに来てる」

「勝負？」

「チャールズが、ライジングタワーとタイミングを合わせて乗っ取ったのは、発電所と鉄道」

忠輔の指摘に水無瀬が頷く。

「サイバーテロの教科書みたいなやり口やな。新鮮味に欠けるぐらいや」

「だが、史上最大のサイバーアタックかも知れません」

忠輔は声を大きくした。

「ネット大国が真っ先に狙われるのは電力、その次に交通。それがセオリーですから」

美結も、サイバーフォース時代に教わった覚えがあった。ライフラインの麻痺は、想定される同時多発サイバーテロの中でも最悪のシナリオだ。だが本当に起こると信じたことはなかった気がする。それが実際に起きている——この国で。

「危機感の高い国、先見の明を持ったブレインがいる国はそれなりの対策を施しとるけど、日本はほぼ無策。責任の押し付け合いや事なかれ主義が、日本に琵琶湖ぐらいでかいセキュリティホールを開けてたんや。Cでなくても、誰かがいつかやってた。しかしなあ……

もう、勘弁してくれへんかな」

紛れもない冷や汗が、水無瀬の額から流れ落ちている。

「これだけで充分大混乱や。市民生活は止まり、経済的損失が積み重なる。分単位で何億もの金が飛んでいく計算になる。日本は破産するぞ……仕事増やしてくれよる」

「今のところ、二十三区からの停電報告はないようですが……もしや都心も停電させる気でしょうか？」

雄馬の問いは悲鳴に近い。

「そんなことになったら……損失が跳ね上がるな」

『停電が起きてるってほんとですか？』

パソコンのスピーカーから声が聞こえてきた。展望台の村松だ。美結がデスクから自分のノートPCを持って降りてきて、再びスカイプを繋いだのだった。

『美結さん、そっちには詳しい情報入ってますか』

パソコンの画面に村松の顔がアップになっている。ウェブカメラに村松は広角レンズをはめたままらしく、カメラに近づくと顔の真ん中が膨らんで見える。妙な愛嬌がこの緊迫した場面にはそぐわなかった。

「うん。ほんとみたい」

美結は仕方なくパソコンに向かって答える。

「まだ規模はよく分からないけど……」

『当ててみましょうか』

村松の声は妙に興奮している。

『西の方でしょう。小平市とか、西東京市……清瀬市のあたりじゃないですか？」

「なんで分かるの？　あ、テレビのニュース見たの？」

『いえ。ここはライジングタワーですよ。凄く遠くまで見えるんです。ある一帯だけ真っ暗です』

その村松の声の後ろから、悲鳴が聞こえた。客たちもワンセグなどでニュースを見ているのだろう。タワージャックが進行中だと知り、そして地上には灯りが忽然と消えた地域がある。これから自分たちはどうなるのか……不安に思うなと言う方が無理だ。宙づりのままになっている人々の精神状態が心配だった。

『大変なのは、ここだけじゃないのね』

村松とは別の声が聞こえた。

『東京中がパニックかあ』

妙に他人事（ひとごと）のような、落ち着いた声だった。

「安珠、だいじょうぶ？」

美結は言葉をかけた。すると画面に、キャスケット帽を被った安珠が現れる。

『だいじょうぶ。騒いでる客が何人かいるけど、大多数は落ち着いてるから』

「必ず助けるから。待ってて」

美結はそう言うしかなかった。

『分かった。待ってる』

強い声が返ってきて、心強くなる。美結はあわてて安珠の兄を見た。心配しているに決まっている。話したいだろうと思ったのだが、呆気にとられた。忠輔は会議室にあった古いデスクトップパソコンを起ち上げて何かやっていた。素早くキーボードを叩き作業に集中している。妹と話したいという素振りは見えない。美結は仕方なく、村松と話し続けた。

「そっちのパソコンのバッテリー、大丈夫なの？　ずっと繋ぎっ放しだけど」

『大丈夫です。長時間持続タイプなんで。予備もあります』

「通信状況もずいぶん良好ね。一度も切断してない。タイムラグもほとんどないし」

『ここは、日本一強力な電波塔ですからね！　ぼくも最新式のモバイルルータを使ってますし。これだけ安定した回線も珍しいかも。ところでぼく、脱出路を探しに行こうと思ってるんですが』

村松が言い出し、美結は驚いて訊いた。

「脱出って……階段で？」

『はい。さっき係員に訊いたんですけど、非常階段はあるそうですけど、使えないのかって訊いたら口を濁されてしまって。警察手帳見せましたけど、もう少し待ってくれの一点張りで』

美結は雄馬の顔を見た。雄馬はさっきから、本庁経由でタワーの運営側とも話している。どういう状況なのか。

『本部の指示を待ってるんでしょうけどね。お客さんたちだいぶ待たされてるから、さすがにそろそろ不満が爆発するかも……運営側がどういう状態か、その後分かりました？』

だがスマートフォンを耳に当てた雄馬の顔は渋いまま。芳しい答えは返ってきていない様子だ。

「ちょっと待って……いろんな問題が同時に起きてるの。どこも戸惑ってて、ちゃんと対処できてないみたい」

『そうですか……』

落胆する村松に、ともかく何か声をかけたい。美結は言った。

「階段って言っても、地上までは相当な距離でしょ。みんな階段で避難させるってのは、かなり混乱を呼びそうじゃない？」

「我先に降りる客がいると危険やしな」

水無瀬が言った。

「運営側も復旧に必死なんやろ。エレベータだけでも動かせへんかって」

「全く復旧は進んでません」

雄馬は×のゼスチャーとともに小声で言った。ビデオ通話に音声が乗らないように気を遣ったのだ。

「階段も使えないそうです……非常口への扉がロックされてる。システムダウンで、解錠できないと」

全員の顔から血の気が引く。

「来場客を……逃がさない気ですね」

美結は低く言いながら、汗がじわりと脇を濡らすのを感じた。人質という言葉が嫌でも浮かぶ。

「いやー、チャールズ君。凄い坊ややなあ」

思わず声を大きくした水無瀬の言葉に、

『チャールズって？』

展望台の安珠が反応した。伝えるかどうか迷っていたが、この際だ。美結は息を整え、パソコンのマイクに口を近づけた。

「安珠。Ｃの正体は、イギリスの……チャールズ・ディッキンソンよ」

『あ、そうなんだ……』

拍子抜けしたような反応が返ってくる。画面の端に映っている安珠は、帽子の前びさしを上げて表情を見せた。緊張は見えない。

「安珠。あなたも、喋ったことあるのよね」

『うん。でも、こんなことする子じゃないと思ったんだけど……変わっちゃったな。一番変わる年頃だもんね』

親戚の子供のことでも話題にしているような、変なのどかさ。

『兄貴のせいなの？　チャールズがこんなになったのは。怒らせたんでしょう』

「それは……」

美結は言葉に詰まり、振り返った。佐々木忠輔はまだパソコンに向かっている。

「ぼくのせいかもしれない。確かにな」

キーボードに指を置いたままの姿勢で答えを返してきた。

回線越しに、初めて兄妹が言葉を交わした。

「だが、いつまでもチャールズの好きにはさせない。タワーを奪い返してそこを解放する。待ってろ」

『期待しないで待ってる』

安珠からの返答は穏やかだった。美結は、胸を打たれた。安珠の強さに。そして、兄に対する信頼のようなものに。

『兄貴。厄介ごとはあんたの日常だけど、間違いなく過去最大ね。どうやって切り抜けるか、楽しみにしてるから』

「言ってろ」

忠輔は振り返り、ビデオ通話画面の中の妹をしっかり見た。

「お前こそおとなしくして、刑事さんや周りに迷惑かけるなよ」

『へーい』

安珠の気楽な返事に救われたのは、忠輔よりむしろ、この場にいる警察官たちだと美結は思った。閉じこめられている人間がこれほど強い気持ちでいてくれると、助ける側にとっても勇気になる。

井上が会議室に戻ってきた。やはり署長以下、ほとんどの署員に動員をかけたという。だがどれだけ集まっても、所轄に出来る事は限られている。

「警視庁刑事部と、警備部の機動隊がまもなく現場に到着します」

雄馬が声を張った。タワーの上に声を届ける。

「その他の各部も既に動いています。安珠さん、警察の総力を結集して皆さんを救出します。待っていてください」

『ありがとうございます』

その素直な返答にいてもたってもいられなくなったのか、井上も呼びかけた。

「安珠さん、常時村松から離れないで、何か困ったことがあればそいつに何でも言ってください。どうか気を強く持って」

『井上さん、ありがとうございます』

二人は既に面識がある。護衛をつける際に、井上が直接安珠に説明しに行ったからだ。そして安珠は井上に大いに好感を持ってくれている。

「小西と話す。タワーのすぐ下にいるんだろ」

井上が矢継ぎ早に言い、美結はすかさず小西にコールして井上に電話を渡した。

「小西、聞こえるか？」

井上は所属上長らしい親密さと威厳を発揮した。

「うちの署からも何人か行ったが、本店から刑事部、それに機動隊がそっちに向かってる。お前がしっかり状況を説明してやれ。で、お前はそこを動くな。気が逸(はや)って、タワーに上ろうとしたりするなよ！」


同時刻。

「村松さん」

呼びかけられてドキリとした。Cのサイトが復活したと聞き、インターネットでCのサイトの新しい制裁リストを見て呆気にとられていると、佐々木安珠が村松の耳許に口を寄せて囁きかけてきたからだ。

いったん美結たちとのやりとりを中断してはいるものの、スカイプは繋いだままにしている。安珠はウェブカメラの死角に入り、マイクにも声が入らないように気をつけているのが分かる。この人は、おれだけに伝えたいことがあるのだ。

村松は雑念を追いやった。安珠の意図を汲み取りたい。

「あの男、なんだか……」

言いながら目配せする。

「なんですか？」

安珠はシッと口に指を当てる。帽子の前びさしを下げて顔を隠すような仕草を見せた。

村松は口を閉じ、安珠の視線を追う。疲れてあちこちの床に座り込んでいる見物客が多い中、一人立ち尽くしている男がいた。ポロシャツの上にジャケットを羽織り、ゆったりしたズボンを穿(は)いている。痩(や)せていて、色は白い。リュックを背負っていた。年の頃は三十代。とりたてて目立つ風貌ではない。ただ、口には白いマスクをしている。顔の下半分が隠れている。遠目なので顔立ちがはっきりとは分からない。

安珠は鋭く言った。

「気になる。目を離さない方がいいと思う」

「えっ」

もう一度注意して見る。やはり何の変哲もない男だ。目つきが暗いような気もするが、こんな状況で楽しそうにしている方がおかしい。

「ど、どうしてですか？」

村松もできるだけ何気ない様子を装って訊く。安珠は答えなかった。彼女にも、しかとは口にできない感覚なのかも知れない。だが目の光が激しく揺れ動いていた。展望台に閉じこめられたと知った時にも動揺を見せなかった安珠が、動揺している。

「もしかしたら……隅田公園にいた人かも」

その声は少し震えていた。村松は混乱する。中国女性が燃え上がったあの場にいた男？……公安部の誰かという意味か。村松は目を凝らして顔の形を見定めようとする。いや、たぶんあんな男はいなかった。腰を抜かしていた自分が言うのも何だが、公安部隊の中にあの顔はなかったと思う。

では、側道の方に集まっていた野次馬の中にいた男か？　だがあそこからは距離があったし、目についたとしてもいちいち顔を覚えてなどいない。安珠は相当目がいいようだが、さすがに野次馬の顔を一つ一つ見分けているとは思えない。

ベンチに一人、サラリーマン風の男がいたのを思い出す。目の前の状況にひたすら驚き、度肝を抜かれて立ち上がれない様子だった。まるで自分のように。

だがあの男とはまるで似ていない。あのサラリーマンは肌が浅黒く、顔も膨れ気味だった。では安珠はいったい誰のことを言っているのか。村松は慎重に考えた。自分は何か見過ごしているのではないか……濃い靄を振り払うかのように、村松は思い切って言った。

「実はぼくも、ちょっと気になってる人がいます」

安珠は意外そうに村松を見た。

「安珠さんとは違って、女性ですけど」

「どの人？」

「さっき係員に状況を訊きに行ったとき、エレベータの近くで見かけた人です。キャップをかぶってデニムを穿いた。いまは見えないんで、どっか反対側の方にいるんでしょうけど」

「何が気になるの？」

「ええ……ちょっと」

村松は口を濁す。

「思い過ごしかもですけど……知ってる人かも知れない」

3

暗いアーケードの下を警戒しつつ前進する。

最新式の、軽量にして頑丈なアサルトスーツがしっかり身体に馴染んでいる。防弾バイザー付きのヘルメットをかぶり、手には使い勝手のいいドイツ製短機関銃（サブマシンガン）、H&K MP5シリーズのA5。スーツの上に着込んだタクティカルベストには予備弾倉の他に特殊閃光（せんこう）弾（だん）、犯人捕縛用の結束紐（ひも）も備わっている。

更には、横に相棒がいる。最終テストの試験官でもあった陣内大志の言ったことは嘘ではなかった。あれから陣内は梓のバディとして、全ての訓練を共に行っているのだ。そしてこの男の実力は本物だった。実に有能で頼りになる。だから梓は全くの平常心だった。勤務外の時より心拍数が落ち着いている気さえする。これから直面するどんな事態にも正しく対処できる自信がある。

アーケードの切れた四つ角を右に曲がり、今までより更に灯りの乏しい区域に入った。ここは北関東の郊外、ほとんど人通りを見かけない寂れた町の一角。そして——対象となる建物が見えてきた。白いコンクリート製の、銀行と思しきビルだった。

これからここを落とすのだ。

建物の一階から灯りが漏れていた。行員の制服を着た複数の男女が見える。

そして奥の方には——覆面姿の男が三人ほど。

典型的な、犯人と人質の構図だ。

梓は手前の建物の陰に、陣内と共に身を潜めた。油断なく状況を注視する。

よくまあこんな施設を用意するものだと梓は感心した。元々は倒産した病院だった建物を銀行に改造したらしい。即席のカウンターや金庫を設置、行員役の隊員を配して、銀行強盗の立てこもり状況を再現した。更には地元警察に依頼し、この時間、この一帯には一般人が入り込まないようにしている。

　日本警察もなかなかに太っ腹だ。この訓練だけでいくらの予算を投入しているのだろう。緊縮財政の風潮の中でSATは特別扱いを受けているらしい。警察の中でも最高のエリート部隊なだけはある。ここに所属できたことは掛け値なしに誇りに思う。

　だが梓は、じりじりと身内を焼く焦りを感じていた。訓練などしている場合ではない……日本は未曽有（みぞう）の危機の最中（さなか）にいる。超大物、世界的ハッカーが日本を狙っている。あのCというヤツは何と大胆にして才走っているのか。いとも簡単に警察庁を襲撃して見せただけでなく、日本の〝悪〟を名指しして不特定多数に狙わせるとは。梓がまだSPの身分だったら要人警護に就いて充実感も味わえただろうが、SAT所属になったばかりだ。皮肉なタイミングだった。

　現在Cのサイトはダウンし制裁騒ぎも一段落ついている。だが、ちょっとした凪（なぎ）に過ぎないと梓は確信していた。Cのことは調べられるだけ調べたが、どう考えても歴史に名を残す大犯罪者だ。世界中の警察や軍や諜報組織が捕捉できていないことが信じられない。それどころかどこの誰かさえ判明していない。だが梓はぼんやりした犯人像を思い描き、Cの隠れ家に踏み込んで銃を突きつける瞬間を何度もシミュレーションしていた。無意味な想像だと分かってはいる。Cはそもそも日本にいない。日本警察の特殊部隊は国外では活動できない。

『準備はいいか』

インカムから声が聞こえた。無線指揮車にいる部隊長だ。

「準備よし」

陣内が答えた。

「準備よし」

梓も答える。すると少し間を置いて、

『突入』

指令が入った。〇・五秒後には突進を開始していた。MP5A5を構えつつ、陣内に先んじて正面扉に到達する。タクティカルベストからバッテリングラムを抜き出すと正面扉に叩きつけた。一撃で大きく開いたのには拍子抜けしたが、笑っている場合ではない。目の前の光景を瞬時に分析する。

犯人役の隊員はあわてた演技をし、持っていた包丁を行員の顎の下に当てた。

人質の命が危険にさらされるようなら犯人を撃て、という命令が下っている。むろん致命傷を負わせてはならないが、この状況は明らかに犯人を撃っても許される。だが射撃のスキルに自信があるからといって無闇に撃つのはただの馬鹿だ。自信があるからこそ、いざという時しか使わない。ギリギリまで素手で解決することを考える。

梓は銃を床に置いた。相手が呆気にとられた隙をつき、次の瞬間には犯人の五〇センチ前に立つ。

「おい！」

陣内が泡を食って叫んだ。だが梓はたちまち犯人をねじ伏せた、覆面の下から顔を覗かせた三十代の隊員が目を剝く。完全に意表をつかれてほとんど無抵抗だった自分が信じられないようだ。いつのまにかインシュロックという結束紐が自分の両手を縛り付けているのを呆然と見つめている。教官レベルの隊員にあるまじき表情だった。

だが梓は気を遣わない。即座に残る犯人役の男たちに向かっていく。逃げ出した覆面姿の男たちのあわてぶりは役に忠実なだけか、それとも素が出たのだろうか。

『訓練中止！』

すかさずインカムから強い声が届いた。

やってしまった、と梓は思った。だが自分らしさを前面に出せという指示に従っただけだ。犯人への対処方法は完全に任されていた。やりたいようにやりすぎたか？　バディさえ驚かせるようなスタンドプレーはさすがに許されないのか。銃を捨てて犯人に体術のみで向かうなど確かに前代未聞だろう。結果で全てを正当化するつもりだったが、あたしはこれから叱責を喰らう。功を焦るな、訓練の趣旨をはき違えるな！　と。

『出動待機命令が下った。直ちに帰隊せよ』

インカムの声に耳を疑った——あたしの心配は全て見当違いだった。出動待機。部隊長は確かにそう言った。待ちに待った言葉。空耳ではない！　振り返ると陣内が呆然としている。新バディの予測不能の行動もさることながら、このタイミングでの出動待機が信じられないのだ。それはそうだろう、だが渡りに船だと梓は思った。身につけているものはほぼ全て実戦用。あとは、模造弾ではなく実弾を装備すれば今すぐにでも出動できる。だが、いったいどこへ出動するというのか？

寂れた商店街のアーケードを逆に辿り、隊員輸送用のヴァンへ帰隊する。陣内・梓のコンビの次に訓練出動するはずだったもう二人の隊員の奥に、棚田部隊長が硬い顔で待っていた。三十代半ばの警部補。ＳＡＴには通算在籍六年目の経験豊富なリーダーだ。

「東京ライジングタワーがダウンした」

部隊長の言葉に梓は耳を疑った。昨年完成したばかりの、ハイテクの固まりがダウン？

棚田はなおも冷徹に告げる。

「東京西部にも停電が発生している。鉄道も大混乱しているそうだ。全てが、国際的ハッカー〝Ｃ〟の仕業と見られる」

来た——Ｃだ。願ってもない機会に思わず身震いする。やはりＣは黙っていなかった。これ以上ない華々しい復活を遂げたようだ。

「我々は、今すぐTRTに向かう。システムがハッキングされて展望台に来場客が閉じこめられている。その数は二〇〇〇人を越えている」

「タワージャックということですね？」

陣内が訊いた。棚田は頷く。

「ジャックという言葉がふさわしいかどうかはまだ分からん。現在、隅部長が警視庁で情報を集約しているが、C本人がタワーにいるわけではなさそうだ。ただ、閉じこめられた来場客を人質にして何か要求してくることは充分に考えられる。我々は来場客の救出と避難誘導に当たることになる可能性が高い。今すぐ現場に向かう」

ということは、タワー内にテロリスト——捕捉すべき対象がいるわけではないのか。ただ客を救出するだけか？　梓は拍子抜けする。

「だが、どんな危険が潜んでいるか分からない。まだ展望台内の状況が明確でない。Cは救出作戦を邪魔するかも知れない。簡単な任務ではない」

なるほど。Cの乗っ取ったタワーは、救出隊にとっては危険な罠と化す可能性がある。だから通常のレスキュー部隊ではない、SATが挑むにふさわしいのだ。血が沸騰し始めた……面白い。こんな任務は滅多にない。

「他の部隊ももろん出動準備に入っている。全部隊が現場に集結する」

警視庁所属のSATは三個隊有り、棚田隊は最も平均年齢が低い。今日の訓練は〝制圧犯〟と呼ばれる実働部隊の訓練だが、本部に残っている技術班や狙撃班とタッグを組んで任務に当たる。それだけではなく、他の二個隊も全部顔を揃えるというのだ。任務の重大さを示していた。

「ＳＩＴも、自衛隊も出動準備に入っているらしい。だが我々こそが任務にふさわしい。正式に出動命令が下れば、我々は即刻それを証明する」

「了解！」

全員が口を揃えた。ヴァンの中に居並ぶ顔を確かめて、梓は確信した。

自分たちならできる。

4

「停電の範囲が広がってるそうです」

雄馬がまた電話で状況を確かめ、大きな声で報告した。

「三鷹市、武蔵野市……府中市の一部も、送電ストップ」

テレビの緊急報道番組もすぐにそれを裏づける。ヘリコプターからの空撮映像はやがて、暗闇が広がる大都市を映し出した。これが東京とは信じられない。まるで未開の荒野だ。チャンネルを変えれば、タワーに刻まれた〝Ｃ〟の文字が煌々と輝いている。あまりに印象強く世界に生配信されている。Cは東京を支配下に置いた！　世界中がそう思っているだろう。あらゆる国の何十万人いるか分からないシンパたちが喝采を送っているのが目に見えるようだった。

「全ては……チャールズのシナリオ通りに動いている」

忠輔が呟いた。今はもうパソコンから離れ、テレビ画面を睨んで考え続けている。

「この先、奴は何をする気だ？」

井上が嘆いた。これだけの危機だというのに、具体的にどう対処すればいいか分からないということが井上を途方に暮れさせていた。美結にも気持ちはよく分かる。ここにいる全員がたいして変わらない気分だろう。

水無瀬が一人、さっきまで忠輔が使っていた旧式デスクトップに向かって激しく指を動かしている。何か具体的な手を打とうとしている。頼もしさを感じたが、水無瀬の表情をよくよく見れば状況が少しも楽観できないことが分かる。美結は水無瀬のところまで行こうと足を向けた。

だが前に進めなくなった。目の前が暗くなったからだ。光が消え、何も見えなくなってしまった。美結はあわてて天井を見上げる。会議室の蛍光灯が光を出すのをやめた……

「まさか」

血の気が引く。ついに東京中が停電したのか？　絶望に身を固くしているとフッ、と光が目を射る。美結は思わず手をかざし、まばたきを繰り返した。

「点いた……」

電力が戻った。今のはなんだ？

「遊んでやがる。奴の手玉に取られてる」

電話を手にしたままの雄馬は怒りで青ざめていた。

水無瀬がぽかんと口を開けている。やがて、罵（ののし）りの言葉を吐く。

「解析結果がおシャカやないか！　間が悪いなあクソ」

「いつでもダウンさせられる。チャールズはそう言いたいんでしょう」

忠輔が水無瀬を宥（なだ）める。

「今のは脅しです。都心の電力を奪うとメディアの機能も止めてしまうことになる。人々の噂やパニックを煽（あお）りたいから、オールダウンはさせないと思うが……」

それが都合のよすぎる願望であることは、忠輔自身がよく承知していた。東京全土の電力がダウンしたらどんな悲惨な事態になることか。おそらく想像を超える。信号や街灯が消えた道路では事故が起こる。病院では、重篤患者が危ない。自家発電機能を備えていれば大丈夫かも知れないが……その他にも予想もしなかったトラブルが頻発するだろう。そして警察は全てのトラブルに対応できるはずもなく、キャパをオーバーして事態の収拾をつけられなくなる。美結は痛感した——認めるしかない。

Cは名実ともに東京を支配している。

いったん切れてしまったテレビの電源を入れ直した。案の定、テレビ局は完全にパニックになっている。生放送中に電源が落ちたことなどないのだ。どのチャンネルに合わせてもまともな映像はなかった。キャスターが消えたスタジオ、色合いのおかしな空撮映像。微かに聞こえるスタッフ同士の怒鳴り合い。普段なら放送事故としか言いようのない映像のオンパレードだった。

「水無瀬さん、またCのサイトをダウンさせられますか?」

美結は急いで言った。ただやられっぱなしでは駄目だ、反撃の糸口を見つけなくては。

「時間がかかる。今、いろいろチェックしたんやが」

水無瀬の顔色が白い。

「ハンドラーがやられて、こっちのボットネットが機能不全にさせられとる。復旧にいま少し……それに、奴(やっこ)さんも今度は、相当タフなネットワーク作って来てるやろから……」

この男にして、ほぼ白旗を揚げてしまった。

「こんなことは続かない」

だが、佐々木忠輔の声には強さがあった。それで水無瀬も力づけられた様子だ。

「そうや。スパイウェアを駆除すりゃ、ヤツの指令は効かなくなる」

「できますか? 水無瀬さん。警察の力で、ダメージを受けたシステムを大急ぎで取り返すことが」

うぬ……と水無瀬は腕を組んで考え込む。

「まずこっちの態勢整えた上で、各方面に協力依頼をせんと」

水無瀬のセリフは断ち切られた。会議室のドアがバンと開いたのだ。たちまちスーツ姿の男たちが雪崩れ込んできた。突然のことに美結は声も出ない。雄馬も井上もとっさに反応できなかった。警察関係者には違いない、警察署に部外者が徒党を組んで入ってくるなどあり得ないからだ。本庁の刑事たちか？　だがどこか違和感がある。臭いが違う。

男たちは胸を張って立ち、会議室にいた五人を威嚇するように見た。その数、同数の五人。いや――五人の後ろから、悠然と入ってくる一つの影があった。

水無瀬が思わず立ち上がる。

「出よったな。影の権力者が」

「お前には言われたくない」

相手は低い、こもった声で言った。

この人が……美結は戦慄した。間違いない。奥島和明。警視庁公安部の副部長だ。

「自分を棚に上げるな。お前こそ長官の間諜のくせに」

奥島の声は、不機嫌な猫のようにゴロゴロと聞き取りづらい。

「なんやと？」

「仲間を売って長官の権力強化に汲々としている。憲兵隊、いやナチスの親衛隊隊長と同じだ」

「えらい言われようやな。目くそ鼻くそを笑う、か」

水無瀬は乾いた笑みを浮かべた。

「まあ、陰険なのは認める。それはお互い様や。それで何の用や？　国家存亡の危機の前で、ついに仲良くやろうって腹か？」

どう見てもそんな友好的な態度ではなかった。奥島はぶすりと言う。

「一緒に来てもらう」

「なんや、俺らを逮捕するっちゅうのか？」

佐々木忠輔が興味深そうに奥島の顔を見た。まるで、入ってきたことに今気づいたかのように。

「容疑はなんだ。共謀罪か？　国家転覆を企んだ罪か」

「時間がない。五分で出る準備をしろ。全員だ」

「どこへ行く？　先に教えろ」

「伝える義務はない」

奥島はにべもなかった。その顔には感情というものが見えない。できることなら口を利きたくないと美結は思った。なんというのか、この人と喋るだけで消耗する。何かを奪われる気がする。

『そちら、大丈夫ですか？』

美結のノートパソコンから空しい声が響く。妙に切迫感のない声だった。

『なんか、タワーのすぐそばの夜景が一瞬消えました。電気が……美結さん……井上さん？　いますか？　どうかしたんですか？』

展望台の村松。ビデオ通話が繋がりっぱなしだった。電源が落ちても、電池に切り替わったおかげで回線はそのまま生きていたようだ。

「ごめん、村松くん」

美結は公安の男たちの顔色をうかがいながら言う。

「いったん通信切るね。なるべく早く、また繋ぐから」

『えっ……何で』

美結は電源を落とすとパソコンを畳み、その手に携えた。

「ＴＲＴの展望台のモニタリングを続ける必要があります」

奥島はじろりと見たが、文句を言ってこないのでホッとする。

「佐々木先生も一緒に？」

雄馬が訊いた。奥島副部長は、雄馬の兄である龍太の上司だ。兄はなぜか今ここにいないが、世話になっている人間として雄馬は丁寧さを守っている。だが奥島はぞんざいに頷いただけだった。忠輔には目もくれない。

「おい。俺ら警察官への命令はしゃーない、言うこと聞いたるけど、佐々木先生にはきちんと礼を尽くさんかい」

水無瀬がもっともなことを言った。ふいに美結は青くなる。奥島の階級は確か警視長。水無瀬より上だ。だが水無瀬はさっきから呼び捨てにタメ口。それだけで処分の対象になりそうな失敬千万な態度を取り続けている。

だが奥島の反応は妙に素直だった。

「ぜひご同行いただきたい」

初めて忠輔に顔を向け、わずかに頭を下げたのだ。

「あなたの力を必要としている人間がいる」

「分かりました」

忠輔はあっさり言った。

「先生……」

美結が思わず言うと、忠輔はにっこり笑ったのだった。

「ぼくらはチームですから」

5

墨田署にいた五人は、大きなヴァンに詰め込まれて移送された。

中では会話もなく、まるで霊柩車のような静けさで公道を進んでいった。奥島は乗っていない。他の車に乗っている様子だった。

美結はウインドウから外の光景を確かめた。都心は今のところ平穏に見える。停電はどこも一瞬だけだったようだし、車も普段通りに道路を行き交っている。歩道を歩く人々の顔にも、際だった切迫感は感じられなかった。

だがこの日常は薄皮一枚で覆われているだけだと美結は思った。すぐにでも破れてしまう。いつ、人々が恐怖に駆られて叫び出してもおかしくはない……それを裏付けるように、

「電話もネットも繋がりづらくなっとる」

スマートフォンをいじりながら水無瀬がぼやいた。雄馬も憂い顔で頷く。やはり不安が都民を通信機器に向かわせている。大災害の時と同じだ。結果はパンク状態。いったいいつ終息するのか。

「警視庁……いや、警察庁か」

やがて雄馬が言った。予想通りと言えば予想通りだった。五人の乗ったヴァンは予定調

和のように、警察庁の地下の大駐車場に滑り込む。

「奥島は、やっぱりアホやな」

運転している公安の刑事に聞こえるのも構わず水無瀬は放言する。

「もったいぶりおって。ここは俺のホームやないか。埠頭の倉庫にでも連れて行かれるんかと思ったわ」

美結はわずかに頬を緩めたが、井上の顔は強ばったままだった。埠頭の方がマシだったという顔だ。警察庁など所轄のノンキャリアには縁遠い場所。もしかすると初めての来庁かも知れない。気後れするのも無理はなかった。

すると、車を止めた公安刑事が振り返って言った。

「奥島副部長からの伝言を伝えます」

一応は敬語だが、機械のように冷たい声だった。

「これから見聞きすることは口外無用。守れない人間は、情報漏洩の罪と認め逮捕する」

「何を偉そうに」

「更に」

水無瀬のまぜっ返しは無視される。奥島の口調で公安刑事は続けた。

「本来、墨田署刑事課は、これから行われる会議に出席する資格は無い。佐々木講師の付き添いとして特別に許されただけだ。くれぐれも分をわきまえろ。——以上です」

公安刑事は口を閉じ、運転席から降りてゆく。

「ふーん。野見山さんも意地悪やな。こんな奴らに送迎を任せるとは」

水無瀬は言った。

「まあ、かえってよかったわ。奥島の小物ぶりが再確認できた」

ドアが開けられ、全員がヴァンを降りる。公安刑事の背中についてエレベータに向かった。以前の職場とはいえ、美結も緊張を感じた。情報通信局のフロア以外には行ったことがない。気軽に行けない部署ばかりで、庁舎全体が外国のようなものだった。そして五人が乗せられたエレベータは情報通信局のある中層階を瞬く間に通り越し、遥か上まで来てようやく停まった。

扉が開いて長い廊下を目にした途端、美結は自分が小さくなったような感覚に襲われた。ここはおそらく、階級にして警視正以上の人間しか立ち入ることがないフロア。水無瀬はともかく、それ以外の人間にとっては雲の上の人間の場所だ。ましてや、自分のような一番の下っ端が足を踏み入れたことなどあるのだろうか？　だがもし自分が、ここに来た最初の巡査だったとしても嬉しくも何ともなかった。今がどれほどの異常事態かを証明しているに過ぎないからだ。

何よりも、ここに一民間人の大学講師がいる不思議。私たち一行の中で、主賓は疑いなくこの人だ——奥島からの伝言でも分かるように、所轄の末端の自分などただの付き添い。

公安刑事は全員を引き連れて、一つのドアに手をかけた。観音開きの大きな扉だった。扉が開いて真っ先に見えたのは、吉岡龍太が他の男たちと顔を寄せて語り合っているところだった。おそらく公安の同僚。見るからに陰険そうな顔ばかりだ、と感じるのはこちらの色眼鏡か。龍太だけは軽く頭を下げてくる。〝屋形船一味〟としての儀礼か。

雄馬はもの問いたげに見たが、兄はサッと手を振っただけ。話は後でという仕草に見えた。よく見ると、龍太の目の前にいるのは公安部長の増田太(ますだふとし)警視監だった。こっちの相手などしている場合ではないのは分かる。

美結は部屋の中を見回した。恐ろしく広く、豪勢な会議室だった。天井の照明は柔らかく、壁には巨大なモニタがいくつも掛かっている。円卓が組まれており、並べられた椅子も豪華な革張り。椅子の多くは埋まっており、警察官僚の制服を着た者か、スーツ姿の者かどちらかだった。位の高そうな人物ばかりだ。視線が合うと身が縮む。どうしても顔を伏せてしまう。

「座って待っているように」

連れてきた公安刑事が事務的に言い、立ち去った。奥島の姿はここにもない。

「こんなところ、私たち……座っていいんでしょうか」

美結は小声で言った。井上も気が進まないという顔をしている。今すぐにでも帰りたそうだ。

「でも、座っていろと言ったからね」

雄馬は率先して座って見せた。先生どうぞ、と言って佐々木忠輔を隣に座らせる。

「せやせや、座っとけ」

全員の後ろにいた水無瀬が促す。美結も井上も仕方なく座った。伏し目がちのまま、美結は居並ぶ顔を観察する。だが緊張のせいで目がうまく焦点を結ばない。

まず真っ先に見分けられたのは、情報通信局長の藤春徹雄だ。かつての美結の上司。水無瀬の上役に当たる。美結はあわてて頭を下げた。だが藤春は気づかなかったのか全く反応しない。不機嫌そうな顔で水無瀬ばかり見ている。

その水無瀬が奥へ向かって歩いていったので藤春に挨拶するのかと思いきや、まるで別の人間のところへ行って頭を下げた。その人間の顔を見て、井上が目をまるくしている。知っている顔らしい。

「あれは警備部の隅部長」

雄馬が目敏く耳打ちしてくれた。

「いかにも用心棒みたいな顔してるだろ」

言われて、美結も思い出した。警察学校時代に講堂で見たことがある。何かの講習で訪れたのだ。当時の肩書きは違ったはずだが、今は警備部のトップ。その苦み走った顔は、着流しを着せれば時代劇の素浪人役で通りそうだった。真剣な顔で水無瀬と話し込んでいる。すると水無瀬は、空いていた隅部長の隣の席に座ってしまった。仲がいいらしい。

「政府からも来てるぞ」

別の顔に目を留めて、雄馬は更に声を低くした。

「あれは防衛省の政務官だと思う。名前は確か……宮本」

そうか、と美結は思った。意外ではなかった。ここに集められた人間の種類。その色ははっきりしている。その横に座っている男に目を引きつけられないわけにはいかない。膨大な数の徽章をつけた制服を着ている厳めしい顔の男は、美結にも見覚えがあった。

自衛隊統合幕僚長、茂木肇だ。

トップ自らが乗り込んでくるとは……やはり事態の深刻さを裏づけるものだった。もちろん部下も連れているが、部下に任せっきりではいられない。自分こそが場を掌握したい、という意気込みが感じられた。雄馬も国防の実働部隊のトップがわざわざやってきたことに驚いていたが、その横にいる人物を見て更に驚いた。

「あれは……総理の懐刀と言われてる人。補佐官の祝さんだ」

言われて思い出した。美結もテレビで見たことがあった。内閣総理大臣補佐官、祝充雄。枯れ木のように痩せた男で、顔にも縦横に皺が走っている。年齢がよく分からない。皺だけを見れば老境だが、目の光を見ると若い気がしてくる。それほどの精気を感じさせた。祝は、美結たちの視線に気づくと正面から見返してきた。美結はあわてて目を逸らすが、先方はお構いなしに見ている。いや……違う、と美結は気づいた。祝補佐官が見ているのは佐々木忠輔だ。向こうも、色合いの違うのが入ってきたなと訝っているのだろう。確かに一人だけ普段着。シャツの上にジャージの上っ張りを着ただけの、眼鏡をかけたとっぽい男は完全に場違いだった。いったい何者かと勘ぐられて当然だ。

美結は気遣って見た。だが忠輔はいつもと変わらない様子だ。そうか、と思った。彼にはどの顔も違いがない。いま雄馬が解説した肩書きや名前は耳に入ったはずだが、臆した様子はなかった。むしろ状況を楽しんでいるようにも見える。上役の顔色にビクビクするのが宿命の、縦社会の権化のような組織に属している人間にとっては忠輔の立場は羨ましいばかりだった。しかもこんな堅苦しい顔が並ぶ場では、誰が誰だか分からない方が気楽だ。

だが雄馬の記憶力の良さが徒になった。興奮しながら解説を続けたのだ。

「あの辺に固まってるのは、たぶん財務省の事務方……ちょっと待て、内閣府大臣政務官の木之下議員も来てる……それにあれは、確か外務副大臣の松永議員。すごいな。まるで御前会議だ」

美結は思わず頷く。的確な表現だと思った。だがむろん戦時中とは違う。天皇陛下がここに来るはずはない。では——誰だ。この座の真ん中に座るのは？

「……来た」

現れた三人の名前を教えてもらう必要はなかった。まず扉を開けたのは、刑事部長の多々良昌三警視監。その後ろから現れたのは警視総監の砥波将吾。

　そして、警察庁長官の野見山忠敏だった。

　この会議を招集した当人たち。おそらく総理大臣の了承を得て、国難に対処できる人材を急遽ここに集めたのだ。美結は改めて、身体に震えが走るのを感じた。

　野見山長官がこの部屋の一番奥の席に着いた。砥波警視総監はその横に立ったまま一同を見渡した。多々良刑事部長がその後ろに影のように控える。

「皆さん、わざわざお集まりいただきましてありがとうございます」

　砥波総監が朗々とした声で語り出した。

「皆さんもご存知のように、いま我が国は大変な事態に陥っています。サイバーテロリスト〝C〟が東京を大混乱に陥れた。ダウンしていたCのサイトが復活、新たな制裁リストがアップされ、数人に〝抹殺指令〟が出ました。その上、既に皆さんもご存知でしょうが東京ライジングタワーの指令系統が乗っ取られて機能停止、〝C〟の文字がでかでかと掲げられ、今も展望台には二五〇〇人ほどの見物客が取り残されています。それから、東京都下の一部が今も停電状態。これもCのハッキングによるものと推定されます。東電が復旧を急いでいますが、まだ見通しが立たない。更に」

　居並ぶ顔がますます硬くなっていく。これは悪夢か？　どの顔もそう言っていた。

「ＪＲのホストコンピュータの不具合で、ほぼ全ての路線が運行を停止しています。地下鉄の複数の路線も運行不能に陥っており、よって数百万人が足止めを喰らっている状況です。都内各地の警察官が対応に追われ、混乱を治めるために必死になっている。これ以上被害を拡大させるわけにはいきません。早急に手を打ち、都市機能を取り戻し人心から不安を一掃しなくてはならない」

格式張ることを避け、砺波総監はいきなり本題に入った。

「どうかこの場では、所属や立場の違いを取っ払って忌憚なく話し合い、具体策を打ち出しましょう。一刻の猶予もない。申し訳ないが、一人一人紹介する時間もありません。発言なさる方は恐縮ですが、所属とお名前をおっしゃった上でお願いします」

あくまで緊急事態の中の実際的な集会だということを強調した。それにしても、警視総監が進行役を務める会議など今まで果たして存在したのだろうか。

「まずは、公安部の方から。今回の事態を引き起こしたと思われるハッカー、Ｃについて報告します」

一人が立ち上がった。

「公安部の吉岡龍太と申します。Ｃの正体ですが、既に特定されております」

龍太もいきなり核心に触れた。

「本名はチャールズ・ディッキンソン、イギリス人。現在もイギリスに在住。年齢は、十五歳」

「十五歳だと？」

どよめきが広がる。

「間違いないんですか？」

「そんな子供に、我々はこんな目に遭わされているのか？」

少し声が落ち着くのを待って、龍太は続けた。

「以前からCのサイトで〝東京征服宣言〟がなされていた。ついにそれを実行したものと思われます。制裁リストの件も合わせ、なぜ今回日本を、とりわけ東京を狙ったのかは不明。動機も要求も調査中ですが、Cが今後どんな宣言をするのか、どのような攻撃を加えてくるのかも予測がつきません。ただ、この場にはCのことをよく知る人物も……」

忠輔の方を見ながら言った龍太の声はざわつきにかき消されてしまった。パニックに近い状態だ。龍太は口を噤み、辛抱強く室内が落ち着くのを待った。

だが再び口を開こうとしたとき、機先を制された。

「ぼくの責任かも知れません」

美結は驚いて真横を見た。吉岡龍太も迷うような目で発言者を見る。このまま発言させて良いものかどうか考えている。

「東京学際大学の佐々木忠輔と申します」

だが発言者は堂々と立ち上がって、居並ぶ顔に頭を下げたのだった。

「チャールズは、ぼくの旧友です。二年ほど前まで親しくやりとりしていました」

「なんだって」

愕然（がくぜん）とする男たちの中から、質問が上がり始める。

「Cは、どうしてこんなことを？」

「何が目的なんだ？　なんで日本を狙う？」

全員が食い入るように忠輔を見つめる。美結は気の毒になった。いきなりこんな場所に放り込まれて見知らぬ顔に――特に忠輔にとっては、見分けようもない顔たちに――取り囲まれるなんて。だが忠輔は自分から火中に突っ込んでいった。

「チャールズは怒っています。世界に対して。もしかすると……ぼくに対しても」

「君は、Cの攻撃を知ってたんじゃないのか？　どうして警告しなかった」

最も声高な質問者は、防衛大臣政務官の宮本だった。その高圧的な口調に美結は反感を持ってしまう。いくら高官だからといって、大学講師に上から来るのはどうか。相手は犯罪者でも何でもない。対して忠輔は、どの顔を見ればいいのか迷っていた。美結はこの場の全員の腕に色違いのゴムをつけたくなった。いやゴムでは追っつかない、ゼッケンでももらってこようか？

「申し訳ありません。かつてのチャールズからは、こんなことをするとは想像できませんでした。なぜなら、彼は心優しい少年だったからです」

忠輔はようやく答えるべき相手の見当がついたようで、一つの顔に視線を定めて言った。

「暴力的なことを嫌っていた。ＩＱが人並み外れて高い、いわゆる天才児である彼は、知力で解決できない問題はないと信じていました。だが、ぼくと没交渉だったこの二年の間に彼は変わってしまった」

「Ｃは君を脅していた。家族にも爆弾を送りつけた。今回の一連のテロ活動は、君に対する感情が原因だと、君は言いたいのか？」

砺波総監が、事情を知らない者たちにも分かりやすいように丁寧に訊いてきた。

宮本政務官はそれに反応し、

「君を恨んでいるのか？　だからこんなことを？」

呆れ返った、とでも言うように鼻を鳴らす。

「喧嘩(けんか)でもしたのか。それとも、君が彼を騙したとか」

「騙したり、喧嘩をした覚えはありません」

忠輔に気を悪くした様子はない。あくまでも丁寧に答える。

「ぼくもまだ確信を抱いてはいませんが……ぼくが発表した論文が彼の目に触れてから、日本に対する策謀が始まったのかも知れない。そんな気がします」

誰もが理解不能だった。この男は何を言いたい？　議員や官僚たちは戸惑ったり目を尖(とが)

らせたりしながら、一人の青年を見つめている。美結は気が気ではない、視線を浴びている当人よりよほど圧迫感を覚えた。

「彼を止めるために、できるだけのことをしようと思っています」

神妙に言う忠輔に、砺波総監が訊いた。

「いったいその論文というのはどんな内容なのかな？」

すると砺波、と総監を制する声。

野見山長官だった。そして忠輔を真っ直ぐに見る。

「目を通させてもらった。佐々木君」

美結は動揺した。警察のトップが一介の大学講師の論文を読んだというのだ。

「君の論文は、ぜんぶ理解できたとは言わない。だがまあ、一定の価値は認めたいと思っている」

てらいのない声。その目に浮かぶどことはない温かさに、美結は衝撃を受けた。野見山長官には想像していたような居丈高な印象がない。

「それは恐縮です」

忠輔は意外そうに目を見開き、頭を下げる。

「我が国の最高頭脳たちもそう判断した。意見は割れたが、高く評価する声もある」

ブレーンや知識人にも読ませて、判断を聞いたようだ。いつの間にそんなことを……

「だが私には正直、ファンタジー小説のようにも思えたがね」

野見山は微かに笑った。忠輔はまた黙って頭を下げる。

「いや、私の感想などどうでもいい」

野見山長官は前かがみになり、両手をデスクに置いた。

「私が頼みたいのは、チャールズ・ディッキンソンの説得だけだよ。我々の言うことなど、まるで聞こうとしないのだ。呼びかけても無視される」

「試してみたんですか？」

「ああ。だが、てんで馬鹿にされている。自分と同等と見なした人間の言葉しか聞かないらしい。トライしてもらえるかな？」

はい、と忠輔は頷く。

「だがくれぐれも刺激はしないでくれ。逆上させたら取り返しのつかないことになる」

「むろんです」

忠輔は頷く。

「ぼくがやろうとするのは、常に完全無血武装解除であって、それ以外はできません」

警察庁長官と忠輔が当たり前のように話をしている。すぐ目の前の出来事なのに実感が湧かなかった。長官も居並ぶ面々も実は全員俳優だと言われても、美結は納得しただろう。

「ところで、あなたはどなたですか」

美結の顔から血の気が引いた。大失態だ、目の前の相手が誰か忠輔に知らせていなかった。雄馬も青くなっている。周りの顔も凍っていた。ほとんどが忠輔の相貌失認のことを知らないのだ。

だが当の長官は苦笑いしている。世間知らずの学者と思ったに違いない。美結と雄馬はあわてて説明しようとするが、手で制した。忠輔に向かって丁寧に言う。

「私は、警察庁長官の野見山と申します」

「ああ」

と忠輔は納得した。

「この度は、ご面倒様です。さぞご心痛でしょうが、どうかお仕事頑張ってください」

思わぬエールに、野見山の顔に笑みが浮かぶ。だが他の人間は笑っていない。この場で他に笑顔なのは水無瀬だけだった。

ウォッホン、という咳払い（せきばらい）に注目が集まる。

「そもそも、どういう人間なんですか。その英国の少年は」

訊いたのは、水無瀬の隣に座る警備部長、隅だった。この人はまばたきするのだろうかと美結は思った。目力がありすぎる。まるで剣術使い。いつでも討って出てやる、という顔に見える。ふと思った。警備部といえば同期の梓が所属している。この部長を仰ぎ見ながら日々務めているのか。気が合うだろうなと思った。梓も根っからの武道家だ。

「なぜ、そのチャールズ・ディッキンソンは、日本に対してここまで大がかりなことを始めたのか。いやそもそも、どうして世界を相手取って戦っているのか？」

茂木幕僚長も訊いてきた。国防の責任者として、テロリストの内面、動機の根源を把握したいという思いの表れのようだった。茂木も身体こそ小柄だが、侍という表現が似合う男だ。

「原因は一つではありません」

忠輔が丁寧に答えた。相手が誰かはおそらく分かっていない。いや、制服に付いたたくさんの徽章から見当をつけているだろうか。

「彼の行動は、ぼくの論文に対する返答かも知れない。ただ、いちばん大きなきっかけはおそらく……彼の妹です」

「妹？」

意外な答えが飛び出てきて、美結はあわてて忠輔の横顔を見た。

「君に対して腹を立てたから、ではなくてか？」

野見山長官が訊いてきた。忠輔は頷く。

「彼の妹と、ぼく。それはいわば、表裏一体となって彼を動かしたのではないかと思っています」

「詳しく話してくれるかな」

野見山長官が促した。

「はい。少し時間をいただければ」

「構わない」

長官の即答に、忠輔は頷く。そして語り始めた。

6

チャールズの妹の名は、アストリッド。

享年十一歳。

死んだのは二年近く前です。ぼくも、彼女の死を知ったのは最近です。いま思えば、頻繁に連絡をくれていたチャールズからの連絡が途絶えたのは、アストリッドが死んだ頃ではなかったか……そう思っています。

彼女は普通の子供とは違っていた。説明が難しいのですが、簡単に言うと——感受性の固まりでした。兄に似てＩＱは高い。その上、誰よりも繊細で優しい性格をしていました。

「どうして？」

彼女が、生きている間に最も頻繁に発した言葉は、疑いなくそれでした。彼女の問いが向いたのは——この世界そのものです。

これから申し上げることは、きっと唐突に感じられると思います。意味不明、と感じられるかも知れない。それは承知しています。しかしぼくは、ただ事実だけを述べたいと思います。

アストリッドは、日々傷ついていた。彼女を傷つけたのは――殺し合い、圧政、不公平、差別と貧困です。苦しみに喘ぐ人間が、今日も世界中にあふれている、という事実そのものが彼女を苦しめた。

いきなりそんなことを言われても、皆さんにはご理解いただけないでしょう。でも、彼女は物心ついた日からそうでした。アストリッドは世界を知れば知るほど、「幸せ」と呼べる人間があまりに少ないことに愕然とした。むしろ日々苦しみ、貧しさに喘ぎ、生きるだけで精一杯の人の方がずっと多いことが信じられなかった。なぜ世界はこうなっているのか、と毎日問い続けた。

彼女は英国生まれ英国育ちですが、ある日から、自分の国のメディアが流す報道がおかしいと思うようになりました。世界の実態を正しく伝えていない。物事をフェアに見れば、スターのゴシップやグルメや豪華な家や車や宝石やファッションを伝えている暇があるのか。ヒットチャートやスポーツニュースにさえ割く時間はないはずだ。もっと大事なトピックスがあるはずなのに！　殺戮、破壊、略奪、不当、飢餓がなくならないのに――気楽なものやどうでもいい娯楽、果ては、悲惨の対極にある贅沢ばかり映し出すなんて。ところが、ほとんどの人は異を唱えない。他国の悲惨には無関心。自国の差別や不平等からさえ目を背けている。眉をひそめ、胸を痛めている人もいるが、それだけ。世界を変えようとはしない。誰かに手を差し伸べようとしない。何かしなくてはと行動を起こしている人は、あまりにも僅か。状況が変わる見込みはほぼ絶無。

この世は、まるで地獄――彼女はそう結論を下しました。

つまり彼女は、普通の人間が持っている耐性――言い換えれば、鈍感さ、を一切持ち合わせていなかった。この世にあふれかえる悲惨な実態を知るほどに傷つき、息を詰め、絶望を溜め込み……衰弱していきました。

ぼくがチャールズと連絡を取り合っていた頃、まさにアストリッドは日に日に精神的に弱っていく時期に当たっていました。チャールズに相談されたこともあります。いったい、どうすればアスティを守れるだろうか？　答えを返すのは難しかった……それがぼくの、消えない後悔でもあります。ぼくなりに提案はしましたが、それが妹を救おうとするチャールズの力になったとは言えない。そしてチャールズは――ぼくとの連絡を絶ちました。

＊

美結はさっきから、微かな耳鳴りを感じていた。まるでジャイロの音響攻撃を浴びたときのようだ。

この非現実感はなんだろう。ここは本当に警察庁の上層階か？　いま目の前で話されているのは、おとぎ話？　この場にいる誰もがぽかんとするか、居心地悪そうにしている。いったい何の話だ？　と苛立ち、表情を無くし、うつむいている。

　現実味が無さ過ぎる。アストリッド・ディッキンソン——この地上で最も繊細な、心優しい娘。そんな人間が本当にいたのか？

　バカバカしい、と苛立ちを顔に出している人間もいる。引きつった顔で忠輔を疑わしく見ている者も。財務省の事務方たちなど完全に無表情だった。聞くに値しないと決めつけている。だが確かに、あまりにもナイーヴな少女の内面を、社会の重責を担う強面の中年男たちがどう聞けばいいというのか。あまりに場違いでミスマッチで、しらけた空々しい時間が生まれている。

　だが、佐々木忠輔の一人語りは遮られない。ギリギリのところで全員が黙って話を聞いているのは、語り続ける男の真剣さに起因していた。

　茶々を入れられない。中断させることができない。

＊

　チャールズはやがて、英国南部のイーストボーンという町に妹を住まわせました。ビーチ岬という観光名所が近い町です。彼女を情報から隔絶し、神経に安らぎをもたらすために保養施設に入れたのです。

　ここへ移ってから、彼女の精神は安定に向かい始めた。少なくともぼくはチャールズにそう聞いて、ホッとしました。その直後にチャールズから連絡が途絶えても、ディッキンソン兄妹は元気に暮らしている。そう信じていました。

　ところが実際には、彼女は少しして、保養施設から行方をくらませていたのです。失踪の知らせを聞いてチャールズはケンブリッジからイーストボーンに駆けつけた。妹を捜し回った。だがどこにもいない。町中を、周辺一帯をくまなく捜しても、姿は見つけられなかった。チャールズはおそらく、胸が張り裂ける思いだった。しかし向き合わねばならない。彼は意を決して……ビーチ岬に赴いた。

　この岬は、ドーバー海峡に面する白亜の断崖(だんがい)絶壁で有名です。七つの頂を持つことからセブン・シスターズとも呼ばれます。最も高いところでは海抜一六二メートルもある、見事なホワイトクリフの縁に立って、彼は海面を覗いてみた。最近遺体が上がったというニュースはなかったから、ここから落ちたのではない……そう自分に言い聞かせたことでしょう。ところがまもなく、目撃証言が寄せられた。アストリッドが失踪したまさにその日、少女が一人、崖(がけ)の上に佇んでいたというのです。

　チャールズは信じようとしなかった。だがアストリッドが見つからないまま、日々は無為に過ぎてゆく。彼は妹の心をしっかり見つめるしかなくなった。

アスティは……消えるように、この世から姿を消したかったのかも知れない。身体が見つからなければ肉親を悲しませることもない。生死がはっきりしない状態を欲した。セブン・シスターズはまさに、恰好の場所でした。重りを抱いて飛び込んだのかも知れない。それとも遠くに流されるように潮の流れを計算したのか。アストリッドならやりかねない……チャールズはダイバーを雇って海中を捜させたそうです。ずいぶん長い間。地元民は、ダイバーたちに狂ったように指示を飛ばすチャールズを連日目にして、胸を痛めた。

だが遺体は発見されなかった。

彼女らしい優しさ。チャールズは、そう感じたかも知れない。

恐ろしく深い悲しみが襲ったことは、彼に聞くまでもありません。彼は本当に妹を愛していました。この世の誰よりも壊れやすい、とても心優しい少女の魂を。

*

美結の耳鳴りはますますひどくなっている。かつて、これほど苦痛に感じたことはない。普段なら耳に心地よい忠輔の声と語り口が、今はヤスリのように美結の心を削っている。

「こんな世界に生まれて来たくなかった。それが、彼女の結論だった。彼女を〝絶望死〟させるに充分なほど、この世は醜く、残酷な場所だったようです。しかし誰も彼女に同意しないでしょう。そんなのデリケートすぎる。ひ弱。耐性がないにもほどがある。でも……彼女はそのように生まれついたのです。免疫機能を持たずに生まれてきて、一生無菌室で生きねばならない人のようだった」

言っている意味が分からない。この場にいる者たちと同じだ。美結はそんな人間がいたことが信じられない。

だが、切々と語り続ける目の前の青年講師を疑うこともまた、できなかった。

「他人の痛みは、そのまま自分の痛みに感じられた。彼女にとっては何一つ他人事ではなかった。この世で生き続けるには、あまりに困難な資質です。彼女に外界の情報を与えてはならない。世界のありのままの姿を見せてはならない。チャールズはそう考え、妹を注意深く庇護した。だがこの世に生きている限り、一切の情報を遮断することはできません。結局彼女は崖から身を投げました。そしてチャールズは、激昂した」

野見山長官がふっと手を挙げた。忠輔を制する。

「なかなかに突飛な話だ」

短く感想を口にした。

「納得するのは難しい。いくらなんでも、そんな人間は特異だ。それで死んでしまうなら、到底、この世を生きていくことなどできない」

「おっしゃる通りです」

忠輔は素直に頷いた。

「でもぼくは、アストリッドが生きていたことを知っています。ほんの短い間かも知れません。それでも確かに、この世に生きていました」

沈黙が支配した。

「だがチャールズは、死を選んだ妹を責めなかった」

青年講師は続ける。自分の責務を果たすかのように。

「彼が責めたのは、アストリッドを殺した全ての悪。そして、世界を変えようとしなかった大勢の人々の方です。彼は——怒っています」

「なんちゅうこっちゃ」

言ったのは水無瀬だった。さっきから腕を組んで忠輔の声に集中していた。お偉方の数人が思わず水無瀬を睨む。口調の軽さに苛ついたのか。

「この世には生きる価値がない。それが妹の結論なら、生きる価値のある世界にしてやる——そのためには、世界の悪を駆逐することだ」

この部屋にいる警察官が残らず、忠輔に鋭い目を向けてきた。

まるでCがそこにいるかのように。

「それがチャールズを〝C〟にした。ぼくは、そう考えています。そして〝C〟は、持てる全能力を使ってこの世の悪に制裁を加え始めたんです」

美結はまばたきを繰り返しながら、並んでいる顔を眺めた。口では語らないがそれぞれの思惑が、視線が、この部屋の中を飛び交っている。

「長官。総監。発言をお許しください」

隅警備部長が手を挙げて律儀に断ってから、

「ありがとうございます、佐々木先生」

と丁寧に頭を下げた。

「申し遅れました。私は、警視庁警備部の隅と申します。今のお話を理解した、とは申せません。だがCの動機が分かった。いわば、妹の復讐ですな……お門違い(かどちがい)の」

忠輔は黙って頷いた。

「彼は、世界中を敵と見なし、悪と決めつけたものは容赦をしない」

別の方から落ち着いた声が響いた。

「そのことはよく分かった。世界各地で暴れ回っていた彼が、なぜだか今、日本を集中攻撃し始めた。その理由はなんであれ、我々は現実に対処しなくてはなりません。直ちに対策を」

野見山長官が思わず頷いている。その目には素直な敬意がある。美結は長官の視線の先、発言の主を見た。——祝首相補佐官。美結はさっきから目を引きつけられていた。忠輔の話に誰もが戸惑った表情をする中、祝は終始冷静に耳を傾けていた。まるで納得がいったとでもいうように。そして初めての発言。それは地に足がつき、国を動かす者にふさわしい内容に思えた。

忠輔もそう感じたのだろう、じっと相手を見た。

「私は、祝と申します」

祝補佐官は控えめに礼をした。忠輔も礼を返す。肩書きは省略したが、忠輔は正しく感じている様子だ。むしろ他の面々が顔を引き締めている。この男のすぐ後ろに総理がいる。

誰もがそう考え襟を正した。

「我々が速やかに取り組むべきは……」

砺波総監が敏に察し、声を張った。

「一、停電の復旧。鉄道他、ハッキングが疑われる施設・企業の復旧ももちろんです。
二、ライジングタワーの奪還および、見物客の解放。
三、制裁リストに載った人間の警護・安全確保。
この三点について大至急、対策を立てて実行しなくてはなりません」

「停電の原因は、C自身によるハッキングで間違いありませんか？」

祝から鋭い問いが飛んだ。

「Cのシンパによる物理的な行動、テロ活動とは考えられませんか」

「停電に関しては、Cのハッキングで間違いありません」

水無瀬が即座に答える。

「私は、情報技術解析課の水無瀬と申します。しばらく前からCについて調査しておりましたが、日本のシンパはまだ組織されているとは言い難い状況です。Cの腹心であるCダッシュの関与も疑うべきでしょうが、これほどの見事な攻撃は、まずC本人の手によるものと考えて間違いない」

「Cのハッキングを解除できますか」

祝はすぐ訊いた。

「システムを取り戻すのに、どれくらいかかりますか」

「まず現状を分析しますと、電力会社の統括システム、そして各地の発電所のシステム。恐らく両方がサイバーアタックにやられてダウンしています」

水無瀬も背筋を伸ばし、順序立てて説明を始めた。

「現場のシステム管理担当は復旧のために懸命でしょうが、これほどの同時多発のダウンは想定したこともないでしょう。チャールズは相当時間を掛けてウイルスを要所に忍ばせたのです。ここまで来ると、もはやシステムをすり替えたに等しい。あらゆるポイントにあるシステムが〝C仕様〟になっています。取り返すためには、全てのプログラムを地道に当たってスパイウェアを洗い出すしかない。骨の折れる作業です……つまり、すぐにシステムを取り戻すのは難しい」

お偉方は青ざめた。領地を掠め取られたような気分だろう。戦のために出て行ったのに、振り返ったら本丸が落ちていたことに気づかされたような。

「ただ、停電は回復傾向にあります」

砺波総監は、そばに控えていた男に確かめつつ言った。刑事部長の多々良はイヤホンを付け、現場の警察官たちから逐一報告をもらっているようだ。

「現在、停電している地域はごく一部です。その地域も復旧の見通しは立っている、というのが現場の見解です」

多々良が冷静に報告し、ホッとした空気が流れた。Cの支配に対抗する手段を見つけたのだろうか。現場の人間たちの自信が感じられた。だが水無瀬は首をひねる。顔に浮かぶのは皮肉な笑み。そんなに簡単にはいかないぞと言わんばかりだった。

「停電が小規模ですんだのは、情報の伝播を止めたくなかったからでしょう」

佐々木忠輔も警鐘を鳴らす。

「チャールズは何より、人々の意識に働きかけたいんです。電力の復旧は一時的なことかも知れない。彼なら、全都を真っ暗にすることさえ可能です。でもそれはしない。それより、最も潰したいところをピンポイントに狙う」

それを裏づけるように、多々良刑事部長の報告が続いた。

「現在は各省や、銀行、証券会社、その他有名企業のシステム異常やサーバーダウンの方が深刻な状態です。とにかく数が多くて……対応が追いつきません」

「彼の〝制裁〟の意図がよく見える」

忠輔の言葉を遮って宮本政務官が声を上げた。

「いったい、Cというのは……何でもできるのか⁉」

「どこでもハッキングできるんですか⁉」

内閣府大臣政務官の木之下も色めき立っている。見るも無惨なほど動揺していた。もしやこの人たちは二世議員ではないか？　と美結は勘繰ってしまう。顔のどこかに甘えがある。我が儘を言い慣れた、自分の思い通りにならないと癇癪を起こすタイプに見えた。

「東京証券取引所を守ってください」

負けじと財務省の事務方たちも騒ぎ立てた。

「もしダウンしたら……一日市場が止まるだけでどれほどの損害が出ることか！」

「脆すぎる！　セ、セキュリティはどうなっとるんだ！」

今まで全く存在感のなかった、公安部長の増田がいきなり怒鳴った。水無瀬を責任者のように睨みつけている。水無瀬は苦笑いを返すだけだった。

「セキュリティはしっかりしていますよ」

丁寧に説明したのは、大学講師だった。

「現段階で最新のテクノロジーを使っているはずです。でもチャールズはそれを上回った。時間をかけて準備したんです。おそらく一年以上かけて、日本の要所に論理爆弾を埋め込んだ。それがいま、一斉に猛威を振るっているんです。まさに蜂起。そしてこれからもいつ何時、どのシステムが火を噴き出すか分からない。一つ一つ特定して除去しなくてはならない」

「そんな悠長な……どれだけかかるんだ」

「すぐには無理、としか申せません」

水無瀬が答える。

「せめて、我々サイバーフォースの提案したセキュリティ構想に、国を挙げて取り組んでいただいていたら……ここまで被害は拡大しなかったはずですが」

水無瀬は暗に、居並ぶ高官たちを非難していた。訴え続けてきたサイバーテロの脅威に対して鈍い反応しかしてこなかったくせに、今更あわてふためいている役人や議員への皮肉だ。野見山長官が少し、頭を抱えた。砺波総監が議員たちの顔色をうかがう。そして、場の空気を悪くした水無瀬を睨んだ。だが水無瀬は気づかないフリをしている。

「対抗手段はあります」

だがそこで、忠輔が控えめに言ったのだった。

「日本は、対抗手段を持っている数少ない国の一つです」

「その対抗手段とは何だ？」

野見山長官が身を乗り出した。忠輔は、慎重な表情のままだった。

「チャールズがばら撒いた無数の種を掘り出して排除するためには、ぶっちぎりの計算速度が必要です」

水無瀬がニヤリとして忠輔を見た。

「まさか……スパコンか？」

「水無瀬さん。お察しの通りです」

忠輔は水無瀬をしっかり見返して言った。声で水無瀬を見分けている。初対面の人間ばかりのこの場では、安心できる馴染みの相手かも知れない。

「いいね。俺もいっぺん使ってみたかった」

水無瀬は明らかにはしゃいでいる。対して、お偉方は一様に戸惑っていた。

忠輔は彼らの表情を知ってか知らずか、高らかに言う。

「スーパーコンピュータ使用の許可を取っていただきたい」

「スーパーコンピュータというと……確か……」

「日立市にある〝劫〟が有名ですね。毎年のように、世界一の演算処理能力を他国と競っています」

「ええと……どなたの管轄になりますか？」

砺波総監が戸惑いながらも、居並ぶ顔を見回す。静寂が返ってくる。

「文部科学省大臣官房審議官の遠山さんが、スーパーコンピュータ整備推進本部長を務めています。すぐ連絡を取りましょう」

祝充雄が、何でもないことのように言った。全員が驚いて祝を見る。さすが総理の懐刀。どこが何の担当部署か、誰がどの問題の対処にふさわしいかすぐに判断できるようだ。国の機関と機能、人物配置と役割が全て頭に入っていないとできない芸当だ。

「お願いできますか、祝さん」

野見山が感謝の目を向ける。

「はい。小川文科大臣にも連絡を入れます。運営元は、理化学研究所でしたか？　理事長にも連絡して口添えをお願いしましょう。トップダウンの方が話が早い」

「進行しているプロジェクトを中断させることになりませんか？」

宮本政務官が声を上げた。利発な発言のつもりだろうが、美結には余計な口出しにしか思えなかった。

「どこかの企業や団体の利益を損なうことになるかもしれません。反発はありませんか」

「非常事態だと説明して、理解を得るんだ！　国難だぞ」

色めき立ったのは隣の茂木幕僚長だった。あからさまに不機嫌な顔に、防衛省と自衛隊も一枚岩ではないのだと気づかされる。並んで座っていても思惑はバラバラだ。どちらも、お互いに対して秘めた不信感がある。

「ちょっと待ってください。今年のプロジェクトの予算は既に決まっています」

別の方から、官僚を絵に描いたような発言が飛び出した。財務省連。国家の財布を預かる責任感からの発言かも知れないが、美結には融通の利かない小役人にしか見えなかった。ハッ、という呆れたような声を出したのは雄馬。美結も全く同感だが、咎められないかと心配になった。幸い誰も目を向けてこない。

美結は、雄馬の隣に座っている井上係長が挙動不審なことに気づいた。そのそわそわぶりは見ていて気の毒なほどだ。だが自分も同じだと美結は思った。雄馬はまだともかく、なぜ所轄の刑事までがここにいることを許されたのか？　何かの手違いではないのか。あとで処分を喰らうのではという恐怖さえ湧いてくる。

「スパコンの使用料は？　どれくらいかかるんだ」

「だが本当にそんなことが可能なのか？　機能するのか？」

「どこから費用を捻出していただけるのでしょう」

「ＣＰＵをどれだけ割いてもらうのか。関係者を誰が説得するんだ⁉」

「誰の責任で指揮を……進行中のプロジェクトを中断するにも、許可と費用が……」

場はたちまち大混乱に陥った。砺波総監が制そうと頑張るが、収拾がつかない。宮本政務官や木之下政務官の目が泳いでいる。茂木や隅たち武闘派の眉は怒りでつり上がっている。駆け引き、縄張り争い——それならまだいい。責任の押し付け合い。そう感じられるのが最も嘆かわしかった。わざわざやって来ておきながら、この場にいないような顔で黙り（だんま）を決め込んでいる人間も数多くいるのだ。

まさに日本の弱点。日和見（ひよりみ）と判断の先送り。もしやCは、この国の弱さを知っていてこの混乱を引き起こしたのではないか。そんな気さえしてくる。

「帰って上と相談を……」

グズグズと煮え切らない役人たち。責任を負いきれない、と二の足を踏んでいるのが見え見えだった。

「いや、そんなヒマはありません」

忠輔が声を大きくした。

「少しでも早くスキャンを始めないと、被害が拡大するだけです」

「こんなことやってる場合じゃ……」

雄馬が思わず本音をもらす。よく通る声で。だが誰もが若い刑事の発言を無視した。美結は無力感に苛（さいな）まれながら居並ぶ顔を見回す。誰が本当のリーダーだ？　非常時、大災害時のリーダーたちのあわて振りと威厳のなさが国民を幻滅させるのがこの国の常だ。しかもこの国のトップは簡単に首がすげ替わる。非常時に本当に頼れるのは誰なのか。危機から救ってくれるのは、誰か。

「上と相談が必要なら、今ここから連絡してすぐ指示をもらってください」

毅然（きぜん）とした声が響いた。祝だ。

「文科省の予備費。あるいは、内閣の機密費。いくらでも財源はあります。帳尻は後から合わせればよろしい」

「皆さん、杓子定規なことは言わんでもらいたい」

野見山長官も思わず声を荒らげる。

「どうしますかと泣きつくのではなく、今どうするか、そのためには何が必要か考えてくれ。事後処理などどうとでもなる！」

「〝劫〟は八万個を超えるCPUを備えているはずです。その全てを寄越せとは言っていません」

忠輔も声を張った。全員に伝えたい、という熱意が迸っている。

「とにかく、今できる限りの対処をしてCの暴走を抑えないと取り返しがつかなくなります」

いや、と野見山が言う。

「元来スパコンは国家プロジェクトだ。行政命令が下りたとなれば、どこも文句は言えない。全てのCPUを回してもらう！」

居並ぶ面々は口を閉じた。祝が笑みを見せて言う。

「よかった。やはりここには、責任をとれる御仁が揃っている」

皮肉の色は交じっていない。晴れ晴れとした顔で言った。

「大局を見てください。セクショナリズムや、通常の手続きにこだわっている場合ではないのはお分かりのはず。処分を恐れて国を傾かせる人は、今すぐここを出て代わりの人を連れてきてください」

明朗な調子が逆に恐ろしかった。総理から直接叱責を受けたように感じる者がほとんどだっただろう。美結は目を瞠った。この男は……この場で一番の権力者かも知れない。誰もが一目置く人物だ。表向きは何の権力も持ってはいない。だが国政トップの紛れもない代理人。その格がある。総理が全幅の信頼を置くのも、分かる気がした。

「スパコンの件は、円滑に進むように話を通しておいていただけますか？」

野見山がすかさず確かめた。

「その……総理の方に」

「承知しました」

祝はいとも簡単に言った。野見山長官と足並みが揃っているのが嬉しい。ついていきたい、と美結は強く思った。自分のような下っ端が直接命令を受けることなどあり得ないが、この二人は……危地や混乱の最中にも決断を下せる本物のリーダーだ。

美結は改めて、この部屋にある顔を見回す。この二人以外にも頼れる人間がきっといる。この場にはふさわしくない人間も交じってはいるが、ほとんどが実力でトップに上り詰めた優秀な者たちだ。今こそ国の総合力が問われている。この国の命運が、この一室での指揮にかかっているのだ。

　美結は視線を移した。そしてもう一人——ついていきたい人間がいる。

「スパコンを使用する期間は？」

　祝に訊かれたその男は、即座に答えた。

「できれば一週間は押さえていただきたい。それと」

　警察のトップ二人を見る。

「ゴーシュを返してください」

　美結も雄馬も啞然として、その男——佐々木忠輔を見た。明らかに無理難題だ。だが制止するタイミングを逸してしまった。

「拘留中のCダッシュを解放しろと言うのか？」

　野見山長官は鋭く見返す。忠輔は頷いた。

「ゴーシュの天才が必要です。彼がいなくてはチャールズに対抗するアンチプログラムを作れない。コンピュータ言語とプログラミングに関しては、彼はチャールズにも引けを取りません」

「だ……だが、容疑者を解放するわけには」

　砺波総監が渋い顔をする。

「これだけ偉い人たちが集まってるんです。超法規的措置も可能でしょう？」

忠輔はふいに、美結が感心するほど茶目っ気のある笑みを見せた。

「だが、Cへの忠誠心は色濃く残っていると聞いている」

野見山は懸念を示した。

「Cではなく、君に協力してくれるのか？　味方になる保証はあるのか。頼るのは、危険ではないのか」

「彼はぼくの教え子です。しっかり説得することを約束します」

忠輔はきっぱりと言った。

「ぼくはゴーシュと、ぼくの研究室の留学生たちの優秀な頭脳を結集して、チャールズが差し向けたあらゆるマルウェアのオリジナルと、そこから発展が予測される亜種、変種のヴァリエーションをリストアップ、そこからの変異と進化まで予測してカタログ化します。それを元に解析ツールを作成し、日本の重要なシステムを全てスキャンする。優先順位をつけて、上から順に。そうして、重要なシステムから一つ一つ取り戻して行く。Cの効力を無化していく」

「そんな……気の遠くなるような作業、果たして可能なのか？」

「可能です」

答えたのは水無瀬透だった。

「だからスパコンを使うんです。演算能力は通常のＰＣの数万倍。特に、〝劫〟の10ペタフロップスを超える能力が不可欠や」

深い笑みとともに言った。忠輔が頷く。

「何のために日本は世界最高レベルのスパコンをもってるんですか？　チャールズが一年かけて仕組んだことを、こっちは一週間で台無しにしてやりましょう」

「乗らない手はない。この作戦、うまくいったら後世に残りまっせ！」

水無瀬の嗾しにフッと室温が上がるのを感じた。男たちの闘志に火を点けたのだ。今までは戦い方も分からなかった。対抗の仕方が分からないくらい戦意を削がれるものはない。だが今や具体的な任務が、クリアすべき課題が目の前にある。

「佐々木先生よ、まったく愉快なことを思いつくなあ。だがスパコン一台じゃつまらんぜ。バックアップも要るやろ？」

見るからに高ぶっている水無瀬の言葉に、忠輔は即座に反応した。

「どうするんですか？」

「上乗せするんだよ。中工大のTSUBASA 3.0と、国際核融合研究所のHeliadesも」

ああ、と美結は小さく息を吐く。サイバーフォース時代に聞いたことがある。〝劫〟以外のスパコンだ。それぞれに特色があり、得意分野が違う。

「そっちも借りて処理量を上げようや。一週間もかけてられんやろ」

「可能なんですか？」

「こんなお偉方が集まってできないはずない」

そのお偉方たちが目を白黒させる。だが野見山長官は身を乗り出した。

「時間を縮められるのか？　早ければ早いほどいい。他のスパコンも徴発だ」

「ぜひやりまひょ。日本が国を挙げて反撃に出た、そう知らせるだけでも、奴さんの戦意を阻喪させることができるかも知れへんし」

忠輔は大きく頷いた。

「向こうにはシンパが大勢いるとはいえ、基本的には烏合の衆ですからね。こちらは組織力で上回りましょう」

そして居並ぶ顔を見回す。

「団結とチームプレーが得意な民族ではなかったですか？　総力を結集すれば、チャールズの力を駆逐できる。我々は、東京を取り戻せます」

ここには船頭がいる、と美結は思った。正しい航路を見つけ出せる人が。お偉方は顔を見合い、頷く。何人かが隣の人間と相談を始めた。動き出した、という実感があった。その熱に当てられて警察関係者も引き締まった顔になっている。中でも興奮で顔が紅潮しているのは井上係長と、警備部長の隅。砺波総監も同じだ。この場に小西がいたら同じ顔をしているだろうと思った。長尾係長もそうだ。

「システムの重要度リストは、政府の責任において認可してもらえますか？　こっちで原案は作っておきました」

火を点けた男はあくまで冷静だ。佐々木忠輔はポケットからＵＳＢメモリを取り出した。

「しっかりチェックして、手を入れていただけますか」

用意周到。祝も目を見開いて忠輔を見た。

「先生！　いつの間に作ったんですか」

雄馬が呆れて訊くと、忠輔はにっこりした。

「タワージャックが起こってすぐ。少し時間があっただろ？　墨田署のパソコンを借りて、ササッとね」

宮本政務官と木之下政務官がぽかんと口を開けていた。今まで会ったどの官僚より優秀な人間を見たのではないか。

「電力などのライフラインはもちろん最上位、特に原子炉は、急いだ方がいいでしょうね。それから交通網、銀行と金融関係。次いで、国内外に影響力が大きいと思われる企業を網羅しておきました。どうか皆さんのプロの目で漏れがないか、ランキングに問題がないかチェックをお願いします。そして何より大事なのは、関係各位への交渉です。システムへのスムーズなアクセスについて理解を得て協力してもらうんです。その交渉はお役人にしかできません。日本の官僚システムがどこよりも効率がよく優秀なことを証明してください」

エリートたちは顔を見合わせる。いま目が醒めたような、初めて自分がここにいる意味を悟ったかのような顔だった。忠輔から手渡されたUSBメモリが手から手へ渡っていく。

「すんなりシステムへのアクセスや、データの提供を受け入れてくれるところばかりとは限りません。この非常事態で、すっかり警戒心の固まりになっているようなところもあるかもしれない」

忠輔の懸念に、水無瀬が首を振りながら言った。

「確かにな。後ろ暗いところがある企業などは、協力を拒むケースも出てくる。交渉は楽ではない。だが、なんとかお願いします。あなた方にしかできない」

水無瀬も居並ぶ顔に向かって頭を下げた。手渡されてくるUSBメモリを、だが誰も握ろうとはしない。手から手へ彷徨い続けている。自分には重すぎる——と怯えた者は隣の人間に渡す。美結は怖くなってきた。やはり状況は変わらないのか？

だが、小さなUSBメモリはふいに、意外なところで止まった。財務省連の端。

「省庁に対する説明説得は、お任せください！　我々が論拠を用意します」

妙に甲高い声が響く。白髪頭が神経質に揺れている。メガネのレンズは厚すぎて、瞳が妙に大きく見えた。

「それと、スパコンの費用もお任せください！　うまく捻出します。文科省や、機密費に頼る必要はありません」

大胆な発言だった。ちょっと、と横の同僚たちが慌てている。その誰もが三十代で、なおさら白髪の男性の場違いさが際立っていた。発言した男は一人だけ五十代ぐらいだが、最も偉い立場にいるわけではなさそうだ。こんな場に連れて来られるのだから有能なのは間違いないだろうが。

「あなたは？」

祝が少し口の端を上げながら訊く。

「はっ！　主計局司計課の星原（ほしはら）です」

「そうか。噂は聞いています。財務省きってのデータマンだそうですね」

「はっ！　恐れ入ります」

平身低頭する様が妙にマンガチックだった。この人も天才の部類か？　薹（とう）が立ってはいるが、漲（みなぎ）るその熱意は疑えない。とりわけエリート意識の固まりと言われる省にもこういう人間がいるのだ。

「あなたのように、常識や因襲にとらわれずにやれることをやると言い切ってくれると助かる。必要なのは、そういう人材だ。あなたの名は総理に報告させてもらいます」

星原は今度は、言葉をなくしてしまった。感激に顔を赤くして頷くばかりだ。

祝は立ち上がって近づくと、星原からＵＳＢメモリを受け取った。

「すぐにデータを共有して、この場でリストを完成させる。みなさんよろしくお願いします！」

祝の号令の下、ほぼ全員が動き出した。その場で固まって話し出す者たち、電話を取り出して誰かを説得し始める者……どの表情も張りがある。意気に感じていた。普段は日常に倦み、自らが持てる特権を持て余しているのかも知れない。だが今は「国を良くする」「国民を幸せにする」という原点を思い出している。美結は見ていて、そんな気がした。Cという共通の敵がエリートたちの火事場のクソ力を引き出している。

水無瀬がその様子を悦に入って眺めながら、忠輔のところまでやって来て言った。

「こんなの……ほとんど国家プロジェクトだな。国の総力をあんたに預けることになる」

「短期決戦に勝つには致し方ないです」

忠輔は興奮した様子もない。

「必要なら、ほんのひととき、ぼくは国民を代表して指揮を執ります。チャールズの支配力を駆逐してしまえれば、もう振り回されることはなくなるんですから」

「あんたみたいなのが、日本にいたんやな」

「あんたみたいなの、とは？」

「……さあ。適切な表現が思い浮かばへん。ところで解析ツールの構築にも、万全を期さないとな。網にかけるマルウェアのヴァリエーションの幅を持たせすぎると余計なものまで拾ってしまう。幅が狭くてもマルウェアを逃してしまう」

「だから、チャールズの協力者だったゴーシュがどうしても必要なんです」

忠輔は強調した。

「チャールズの論理爆弾(ロジック・ボム)の傾向を把握しているに違いないから。最も効率の良いアンチプログラムを作り出したい。最高のワクチンを、日本中のシステムに打って回るんです」

「彼の説得は、あんたに任せていいんだな」

「はい」

忠輔は覚悟を見せた。

「分かった。すぐにゴーシュを解放や。いいですね、長官？」

振り返って訊いた。こんなに軽い調子で警察のトップに話しかけられる警察官はただ一人だ。

「しょうがなかろう」

野見山は渋い顔で頷いた。ゴーシュの捜査を担当してきた若い刑事たちを見据える。

「だが、無罪放免ではない。あくまでも取り調べのための移送という形を取れ。監視の目は緩めるな」

「了解しました！」

「お任せください」

美結と雄馬は同時に声を張った。

「むろん、動けるのは警察施設内に留めるо それでよろしいな？」

野見山が訊くと、忠輔は頭を下げた。

「ありがとうございます。これ以上、我が儘を申し上げるつもりはありません」

そう言って口を閉じた忠輔を、美結はとんでもないという目で見つめた。まだ大事な案件が残っている。

「長官」

美結は勇気をふるい、直訴した。

「佐々木先生の妹さんが、ライジングタワーに閉じこめられています」

名乗る余裕もなかった。だがずっと忠輔のそばにいる。自分が付き添いの刑事だということは分かっているだろう。

「電力や鉄道や銀行のシステムが大事なのは分かりますが、ライジングタワーのシステムも早く奪い返さないと……展望台のお客さんを救出しないと」

「分かっている」

強い頷きが返ってきた。警察のトップとして、あのでかでかと輝く〝C〟はやはり気に食わないようだ。

「いや」

だが、当の忠輔が首を振った。

「チャールズは広告塔として、ライジングタワーを手放したくないでしょう。奪還は難航すると思う」

「でも……安珠が」

「一柳巡査」

美結は棒を呑んだように直立不動になった。長官が自分の名を呼ぶとは……一巡査の名前を知っているとは思いもしなかったのだ。

野見山はしっかり美結を見ていた。

「広告塔だからこそ、早く取り返さなくてはならん。あそこにCの文字が灯っているうちは、東京はCのものだということだからな。むろん来場客の安否も心配だが、タワーを奪い返して初めて、日本の勝利を世界に知らしめることになる」

野見山は初めから、タワー奪回を最優先事項の一つと考えていたようだ。

「佐々木君。妹さんは助ける。日本警察の底力を見てもらいたい。展望台の人々を全員無事に救出する。隅！　多々良！」

長官は二人の男を呼んだ。

「特殊部隊を総動員して、タワージャックの終結に努める。頼むぞ」

刑事部と警備部のトップが頭を下げる。刑事部はＳＩＴ、警備部はＳＡＴという特殊部隊を抱えている。各々が自慢の精鋭を揃えて鎬（しのぎ）を削っている。我こそは最も頼りになると自負しているのだ。

「お待ちいただこう」

だがそこで声がかかった。

「我々のことを忘れてもらっては困る」

全員の視線が小柄な男に集まる。自衛隊のトップ、茂木幕僚長自らが声を上げたのだ。

「これだけ広範囲の被害に、警察だけで対処というのは無理でしょう。いつでも中央即応連隊を出せます。第一空挺団や第一ヘリコプター団を使って、タワーの展望台にパラシュート部隊も送れますぞ」

「いや、それは目立ちすぎます」

野見山長官は丁寧に言葉を返した。

「もちろん、お力を借りるべきところは借りたいと思います。しかしまずは警察にお任せいただきたい。相手は犯罪者です。領空侵犯や軍事的脅威ではない」

多々良刑事部長も隅警備部長も我先に頷く。

「しかし、前例のない犯罪です」

祝補佐官が取りなすように言った。それで美結は察した。この緊急対策会議に自衛隊を含めるように言ったのは政府。総理なのだと。

「軍事攻撃に匹敵する脅威にさらされていることは確かです。力を合わせて取り組んでいただいた方がいいのでは？」

祝の助言に、茂木は顔を輝かせて頷いた。ところが、すかさず隅が立ち上がって声を張り上げたのだった。

「我がＳＡＴはハイジャックの対処訓練は完璧です！」

「しかし……東京ライジングタワーは航空機ではないが」

茂木幕僚長が疑義を呈すると、

「いや。今回のタワージャックはそれに近い状況です。最も適切な作戦を立案し実行できます」

野見山が断言する。腹は決まっていたようだ。隅に向かって言った。

「行けるな？」

「はい。いつでも」

当然だ、というように胸を張った。祝は少しの間、迷うように隅と野見山と茂木の顔を見比べていたが結局口を噤んだ。今は口出しせず、警察に花を持たせることに決めたようだ。その様子を見て幕僚長も引き下がった。

「では、お任せしよう。だが緊急時に備えていつでも出られるようにしておきます。いつでも応援要請を」

「ありがとうございます。こちらの手に余ると判断したらすぐに応援を要請します」

茂木は立ち上がると野見山に近づき、手を差し出してきた。野見山も立ち上がって茂木の手を迎える。茂木は見かけによらず感激屋のようだ。長い間手を握って野見山を激励していた。隅が横で、感無量という目でそれを見つめている。

「幕僚長」

そこに声をかけてきたのは、なんと水無瀬だった。

「我々警察の手に余ることもあります。ぜひお知恵を拝借したいのですが……レーザー兵器について、どの程度の情報をお持ちですか」

茂木は振り返って水無瀬を鋭く見る。

「何を訊きたいのかな？」

「中国人民解放軍諜報部の工作員が、我が国でレーザー兵器を使用した疑いがあるのです」

野見山が水無瀬を睨む。だが、制することはしない。

「ふむ」

茂木はまばたきをして少し考え、言った。

「あとで、うちの専門の人間から連絡させます。持っている情報は出す」

「ありがとうございます」

「だが、そちらからの詳しい説明も頼みますよ。人民解放軍が出てきたとなれば、いよいよ我々の出番だ」

「了解しました。事態が一段落したら、私が直接お伺いして説明申し上げます」

水無瀬が最敬礼し、茂木が鷹揚（おうよう）に頷いた。それを祝がじっと見ている。

「墨田署の村松巡査がＴＲＴの展望台にいます」

美結はあえて声を大きくした。水無瀬の意図は分かるが、優先すべきことがある。もはやお偉方に気後れしている場合ではない。

「巡査と連絡が取れます。ウェブカメラ付きのパソコンを持っているので、展望台内の状況をリアルタイムで伝えられます。作戦の立案に役立つと思います」

「回線を繋げ」

野見山がすぐ決断した。

「作戦室を作る。隅、指揮を執れ。多々良、ＳＩＴをＳＡＴのバックアップに回せ。必要なら作戦行動にも加わること。航空隊のヘリはタワーに向かっているな？」

「はい。はやぶさ二機、おおとり一機がタワーの周りを旋回中です」

多々良刑事部長が即答した。警視庁航空隊は十機を超えるヘリコプターを保有している。既に三機が現地に飛んでいるのだ。

「監視を続けろ。展望台の様子を中継させて、各特殊部隊にリアルタイムで情報を流せ。水無瀬！　佐々木君と一緒にシステム奪還を進めろ」

「了解しました。佐々木先生、我がサイバーフォースで指揮を執っていただきたい」

水無瀬が畏まって言い、忠輔はためらいなく頷いた。

これは歴史の現場だ——と美結は感じた。なぜ私が立ち会っているのかは分からない。

だが、この国の重要な分岐点を、いま目の前に見ているのだ。

次の瞬間、大会議室の空気が一変した。

黒い風が吹き込んできた。

間奏一――皇の翹首

報せが届いた。

警察庁の上層階で、愉しげな会合が開かれているらしい。権力者と呼ばれる人間たちが雁首を揃えている。実に微笑ましい。

私の住むこの都市でかつてない騒乱が起こっている。手を下したのは、Cと名乗る子供。

彼の起こす騒乱についてはむろん、以前から注視してきた。並外れて強力な者、将来禍根になりそうな者に対して私が警戒を怠る事はない。Cは近年、世界中で面白いショウを提供し続けてきてくれた。その矛先が日本に向いてからはますます面白くなった。警察と全面対決に入った時、私は喝采を送ったぐらいだ。

そしてC――チャールズ・ディッキンソンは、私の名をリストに載せた。

世界中に抹殺指令を発布したのだ。

ますます面白い。心から感心した。あの英国少年は、初めから私が目的だったのだ。

世界中の〝悪〟に対して容赦のないあの子供がいずれ私を狙うことは充分予測できたが、ここまでおおっぴらにやるとは思わなかった。天晴至極。頭を撫でてやりたいくらいだ。

私の身を案じて、私を守る提案が権力者達から続々と届いている。私は微笑み、いくつかの申し出を受け入れることにした。だが何一つ焦ってはいない。私に向かって弓を引く者に注意を怠ることはないが、恐れたことなど一度もない。

テレビモニタを見れば、電波塔にはあの子の頭文字〝C〟が煌々と輝いている。私はいくらでも拍手を送ることにやぶさかではない——が、これで東京を征服した気分だとしたらただの子供でしかないということになる。

たとえ全ての人間がCにひれ伏したとしても、私は笑うだけだ。

シンパの物理的攻撃も、サイバーアタックも停電も差し迫った脅威ではなかった。備えは万全だからだ。私は要塞の主。時々、世界が滅亡しても自分だけは生き残るのではないかと思う。

チャールズとて、本当の王は誰か知らぬはずもない。

まずは成り行きを見守るとしよう。警察はどう出る。あの才走った少年をどう抑えるのか？　警察の中にも冴えた者がいないことはない。子供よ、いくらでもはしゃぐがいい。だがまずは警察に勝ってみせろ。

それぐらい出来なくては、私に見える資格さえない。

第三章　旋風

「（前略）……『襲え！』将軍は絶叫するなり、ボルゾイの群れを一度に放してやる。母親の前で犬に嚙み殺させたんだよ。犬どもは少年をずたずたに引きちぎってしまった！……将軍は後見処分にされたらしいがね。さて……こんな男をどうすればいい？　銃殺か？　道義心を満足させるために、銃殺にすべきだろうか？　言ってみろよ、アリョーシャ！」

「銃殺です！」ゆがんだ蒼白な微笑とともに眼差しを兄にあげて、アリョーシャが低い声で口走った。

「でかしたぞ！」イワンは感激したように叫んだ。「お前がそう言うからには、つまり……いや、たいしたスヒマ僧だよ！　つまり、お前の心の中にも小さな悪魔がひそんでいるってわけだ、アリョーシャ・カラマーゾフ君！」


（ドストエフスキー『カラマーゾフの兄弟』原　卓也訳）

1

走るヴァンのスピードが上がっている。

無線で話していた棚田部隊長は、無線を切ると隊員たちを振り返った。

「本部からの通達だ。タワー解放には、我々SATが当たることが正式に決まった」

冷静を装ってはいるが、その声に滲む誇らしさは隠せなかった。

「我々の任務は、入場客の救出。ただしタワーのシステムはCが完全に支配している。救出活動に対してどんな妨害をしてくるかは予測がつかない」

万全の備えをしなくてはならない。つまり、フル武装で展望台まで上がらなくてはならないということだ。

「本部に戻っている暇はない。ここで作戦会議を始める」

棚田はパソコンのモニタに東京ライジングタワーの断面図を映し出して説明を始めた。

「航空隊のヘリが複数飛んでいて、上下二つの展望台の監視を行っている。上の展望台は〝天楼回廊〟、下の展望台は〝天楼デッキ〟。ここには偶然、墨田署の強行犯係の刑事も囚われているそうだ」

梓はぴくりと反応した。墨田署強行犯係。一柳美結のいるところだ。

「パソコンのウェブカメラで中の様子を送ってきてくれている。下の天楼デッキに取り残されているのは概算で一八〇〇人。その上の天楼回廊の方は、おそらく七〇〇人程度だろうとのことだ」

囚われた客の多さに啞然としていた陣内が、どうした？　という目で見てくる。梓の様子が変わったことに気づいたのだ。

梓はそれを振り切るように言った。

「囚われている刑事の名前は分かりますか？」

「どうしてだ？　戸部」

棚田がうろんな目をする。

「いえ……墨田署強行犯係に同期がいるものですから」

部隊長は理解を示し、すぐ確認してくれた。本部から送られてきた状況詳細メールに刑事の名前があった。

「村松利和巡査だ」

「そうですか」

「同期か？」

「いいえ。違いました」

「エレベータは止まってるんですよね」

陣内が早口で訊く。

「となると、展望台へ行く手段は？」

「管理側に問い合わせた。手段が一つだけある」

棚田は一カ所を指差した。

「塔内部にある非常階段だ」

予想はしていたが……やはり階段しかないのか。

「何段あるんですか」

「二七〇〇」

「…………」

日本有数の長い階段ということになる。だが誰も不平は洩らさない。

「他に方法はない。我々は、この階段を使って上まで行く」

棚田隊に所属するこの二組はともに若い。そんなことを嫌がる隊員は一人もいない。体力自慢ばかりだ。

「ヘリで空から飛び移った方が早いのでは？」

梓と陣内の先輩に当たる隊員、鳥飼（とりがい）が訊いた。

「それは最終手段だ。あまりに目立つ行動を取るとCを刺激する恐れがある。それに、非常階段の方が多くの隊員を上に上げられる。見物客の避難路ともなるから、安全確認も重要な任務だ」

　それは理に適っていた。危険がないことをまず確認してから、避難誘導を行う算段だ。

「ただし、展望台と非常階段を仕切る扉は電子錠でロックされている状態らしい」

　棚田部隊長はＴＲＴの断面図をスクロールした。非常階段と展望台の交わるポイントをアップにする。

「それはすなわち、Ｃが見物客を逃がしたくないということを意味する」

「やっぱり……客は人質か」

「扉を破る必要があるんですね、強度は？」

「頑丈なスチール製。ことによっては、爆薬を使って開けることになる。必要なら使用を許可するが、まずは現場で実地検証した後の判断だ」

「本部に戻らないということは、必要な備品はどこで……」

　陣内が訊く。

「現地に和泉隊が先に入ってぜんぶ準備をしておいてくれる」

　本部に残っていた、比較的ベテランが揃う部隊だ。実戦でもバックアップに回ることが多い。

「ドリルやプラスチック爆薬は？」

「むろん全て準備済みだ。ただ、障害は扉だけではない可能性を忘れるな」

「救出に向かう往路で邪魔が入るかも知れないということですね」

梓が鋭く応じる。

「そうだ。Cが罠を仕掛けている可能性がある。充分警戒しつつ、扉の開放、人質の救出路の確保。それが任務だ。我々は――先発隊を務める」

「！」

「本当ですか？」

棚田は深く頷いた。

「我々棚田隊が、その中でもお前たち制圧一班が、一番最初に展望台に到達する」

さすがに顔が引き締まった。SAT内で最も平均年齢が若いこの隊が先発隊に任じられるとは。しかも自分のような新人もいる。だが何も意外ではない、と梓はすぐ思い直した。今回のミッションが恐ろしく体力を消耗するという見通し故の抜擢だ。経験より若さが優先されたのは明らかだった。この隊には体力テストで最も数値のいい人間が揃っている。つまり、本隊到着を円滑にするための露払いの役回り。となると……本隊を務めるのはやはり門脇隊に違いない。最も実績のあるエース部隊だ。

だが、この棚田隊制圧一班が若いだけの筋肉馬鹿だと思われているとしたら心外だ。梓は反骨心に燃えた。本隊のための捨て石？　いや、自分の価値を知らしめるチャンスだ。あたしは全部隊の誰より見事に任務をこなしてみせる！

「お前は初めての女性隊員ではない」

正式にSAT所属となってからすぐ、陣内に言われた。

「だが、いま隊に女性はいない。長く保たないんだ。必ず短期間で脱落する。お前も脱落したら、今後しばらく女性の採用は見合わせる」

分かりやすいプレッシャー。責任重大だ。だが梓は不敵に笑った。

「ご心配なく。末永く、よろしくどうぞ」

どうしてあたしをもっと早くスカウトしなかったのか。慎重過ぎる！　それが本心だった。警護課での私の働きぶり、SPとしての抜きんでた技量は一目瞭然だったはずだ。やはり、女性隊員はSATに居着かないという歴史が弊害になったのだろう。先輩の女性隊員たちがどんな苦労をしたかは分からない。彼女たちに敬意は払いたい。

だがあたしは違う。ツキもある、と梓は思った。こんな大きなミッションがいきなりやってくるとは。巡ってきたチャンスは必ずものにする。そうやってあたしは道を切り開いてきた。

「SITはバックアップに回ってくれる。自衛隊も出動準備している。中即連（CRR）が、我々の失態を手ぐすね引いて待っているぞ！」

棚田部隊長の檄（げき）が飛んだ。

「連中の出番などないと思い知らせろ。迅速かつ的確に任務を完遂せよ」

「了解！」

全員が声を揃えた。臆した声は一つもなかった。

2

警察庁上層階の大会議室のドアがいつの間にか全開になっている。

そして、ノックもなしに入ってきた男に一同が注目した。

美結は戦慄を覚える。現れた男は凶兆そのものに見えた。

「奥島……お前、どこへ行っていた」

増田公安部長が誰より面食らっている。副部長の行動を把握していないとは……いや、奥島の方が異常なのだ。部長であろうと動きが抑えられない存在。

「こんな情けないザマを晒すのは終わりです」

ざらざらした声が部屋中に響いた。美結は身震いを抑える。生理的な拒否反応だった。

誰もこの男に関わりたくないと思うのは当然だ、目の光が異様すぎる。

「ご大層な作戦など要らない。解析ツールもスパコンも不要。永田町（ながたちょう）の皆さんのお手を煩わす必要もない」

「何を言ってるんだ？」

全員がようやく団結し、一つの方向に進み始めた矢先に冷や水をかけようとする部下に、増田部長はさすがにまずいと思ったらしい。近寄って制そうとした。だが奥島はなんと、増田を押しのけて前に出て来た。

「我々の勝利です」

恍惚（こうこつ）の表情で言う奥島を水無瀬が睨んでいる。関西風に言えば完全にメ、ン、チ、を切っている。だが声はかけない。

「きちんと説明をしろ」

野見山長官が命令した。冷たい声だった。

奥島は少し姿勢を正す。長官の前ではさすがに畏まった。

「チャールズ・ディッキンソンとハッキング対決で勝つ必要はありません。現実世界で勝てばいい」

そのとき美結の鼻先を掠めたのは、血の臭い……暴力の気配だった。

「というと？」

砺波総監が眉をひそめて訊く。できるならこの部下をお偉方には見せたくなかった、という顔に見えた。

「本人を押さえればいいのです」

「ということは……？」

「MI5とMI6の合同部隊がケンブリッジ大学の寮を取り囲んだ。まもなく突入する」

奥島は勝ち誇ったように言った。

「ちょっと待ってください」

忠輔が聞き咎めた。

「チャールズが張り巡らした爆弾は？」

「そんなものには構っていられない」

奥島は言い切った。

「イギリス当局も決断した。多少の犠牲は覚悟の上だ。ともかくCの活動を止めないと」

「どこが爆発するか分からない。誰かが犠牲になるかも知れない」

忠輔は退かなかった。

「こちらとしても苦渋の決断だ」

奥島はぎょろりと忠輔を睨めつけた。

「佐々木先生。犠牲は避けられない」

吉岡龍太の声が加勢した。奥島の後ろから入ってきたのだ。いつの間にかこの会議室を出て、上司のサポートをしていたらしい。一緒に海の向こうと連絡を取っていたのだろう。警視庁の中でイギリスの諜報機関とつながっているのは、当然公安部。双方の綿密な話し合いがあった。その上で強行突入作戦に踏み切ったらしい。

雄馬が暗い目で成り行きを見守っていた。ふいに野見山長官の方を、助けを求めるように見る。

「長官。あなたも、これがベストのシナリオだとお考えだった」

だが奥島は逆に長官に訴えた。美結は驚いて野見山を見つめる。

野見山は顔色一つ変えなかった。一人頷くと、居並ぶ顔に向かって説明を始める。

「被害を最小限に抑えるためです。チャールズ・ディッキンソンを保護するためでもある。Cがケンブリッジにいる、という噂は少しずつ広まっています。放っておけば暗殺される。それが、イギリス当局が抱えている焦りだった。確保のために、いずれは突入する計画でした」

「いいじゃないですか！　ここで本人を押さえれば、ハッキングの脅威から解放される」

宮本政務官は大喜びだった。茂木幕僚長も目を輝かせる。

「さすがですな野見山さん。元を断ってしまうとは」

「待ってください。まだ突入前です」

野見山はあくまで慎重に言い、奥島と吉岡龍太に向かって確かめた。

「向こうの状況はどうなってる」

「衛星回線で映像が来ています。ここに回します」

龍太はこの部屋に備え付けられているパソコンを操作し、速やかに壁の巨大モニターに映像を映し出した。全員が釘付けになる。美結も雄馬も目を凝らした。

同時刻。小西哲多はＳＸ４の車内で腐っていた。

いったん美結や村松との通信を絶ち、ＴＲＴに駆けつけた本庁の刑事や機動隊に懸命に状況を説明した。ところが小西は邪魔者扱いだった。全て分かっている、という様子で相手にされず、特に指示も受けなかった。それを見た墨田署員も早々に踵を返す。駆けつけられたのは盗犯係や生活安全課の刑事で、機動隊員の列を目にして圧倒され、自分たちの出番などないと臆してしまった。

「周辺のパトロールに……」

「駅の方が、混乱してるらしいから……」

などと言いながら、小西に詫びるような顔でＴＲＴから離れていった。小西は舌打ちしながらＳＸ４に戻るしかない。美結に連絡するが相手は出なかった。しばらく前からずっとこうだ。いったい何がどうなっているのか？　ここを動くな、と命令した井上とも話すことができない。仕方なく、浅草通りや北十間川沿いにマスコミが列をなし、テレビカメラをタワーに向けている光景を携帯電話で撮影して美結にメールした。目立つのでもうボンネットには寝られない。おとなしく、大柄な身体を運転席に収めた。

ＳＸ４のカーテレビには白く輝く〝Ｃ〟が大写しになっている。これが日本中に、いや世界中に届けられているかと思うと腹が立って仕方がない。ウインドウから首を出してタワーを見上げる。実物の〝C〟の文字の上の方を飛ぶジャイロたちの動きはおとなしくなっていた。飛び交う光の数も減っている。何台か基地に戻ったのか、それともどこかへ散ったのか。また誰か襲いに出張しているのか？

知るか、と思った。ライトを消して飛ばれたら追跡のしようがない。ジャイロだけではない、他にも山ほどのトラブルが積み重なっているのだ。かつてこんな大混乱があっただろうか。誰がどうやって収拾をつける？

また村松に連絡しようかと思ったが、どうせ展望台の状況に動きはない。疲れている村松の声を聞くのも気が進まない。

……福山さんに電話しよう。そう思い立って電話を取った。

困った時には必ず福山の顔が浮かぶ。正直に言えば、向こうから連絡がないのが意外だった。長時間の検診に身体が参って休んでいるのだろう。たぶん早々と寝入っている。ニュースを見ていないから連絡がないのだ。あるいは、連絡してくる元気もないのか。

小西は電話を置いた。休息の邪魔をしたくない。何かあると福山に頼るクセはよくない。できる限り負担を減らしてやらなくては。また、ウインドウの外に目をやる。

北十間川にかかるいくつかの橋は野次馬で鈴なりになっていた。ニュースを見て飛び出してきたヒマな輩（やから）だ。みんな飽きもせず上空を見つめている。展望台に囚われている客たちを同情の目で見ているのなら、まだいい。だが笑顔がある……Cのシンパだらけのような気がしてくる。あの〝C〟の文字を、ご本尊でも拝む気持ちで見上げているのか。そしてこれから、リストに載った人間の制裁に向かうのか。小西は目を凝らしてみた。どれがシンパだ……分かるわけがない。男も女も、少年少女も老人もいるが、表情や目つきだけでシンパを見分けられるわけがなかった。

「くそっ！　じっとしてられるか」

ドアを開けてまた外に出る。そこを動くな、という井上の命令に背くことになるがもう限界だった。再びＴＲＴの入り口に走る。本庁や機動隊の連中に掛け合ってメンツに入れてもらおう。追い払われても食い下がってやる。

だが、足はすぐに止まってしまった。警察車両で固められた入り口付近に警察官たちがさっきと全く同じ状態で溜まっているのだ。機動隊員もそっくりそのまま残っている。為す術なくただ命令を待っている。小西はひどい脱力感に襲われた。命令がないと何もできないこの連中が、余計な人員である自分など相手にするはずがなかった。いったい上は何をやってる？　いつ行動に移るんだ？

「くそったれが……」

小西は悪態をついて踵を返す。俺は何を、無意味な行き来を繰り返してるんだ……腹立ち紛れに、入り口に溜まる警察官たちを撮影して美結に送った。タイトルは〝役立たず〟。

電話をくれないだろうか。いつまで取り込んでいるのか。

歩道を歩いているとサラリーマンたちとすれ違う。飲んで帰る途中のようだ。東京を襲う異常事態は知っているが、酒でもかっ喰らわなければやっていられない気分なのだろう。鉄道の混乱で帰れずに自棄になっているのかも知れない。小西は羨ましかった。俺も呑みたい気分だ……

奇妙な戦慄が小西を襲った。

自分の足を止めたものが何か分からなかった。目が勝手に反応し、脳裏に火花を散らしたのだ。まばたきを繰り返して目の前をよく見る。

……まさか。そんなはずはない。


同時刻。警察庁の上層階にいる巡査から長官までが、官僚も議員も民間人も全員が、巨大なモニタに目を奪われていた。画面の大半を占めるのは白い曇り空。まだ白昼。東京と英国の時差は九時間、日本の現在時刻の午後十一時は、現地では午後二時だ。

画面の奥に古い石造りの建物が見えている。あれがケンブリッジ大学の寮か——まるで歴史的建造物だ。あそこに世界一のサイバーテロリストが住んでいる。なんとハッカーにそぐわない居場所だろう。

映像は微かに揺れている。人間の呼吸のリズムだ。この映像のカメラマンはイギリス特殊部隊の隊員らしい。おそらくはヘルメットの前部につけた高性能カメラ。映画のように鮮明な映像だった、すごい臨場感だ。衛星中継だから数秒のタイムラグはあるが、たった今――ユーラシア大陸を挟んだ向こう側で起きている出来事。

　英語のやりとりがバックに小さく聞こえている。

"We will start the operation soon. Do you see any problems?"

"Negative. All quiet."

　後方で指示を出す指揮官と、前線の隊員の会話らしい。緊迫した短い単語の応酬。美結は、瞬きする間も惜しかった。これから海の向こうの強行突入がライヴ中継される。おそらく警察だけではない、内閣官房にも同時中継されているだろう。本当にチャールズ・ディッキンソンを確保できるのか？　Cの素顔を見られるのか。生きて動くその姿を。

　だが美結は怖かった。チャールズに気取（けど）られているのではないか……抜け目ない悪魔的な天才少年は罠を仕掛けているに違いない。押し入った瞬間、本当に爆弾が爆発するかどうかは分からない。案外脅しではないかと美結は思っている。だがチャールズは裏を掻いてくる。もっとひどいことが起きる。部隊が突入した瞬間、想像もつかない事態が勃発（ぼっぱつ）するのではないか。ここにいる全員が後悔するような。ジャイロが現れて情報通信局の強化ガラスが割られた時の戦慄を美結は忘れられない。だが、自分のような末端の人間の不安などよそに事態は動いてゆく。

「待ってください、本当に……」

雄馬が思わず、奥島と兄に向かって懸念を口にした。美結と同じ不安に駆られている。だが奥島は無視。龍太は厳しい視線を寄越した。黙っていろ、という素振りだった。

「ここは、お手並み拝見と行くか」

水無瀬は椅子に座って腕を組んだ。顔には薄笑い。すぐ横にいる忠輔を落ち着かせようという気遣いも交じっている、そんな気がした。忠輔も水無瀬に倣い、諦めてモニタに見入ったのだ。

"*Rush!*"

鋭い声が響く。指揮官の突入命令が出たのだ。

モニタに映るリアルタイム映像が、ついに荒々しく揺れた。全員が固唾を呑んで映像を見守る。それからは怒濤だった、カメラは黒いアサルトスーツを着込んだ複数の特殊部隊員の背中を追った。古い建物の中に雪崩れ込み、廊下を突進して一つの扉に殺到する。ハンマーが叩きつけられ、たちまち扉がこじ開けられた。隊員たちが我先に部屋に突入してゆく。部隊員同士の肩がぶつかったせいか一瞬映像がフリーズする。

次の瞬間には、部屋の内部が映し出されていた。ごちゃごちゃに物が溢れ返っている。最も多いのはコンピュータ機器。その間に、本や写真が挟まったり積み上げられたりしている。人の姿は見えない。隊員たちが戸惑い、機器の裏やデスクの下を探っている。パソコンの大きなモニタが点いていた。画面には何か文字が躍っている。カメラはそこにズームする。

"I see you have stopped"

ぶっ、という音が聞こえた。見ると水無瀬が口を押さえて笑っている。奥島の顔を見ると、どす黒くなっていた。目の焦点がおかしい。龍太が不安げに上司とモニタを見比べていた。

隊員たちは躍起になって少年の姿を捜している。クローゼットの中、ベッドの下。天井に人間が隠れられる穴がないかどうかまで確認して、ようやく事実を認めた。

"No one here"

生真面目な報告が、海のこちら側まで届く。間が抜けていることは否定のしようがなかった。会議室を見渡すと、失望と恥辱で青ざめた顔が並んでいる。日本のエリートたちは絶望的な思いに駆られていた。十五歳の少年が一枚上手だった……

「まあ、そうなるか」

忠輔が淡々と言った。

「そうなるな」

水無瀬も頷く。

「……分かってたんですか」

美結が呆然と訊く。

「まあ、向こうにいたままだと考えると、不自然な点がいくつか。少なくとも、一カ所に留まっていることはないだろうと思った」

忠輔の目は沈んでいる。複雑な気分なのだろう。ここにいてほしかったような、逆にホッとしたような。

「チャールズ君は陰険なオタクとは違う。活発な行動家や」

水無瀬は今や満面の笑みだった。どっちの味方か分からない。

「どこかで俺らをせせら笑ってるよ。お前の動きが止まって見える、やて……ネオ気取りか。ぐうの音も出んが」

武士の情けか、奥島に追い打ちをかけることはしなかった。

奥島はモニタを睨んだまま沈黙している。隣の龍太も、声もない。

「いったいいつからいないんだ？」

隅警備部長が問うた。

「チャールズは今、どこにいる？」

「協力者がいなくては無理ですな。寮のスタッフや、友達を当たらんと」

水無瀬が冷静に指摘する。

「その通りです。きっと寮母さんもぐるで、偽装工作をしていた。いると見せかけていただけだ」

忠輔が画面を睨んで考え込む。旧友の企みを推測している。

「長官！　奴さんは捕まえられません」

水無瀬は野見山に向かって言った。

「そして警察や政府からの呼びかけには応じない。Cとの唯一のチャンネルは、やっぱり佐々木先生しかなさそうですな」

祝補佐官が、大学講師を注視している。話をしたそうな顔にも見える。

「先生が呼びかければ、きっと奴さんは反応する。チャールズが恐れている唯一の頭脳だ」

奥島がのそり、という感じで水無瀬を見た。そして佐々木忠輔を。

この男は失敗した。手柄を独占しようとしたが目論見は崩れた。水無瀬の番が来た。そして水無瀬が切り札と考えるのは、この奇妙な男。

「これから、スパコンを使った日本全システムのローラースキャンを実行します。それと並行して」

　忠輔は自ら宣言した。

「……チャールズへの呼びかけと説得を試みます」

「うむ。大至急やってくれ」

　野見山はもはや奥島を見ない。水無瀬と忠輔だけを見ていた。

「墨田署刑事課強行犯係を、以後は対C特命係とする。佐々木先生の保護と活動の補佐を最優先しろ。水無瀬と組んで対C作戦、及び捜査を続行。協力を拒む部署や上役がいたら、私の名前を出せ」

　井上係長が立ち上がって敬礼する。まるで特攻を命じられたような悲壮な表情だった。美結も真似をして敬礼しながら、誇らしさを覚えた。これでいつ外されるかという不安から解放され、胸を張って自分の任務に邁進(まいしん)できる。ましてや長官直々の下命など、普通の警察官が経験できるものではない。

　水無瀬が得意げに奥島を見た。邪魔できるもんならしてみろ、という顔。奥島は目も向けてこない。

「本官も、任務継続でお願いします」

　吉岡雄馬が必死な声で訴えた。

「吉岡雄馬警部補も対Ｃ特命担当とする」

野見山はすぐに言った。だが雄馬はそれで満足しない。

「長官、長尾係長を……」

自らのボスの復帰を訴えた。すると野見山はすぐに、

「安心しろ」

と言って破顔一笑したのだった。

「長尾には、ちょっと休みを与えているだけだ。しかるべき時に復帰させる」

雄馬が顔を赤くして頷き、美結も井上も思わず顔をほころばせた。野見山は長尾に対する信頼を失っていない。何か深い考えがあっての謹慎処分なのか？

一瞬、奥島がギロリと長官を睨んだのを美結は見逃さなかった。多々良刑事部長と増田公安部長の表情も変わる。暗然たる勢力争いの風圧を感じた。今は明らかに、刑事部が押し返している。

だが部下たちの様子を意に介さず、野見山は言い渡した。

「サイバーフォースと対Ｃ特命係は、水無瀬を長として私の直轄とする。砺波」

呼びかけられた砺波総監はまさに打てば響くという対応をした。警視庁のトップとしての威厳を放ちながら、よどみなく指示を出す。

「隅、警備部にＴＲＴ解放の作戦本部を設置、指揮をとれ。制裁リストの人物の警護にも

むろん全力を傾けろ。多々良、ＳＩＴで警備部をバックアップしつつ、刑事部全体でそれ以外のハッキング被害を受けている施設、省庁、企業に対処。全都が混乱しているが、都内一〇二署全てに治安維持を徹底させろ。ここが踏ん張りどころだ。事態が落ち着くまで、全署員が二十四時間不眠不休の覚悟で当たれ。これは、警視総監命令だ」

「了解しましたっ」

隅と多々良は神妙に拝命する。砺波総監は付け加えた。

「むろん全部署が、私と長官に最新の状況を逐一届けること」

改めて各部の長を見渡す。だが砺波は、公安部に指示は出さなかった。増田部長と視線を交わしただけだ。既に果たすべき任務は決まっているということか。野見山を振り返る。

「長官、記者会見も準備しなくてはなりませんな」

「うむ。タイミングを計る。祝補佐官、官邸の意向も伺いたい」

「はい。総理の意図を確認し速やかにご連絡します」

祝は頷いてみせる。そして水無瀬を見た。

「スキャンの優先順位データは、でき次第あなたにお届けすればよろしいですね」

「取りまとめていただけますか⁉　恐縮です」

警視正のみならず、全ての警察官が頭を下げた。

その中で最も位の高い男はやがて頭を上げ、唯一の民間人に向き直った。

「佐々木先生。警察を挙げてバックアップします。どうかよろしく頼みます」

そう言って深く頭を下げる。

美結は痺れるような感覚に打たれた。野見山が心から先生、と呼んだのが分かったのだ。

3

小西はまばたきを繰り返した。

ガードレールに腰かけている少年が目の前にいる。細身。身長は一六〇センチぐらいだ。フード付きの白いパーカーに黒いズボンというごくありふれた恰好をした、中学生くらいの男の子。顔を伏せ、夢中になってタブレットPCを操作している。そして——髪の色は淡い。見たところ染めたものではなく、地毛。

そんな馬鹿な……小西の眩暈はパニックへと変わる。

するとガードレールの少年が顔を上げた。しっかり小西を見る。

「お勤めご苦労様です」

微かに笑うと、また顔を伏せる。タブレットPCの操作に戻った。

「な……」

小西はうまく息ができない。

「お前は……」

名前も出てこない。いや、恐ろしすぎて口にできない。

すると少年は痺れを切らしたように顔を上げ、自ら名乗った。

「初めまして、チャールズ・ディッキンソンです。忠輔に聞いてるよね？　ぼくのこと」

小西は思わず頷いていた。だが声が出ない。

「やっぱりジャイロを追ってきてくれたね。さすが熱血刑事(デカ)だ」

あまりに流暢(りゅうちょう)な日本語に、小西の現実感が完全に麻痺する。その小西の顔を見てニコリとした異国の少年の風貌が霞む。瞳の色は濃かった。人なつっこさを感じさせる目元。それがなおさら、小西の背筋に冷気をもたらした。

「晴れの日を迎えた。審判の日(ジャッジメント・デイ)だよ」

少年の顔に浮かんでいるのは、充実感。まるで試験に合格した朝のようだ。

タブレットPCのタッチパネルに向かって指をぐっと広げる。それから、上空を見た。

少年の愉快そうな視線を追って、小西は目を上に向ける。

展望台の周りを飛ぶ光たちが――大きく旋回している。

少年が指をひねる。光たちの動きがうねった。完全に同期している。

ジャイロは少年の意のままだ。いったい誰が、いま上空を舞うジャイロを操っているのがこの少年だと想像するだろう？　小西も忠輔に聞いていなかったら信じないはずだ。いや、目の前にしても信じられない。

忠輔に見せられたあの写真より少し大人びている。二年経って成長している。だがやはり十五歳、どことなくあどけなかった。この少年が世界を騒がせ、あらゆる攻撃を仕掛けて〝世直し〟を行い、東京を支配下に置こうとしている張本人。確かめなければ。いや、確保しなければ。

小西は一歩、また一歩と少年に近づく。

足の感覚がおかしい。俺としたことが……と思った。震えているのだ。今まで、どんな犯人を前にしてもこんなことはなかった。凶悪な連続強盗殺人犯を追いつめたときも怯まなかったのに。錦糸町(きんしちょう)の雑居ビルの地下に追い込んで危なげなく確保した。飛びかかる時も少しの躊躇いも感じなかったのだ。だからこれは、ビビっているのではない。

責任感だ――と思った。目の前の人間が持つ意味はあまりに大きい。見た目は小柄な少年に過ぎないが、どんな相手よりも大物だ。そしてこんな絶好の機会はない。俺が確保する！……胸の中に湧き上がる熱い炎を感じながら、じりじりと距離を詰める。ついに手を伸ばせば触れられる距離に近づいた時。

「忠輔がなんと言おうと、滅ぼすべき悪は存在する」

少年は静かに言ったのだった。

「とてつもない悪がいる……この日本に。それを滅ぼすために、ぼくは、長い時間をかけて準備してきた」

　そして、目を上げて小西を見つめた。

「協力してくれ、小西刑事。君をぼくのバディに任命する」

……バディだと？　今度は、頭の血がぜんぶ抜けていく感覚に襲われた。このガキは何を言っている？

「ねえ小西刑事。ぼくを、サイバーアタックしかできない幼稚なテロリストだと思ってる？」

　少年は小首を傾げた。

「それとも、ラジコンで遊ぶ子供だとでも思ってた？　だったら認識を改めてよ。ぼくは世界を変えられる。革命を起こせる。正義のためにね。日本の警察が、正義のために何をしてるって言うんだ」

　ふいに鋭く睨みつけてくる。

「国民もろくに守れない。本当に悪いヤツはただほっといてのさばらしている。いや、保護さえしているんだ。結局は権力の犬に成り下がっている。よく恥ずかしくないね。だからぼくが来た。正義を教えてやる。知らないだろう、小西刑事？　本当の悪を」

「ほざけ」

　小西はようやく相手を遮った。

「お前はただのテロリストだ」

ふん、と少年は鼻であしらう。

「気持ちは分かるだろ？　君だってテロリストだった」

「……なんだと？」

「私的制裁の過去がある。ぼくがCになるずっと前のことだ。もう罪は償ったの？」

小西はぐうの音も出なくなった。なぜ知っている……

「わざわざリストに載っけてあげたのに、今度はあいつを守るとはね。あのちんけなポン引き野郎（ピンプ）、カスヤを。ちょっとイラッとしたよ。案外うまいんだね、射撃（シューティン）」

やはり――と、小西は痺れるような感覚に打たれた。こいつ本人があのジャイロを操縦していたのだ。この日本で。おそらくは現場、隅田公園のそばで。

あの飛行物体のカメラの向こう側にこいつがいた。睨み合うのは、初めてではないのだ。

「一番気に入ってるジャイロを壊したね。小回りが利く可愛いヤツだったのに……だから今回は数で勝負。物量作戦だ。もう壊さないでよ、頼むから」

悪戯（いたずら）っぽく言い、またタブレットPCに向かって指を広げる。ハッと見上げると光の数が増えていた。オオと野次馬たちが声を上げる。隅田川の花火大会でも見ているかのように。小西はふいに、足元がぐらついて倒れてしまいそうになる。

「あんな上まで飛ばしやがって！」

小西は踏みとどまると、目の前にストレートに怒りをぶつけた。

「弾が届くわけねえだろ！」

「うふふ」

少年は愉しそうに笑った。

「残念だったねえ、刑事はちっちゃい拳銃しか使わせてもらえないんだね。せめてライフルがあればいいのに」

小西はジリリ、と少年に迫る。身体の大きさで圧倒したかった。

「お前を確保する」

「無理だね」

即答。相手は少しも動じていない。

「捕まるために出てくるわけないだろ。説明しないと分からないかな？」

これ見よがしの溜め息。カッ、と小西の頭に血が上る。

「……馬鹿を言え」

かろうじて怒鳴り声を抑えた。周りにはどう見える。野次馬たちは気にも留めていないが、白人の少年と厳つい男が友達に見えるのか？

「お前を現行犯逮捕する」

「何の罪で？」

「……電波法違反。いや、TRTの業務妨害だ。差し当たっては」

へえ、とチャールズ・ディッキンソンは言い、にっこり笑った。

「逮捕すると爆発するよ」

何と屈託のない笑み。

「はい、警告終了。これで君はぼくに手を出せない」

チャールズはタブレットPCを小脇に抱えると、ガードレールの裏側に手を伸ばしながら言った。

「おとなしく捕まるわけないでしょ。ぼくがいつから来日してたと思うの？　各地に爆弾を仕掛けさせてもらった。いつでも爆破できるよ。このタブレットでも」

そしてガードレールに掛けてあったリュックを持ち上げると、中からごそごそと取り出す。

「このスマートフォンでも。このキーホルダーのスイッチでも。それにこのiPodでもね。それぞれのスイッチが、どこを爆破するかはお楽しみだ。それから」

チャールズは自分の頰を指差した。

「この、奥歯に仕込んだスイッチでも。抜かりはないよ」

チャールズはあーんと口を開けてみせる。

微かに金属が見えた。

「嘘をつけ」

目を逸らしながら、小西はドスを利かせて言った。

「お前は来日したばかりだ。前から日本にいたんなら、Cダッシュに任せずに自分で指揮を執ってただろう。そしたら、角田教授爆殺なんてミスを許すはずがない」

「他のことで忙しかったんだ」

少年の笑みの屈託のなさは変わらない。

「忠輔への警告はゴーシュに任せてた。そこに、ファッキン・レッドアーミーが絡んでくるとはさすがに思わなくてね。やられたよ！　でもゴーシュはクビにしたし、レッドアーミーのいかれたネズミ野郎（クレイジーモーロンラッツ）ももう、鳥カゴに閉じこめたけどね。ザマーミロ。ぼくの名を騙（かた）って勝手なテロをやるなんて重罪だ。チョーエキ二百年だ。いや、死刑だ！」

「爆弾なんて脅しだ」

小西は繰り返した。

「おとなしく、俺と来い」

「Cダッシュは一人じゃない」

少年は言った。

「ぼくがやらなくても、爆弾は仕掛けられる。どこにでも送れる。世界中にぼくのシンパがいるのを忘れたの？　ねえ小西刑事。熱血もいいけど、もう少し頭を使わないと正義は遠いよ」

小西は動けなくなる。

力が足りない、圧倒的に足りない、と思った。

「君はぼくに命令はできない。命令するのはぼくの方だ」

英国の少年は宣言した。

「爆弾については警告した。君は手を出せない。警察官の原則から君は外れない。誰かの命を危険にさらすことは絶対できない」

小西の肩が落ちたのを見て取って、少年は笑う。

「ぼくの言うことを聞いてもらう。まず、君の車に乗せろ」

小西は目を剝いた。

「お前……」

「なにフリーズしてるんだ。君は警察官で、爆破スイッチを持ったテロリストに脅迫されているんだぞ。迷う余地はない」

チャールズは自分から、小西のＳＸ４に近づいていった。後部座席のドアに手をかける。ロックされたハンドルをガチャガチャやった。

「バックシートでちょっと休ませて。疲れた」

小西は、仕方なくドアを開けてやった。チャールズは喜んでするりと乗り込む。

小西が運転席に座ると、チャールズはバタバタと音を立ててシートの座り心地を確かめていた。親戚の子でも乗せたような錯覚に陥る。いや——この少年は、史上稀に見る天才犯罪者。まさか自分の車に乗せることになろうとは。

「あ、これ、覆面パトカーってやつでしょ。カーロケーションシステムのGPS電波は切っておいてよ」

チャールズはすかさず言った。小西が渋々、メーターパネルの下部に手を伸ばしてスイッチを切るのを確かめる。このガキはそんなことも知っているのか。

「位置を特定されると面倒だから。ま、警察なんて怖くないけど、ハエがたかってくるとウザいよね。やっぱ」

「展望台のお客を解放しろ」

小西は怒りを込めて言った。

「このままだとパニックが起こる。体調を崩す人もいる。子供やお年寄りもいるんだぞ」

「大丈夫。あの上、けっこう快適だよ。登ってみたことないの？」

チャールズは気楽に返してくる。小西は思わず車のドアを蹴った。

「お前のジャイロが飛び回ってるおかげで怖い思いしてるんだ！」

「心配しすぎだって。安珠だって、護衛つきだろ？」

小西はビクリとして振り返る。

「やっぱり貴様……」

チャールズはニッコリした。

「もちろんさ。安珠があそこに登る日時は決まってた。だから今日をXデイにしたんだよ。全ての条件が揃った」

「安珠さんまで……人質か」

「忠輔はどう出るかな？　籠(かご)に妹が囚われているだけじゃない。同じ籠の中に、狂ったネズミがいると知ったら」

「な、なんだって？」

「いや、血に飢えた誇大妄想狂(メガロマニアック)と言った方がいいか。爆弾が大好きな、ね」

「まさか……」

「そう」

チャールズの笑みに凄みが加わる。小西は総毛立った。

「あのレッドアーミーのスパイも籠に捕らえた」

「ど……どうやって」

「ぼくと会う約束だったのさ。あいつのモバイルのアドレスなんかすぐ突き止めた。そして招待状を送った。手を結びたい、ってほのめかしてね。あいつは警戒した。〝上〟に指示を仰いでたのか、返答までタイムラグがあったけど。結局のこのこやって来たね。変装もなしに、ちゃんと身体一つで展望台まで登ってきた。まあ、ぼくに敬意を表するつもりだったんだろうが。誰が会うもんか！　低能(ダム)め。勝手に吠えてろっての」

「あんな危険な男を展望台に？……なんてことを」

だが少年は、小西の焦燥を意に介さない。

「あいつだけは許さない」

何と明快な残酷さ。小西は、中国の工作員に劣らない狂気を、この少年に感じた。

「ぼくの名を騙って殺人をした。そのあとも不作法にバンバン爆破した挙句、黄(ファン)の娘を残酷に殺して喜んでるヤツだ。こんなヤツは抹殺しかない」

「リストに載せたのはお前だろうが！……おかげで、彼女は見つかっちまった」

「ぼくがリストに載せる前に、チャイナは黄の娘をコントロールしていた」

チャールズは素早く言い返した。

「だからあんな目立つ場所に行かされて、処刑されたんだ。これ見よがしにね」

小西は目を閉じた。もうあの火刑を思い出したくない。

だが、ふいに甦ってくる記憶がある。

「あの子は……お前に語りかけていたな」

破壊されたジャイロに向かって、中国語で訴えていた。何か警告のようなことを。

「あれは何だ？」

沈黙が返ってくる。

「遺言を、ぼくは受け止めた」

やがて少年はぽつりと言った。

「彼女には悪いことをしたと思ってる」

思わずルームミラーで少年の表情を確かめた。頬が引きつっている。

小西は初めて、チャールズを年相応の少年に感じた。怒りに任せてリストに載せてしまったが、実は犠牲者だったあの娘を不憫に思っている。その分、全てを仕組んだ王超（ワン・チャオ）に怒りが向いている。

「あの子は、どうやって殺されたんだ？」

小西は質問を変えた。

チャールズの顔が大きく歪む。少年らしさは一瞬で消えた。

「チャイナは龍（ドラゴン）を飼っている」

少年は既に全てを突き止めているようだった。

「ドラゴン？……」

「でっかい龍だが、気まぐれだ。今夜はどうかな？」

引きつったような笑みを浮かべてミラーの小西の目を見返した。ふわりと身を乗り出して、たちまち小西のシートの肩の部分に顎を押しつけてくる。

「ところでついさっき、ケンブリッジのぼくの部屋に特殊部隊（スペシャル・チーム）が突入した」

少年は何でもないことのように言った。

「誰もいなかったから、みんなポカンとしてるよ」

そりゃそうだろう、と小西は思った。

「俺の方がよっぽどポカンとしてる」

小西の声に、チャールズはキャハハと笑った。

「身を隠すのは得意なんだ。ぼくにはみんなが止まって見える。ぼくだけが違う時間流（タイムフロー）、マイクロセカンドで生きてるのさ。いやナノセカンド、フェムトセカンドの単位でね。つまりぼくの居場所を知ってるのは、世界中で君だけ」

小西はゾッとした。ほんの数センチ後ろにある少年の顔を見られない。

「名誉に思ってくれていいよ、マイバディ」

俺は……このままでは共犯者に仕立て上げられる。感じたことのない恐怖が背筋を這い上がってきた。知らせなくては……仲間に。だがこいつは電話など許さないだろう。どうする……

「仲間にSOSを出したいと思ってるだろう。ダメだよ、こっそりEメール送ったりしちゃ」

小西の内心は完全に読まれていた。

「君の仲間は、ミュー、フレッシュマン・村松、ウォリアー・福山、それに井上サン。ぜんぶ、よく知ってる」

こいつは……調べ上げている。メンツだけでは無い、もしかしたら、各々の過去までも。だからこいつは糟谷をリストに入れた。まさか、俺のために……？

「本庁の方は、長尾サン。今は残念ながら、停職中（サスペンション）か。そして雄馬クン。いつもミューと一緒にいる。仲が良いのかな。どう思う？　バディ」

からかうような声に、小西は顔が熱くなるのを感じた。不用意な事は口にできない。黙り（だんま）りを決め込む。

「それから、水無瀬。この男はかなり厄介だ。ぼくのウイルスをあっさり一掃して、ボットネットでぼくのサイトをダウンさせるとはね！　ちょっと驚いた。日本の警察にはもったいないほど優秀なヤツだ。だけど……過去を調べても何も出てこない。当たり障りのないどうでもいいようなプロフィールだけだ。怪しい。こいつは誰だ？　バディ、知ってる？」

小西には答えようがなかった。小西自身一度しか会ったことがない。しかもほんの数時間前に初めて。

「公安もメッチャめんどくさいね。謎の人物の巣窟（デン）だ。マフィアよりよほど巧妙に過去を隠してる。どんな組織だってそうだけど、日本の警察も相当秘密を抱えてるねー。〝悪〟

の臭いがするよ、ゴミ溜めみたいなきつい臭いがね……掃除したくなる」

小西は血が冷たく凍るのを感じた。まさか、制裁か？　警察を標的に？　誰をどうする気だ。こいつ……戦争でもする気か？

「ウープス」

チャールズがウインドウの外を見た。

「さてさて今度は、日本のスペシャル・チームのご到着だ」

楽しげに言う。小西はハッとウインドウの外を見た。

巨大な真っ黒いヴァンが疾走してくるところだった。

4

ヴァンが急停車した。ついに現場に到着したのだ。

梓が扉をスライドさせると、すぐ目の前に東京ライジングタワーの偉容があった。至近距離で見るのは初めてだ。梓は圧倒された。とてつもなく高い。実際にこの目で見ると、この塔の中の階段を使って展望台まで駆け上がるなんてことは冗談のように思えてくる。

そして――塔を彩っている、見慣れない赤。

何より、塔の真ん中に灯っている、白いアルファベットの一文字。

梓は身震いを抑え込む。恐れは無意味だ。今も展望台には来場客が閉じこめられている。二つの展望台を合わせて二五〇〇もの人々が。それを救出することだけを考えろ。

「ついに来たな」

梓に続いてヴァンを降りてきた陣内の声は震えている。先発隊に抜擢されて高揚しているのだ。実質はどんな役割だとしても、かつて誰も体験したことのない任務に就く。興奮するなと言う方が無理だった。

見回すと野次馬だらけだ。マスコミのカメラもずらりと並んでいる。いきなり乗りつけた厳つい車を逃すはずがなかった。だが気に懸けている場合ではない。特殊部隊が到着したことには気づいただろうが、こちらは既にゴーグルとフードを装着している。SAT隊員は極力顔を見られてはならないのだ。

ヴァンの中で段取りの確認は終わっている。まずはTRTの入り口近くに止まっている別のヴァンに乗り込んだ。棚田隊の到着を待っていた別部隊の装備運搬車両だ。SATでは最年長の和泉(いずみ)部隊長が自ら待っていて、甲斐甲斐(かいがい)しく備品を渡してくれた。梓たちは一つ一つチェックして自分のベストやリュックに収めていった。しっかりした装備が必要だが、階段を延々と登ることを考えると無闇に重量を増やすことはできない。メインウェポンであるMP5A5のマガジンは一人四本に限った。サブウェポンの拳銃は、一人につきUSP COMPACT一丁のみ。

ドアを破るのに必要なドリル、ハンマー、ペンチなどの工具、そして爆薬をそれぞれ分担して持つ。加えて、体力をカバーする飲料とサプリメント、筋肉消炎剤にテーピングまでが準備されていた。至れり尽くせりだ。それだけに失敗は許されない。

棚田部隊長が地上の指揮車に残り、技術班とともに状況を分析しつつ、制圧班に指示を送る形を取る。先発隊に選ばれた棚田隊制圧一班の四人の中で、リーダーは鳥飼巡査部長。バディの箕輪がサブリーダーとなる。陣内と梓のコンビがそれをサポートする形だ。先発隊の任務として何より優先されるのは、無事に展望台まで辿り着くこと。

後発の本隊は、門脇隊の制圧班をメインとした八人。先発隊と合流したあと、計十二人が展望台に突入する計画だ。

装備を確認し終えた梓は、準備を整える三人の仲間を見ながら思った。自分たちは露払いと言われればそれまでだが、途中罠が仕掛けられていないか、塔内と突入口に危険はないかしっかり確認する。そこでオールクリアとなって初めて本隊を展望台に誘導できるのだ。初任務でこんな重要な役を任されることはやはり、誇り以外の何ものでもない。

必ず期待に応えてみせる。梓はフードの中で密かに、歯を剝き出しにして笑った。

『準備はいいか？』

インカムに棚田からの声が届いた。

『コードネームを確認する。リーダー、ミト』

「ミト準備よし」

鳥飼が元気よく答えた。作戦中は短いコードネームでお互い呼ぶことになっている。自分で決める自由はあった。鳥飼のコードネームの由来は知らないが、もしかすると出身地かもしれない。

『サブリーダー、アナン』

「アナン準備よし」

箕輪のコードネームの由来も分からない。続いて陣内が呼ばれる。

『ソード』

「ソード準備よし」

陣内らしいスカしたコードネームだった。そして梓。

『ジョー』

「ジョー、準備よし」

陣内が問うような目で見てくる。大した意味はない。アメリカ時代の友人の名だ。

全員の確認が終わる。

『よし。現在時刻、二十三時四十五分。展望台到達予定時刻は余裕を見て、四十五分後の零時三十分とする。先発隊、出動せよ！』

棚田隊制圧一班の面々は次々にヴァンから飛び出す。入り口を固めていた機動隊員の誘導に従って、四人はたちまちTRTの中へ入った。ダウンしているというエレベータの前を通り過ぎ、奥の通路も踏破して巨大なゲートを潜る。そして、見上げた。

騙し絵のように幾重にも折り重なった鉄製の階段が、遥か上の闇に吸い込まれて消えている。梓は少し頭を振った――上に登るのに、どうして地獄の底へ降りていくような気分になるのか。

だが、望むところだ。地獄へでもどこでも踏み込んでやる。


その頃、タワーのそばのSX4の中で小西は頭を抱えていた。

目の前に大型ヴァンが一台、また一台とやって来ては、見るからに特殊部隊員という風貌の連中を吐き出す。もう少し隠密に行動できないものか？……もはやそんなことに構っていられないのか。野次馬とマスコミだらけの衆人環視の中で作戦を実行せざるを得ない。それほどの緊急時だ。

やって来たのは間違いなくSAT。警備部の精鋭だ。小西も実物を目にするのは初めてだった。まだ新人の頃、両国のマンションで立て籠もりがあった時に刑事部のSITは見たことがあるが、もっと親近感を覚えたものだ。装備もあまりごてごてしておらず、刑事の延長という感じだった。その事件では実際に突入することはなく、親族の説得で犯人が投降しあっさり解決した、というせいもあるかもしれないが。

対してSATの装備は見るからに最新式で隙がない。まるで軍隊。警察官のイメージかけ離れている。さすが特殊部隊として純粋培養されているだけはある。放っている空気も違う。ずば抜けた体力と技量と判断力を併せ持つエリート部隊。小西はそこに眩しさ、劣等感のようなものも覚えないわけではない。

しかし——エレベータの止まったこの塔は、地上の人間にとっては高すぎる。いかな特殊部隊といえど、簡単に攻略できるとは思えなかった。

「非常階段(ファイアエスケイプ)で疲れ知らずの隊員を送り込むつもりだな」

実際、すぐ後ろにいる少年は余裕の表情だった。

「だが、階段の数は二七〇〇。登り切るまでどれくらいかかるかな? 上に着いても、面倒なことが待ち構えてるぞ」

5——王の憤激

謀(はか)られた——

私が、こんな中空に囚われただと?

誰よりも狡猾(こうかつ)で、策略に長(た)けているはずの私が?

認めるしかなかった。だが、〝子供〟がまさかこんなことを……大勢の日本人とともに私をここに閉じこめてどうするというのだ。恐るべき時代の申し子よ、何が狙いだ？　一度名を騙った私を許さない気か。だが内心どんなに腹を立てていたとしても、私を陥れることはないと思っていた。大きな目的のために私の力を必要としている。だからこその共闘の申し出だと考えた。私を殺したければ、こんな迂遠(うえん)な方法をとる必要がない。

何を企んでいる。私をどう利用する気だ？　いや……あわててはならない。〝子供〟の思うつぼだ。私は努めて息を整え、タワージャックに巻き込まれたただの見物客を装い続けた。窓の外のジャイロを見ては怯え、エレベータがまるで動き出さないことに溜め息し、非常階段への扉が閉ざされていると知って係員に不平の声をぶつけた。

他の連中の真似など容易(たやす)い。日本人など皆同じだ。温室育ちの観葉植物のようなもの。ひ弱で似通っていて、個性がない。そのくせ自らを、アジアの中では最も文化的で、最も優れた民族だと信じて疑わない。寝言を言うな、お前らなどただの欧米かぶれ。白人連中に劣等感を抱き、代わりにアジアを見下す鼻持ちならない田舎(いなか)成金に過ぎない。我が国のような揺るぎない伝統と文化と誇りの持ち合わせはない。自信も生命力もないから、欧米の庇護が無くなった瞬間滅びの道へとまっしぐらだ。今に見ろ、とことん思い知らせてやる！　腑(はらわた)を煮えくり返らせていると、私のモバイルにEメールが届いた。見ると〝子供〟からだ。

――まもなく特殊部隊がそこを急襲する。せいぜい殺されないようにね。

　カッ、と頭に血が上る。必死に暴力衝動を抑えねばならなかった。暴れ回り、全てを爆破したいという欲望を全力で噛み殺す。私は――〝子供〟を許さない。史上最もクソ生意気な英国少年の息の根を止める。いずれそうするつもりだったのだ。大英帝国の遺児め、あの国の民はもともと傲慢なのだ。かつては我が国を悪辣な手段で支配し搾取した。先進国を気取ってはいるが先進国にまともな国など一つもない。他国を踏みつけにして自国の利益に汲々としているだけ。特に驕慢な女王を戴いたあの国は世界中から搾取を続けている吸血国家だ。それを紳士淑女の国とは片腹痛い！

　鼻と口を覆うマスクを無性にかなぐり捨てたかった。酸素が要る……閉鎖空間と化し、ただでさえ空気の淀んだここで、清澄な思考を保たねば死あるのみだ。ところが〝子供〟が私の写真を制裁リストにアップしてしまった。特殊部隊からすれば私の素顔は銃撃用の的のようなものだろう。それに、誰が見ているか分からない。展望台に警察官が紛れ込んでいないとは限らないし、何より〝子供〟のシンパどもがどこにいるか分からない。自分がシンパかどうかも決めかねている連中が日本にはあふれている。刺激したくはない。更に、窓の外にはヘリもジャイロも飛んでいる。展望台をずっと監視しているのだ。どこまで私を追いつめるのか！　ああ、あのガキに龍の火を下してやりたい……骨髄から火を噴き出させてやったらどんなに痛快だろう！

だが待て――と私は自分を落ち着かせる。

　何より、皇が私に期待している。賜った〝龍の鞭〟を私は正しく振るう。必ず期待に応えるのだ、それにより皇の私への信頼は盤石なものとなる。これ以上無闇に頼ることはしない、この程度の窮地で助けを求めるようでは見限られるに決まっている。むしろ稀代の英雄の器を見せつける時だ。思い上がった〝子供〟は想像もしていない、この事態さえ私の想定の一つに過ぎないなどとは。

　私は万全の準備をしてここに登ってきた。地上入り口のセキュリティチェックはザルのようなものだった、必要な物は余裕で持ち込めた。私は思わず背負ったリュックを撫でさする。窓の外を浮遊しているジャイロなど、もとよりただの蚊のようなもの。時折近づいてきて、私目がけて攻撃してくる気がして心臓にはよくないが、恐れるなど馬鹿げている。蚊を恐れる龍がいるか？

　私は落ち着きを取り戻した。後悔するのは〝子供〟の方だ、私には打てる手がある。切り札も持っている。誰であろうと私の身を脅かすことはできない！

　まずは特殊部隊対策だ。私は速やかに行動に移った。

配置につくという表現がぴったりだった。

警察庁に集まっていた人間たちが散る。それぞれが本来の持ち場に戻り、能力をフルに発揮して事態に対処する。それが総理官邸であろうと省庁であろうと発電所であろうと留置場であろうと、各々が最善を尽くすことに変わりはない。今や警察はC特別対策本部そのものであり、全警察官が部隊員なのだ。そして、議員も官僚も同じ意識でそこに加わっている。持ち場に戻った彼らが、任務に忠実な部隊員を更に増やしてくれることを祈るばかりだった。

墨田署からゴーシュを連行してくる役目は雄馬が担うことになった。今まで取り調べを担当してきた〝ゴーシュ担当〟としての自負だ。ゴーシュを説得するために忠輔も同行する。井上も一緒に戻ることになった。墨田署に常駐して、TRTジャックとその周辺の騒ぎに対処しなくてはならない。大会議室を出る時、長官に呼び止められて直接激励された井上は、感激で顔を真っ赤にして戻っていった。

そして美結は——水無瀬と共にエレベータで情報通信局まで下りた。井上に断った上で、水無瀬の頼みに従ったのだ。サイバー面におけるC対策本部となるサイバーフォースに常

6

駐する。

〝サイバーフォース〟と呼ばれるのは情報技術解析課、その中でもサイバーテロ対策技術室のみ。人員は多くない。だが少数精鋭、水無瀬の子飼いの部下である優秀な技官がいる。

情報技術解析課の奥に設けられた、サイバーフォース自慢のオペレーションルームに美結は久々に入った。最新のコンピュータ機器と通信機器とモニタ類がこれでもかというくらいに揃っている。インターネットとのアクセスポイントに設置された侵入検知装置（IDS）を常時オンラインで監視しているのもここだ。集めた情報を分析して、ネット上の不審な動きや異常を察知し次第、関係各機関に連絡して警戒を促す役割を担っている。

そして、水無瀬透が普段最も籠もっていることの多い場所もここだった。水無瀬の側近の技官たちが全ての機器に電源を入れて、これから進める作業に向けて準備を整えている。まさに戦闘開始という感じだった。

「美結。お前は元サイバーフォース。ウチと、これから来る佐々木先生のチームとのパイプ役には最適や」

美結は水無瀬の指示に感謝した。確かに、自分が最も活きる役回りと言えそうだ。長官に対C特命担当に任じられ、忠輔をバックアップするという役割もしっかり果たせることになる。美結は早速自分の任務をこなした。

「頑張ります。まず、東学大の留学生たちに来てもらいます」

忠輔の求めに応じてウスマンとイオナもチームに加える。少し前に二人に電話をして事情は説明してあった。最寄りの交番に連絡して送迎を依頼する。段取りがつくと携帯電話のメールを開いた。会議中に何度も震えて気になっていたのだ。十通近く入っていて驚く。やはり、しばらく連絡できなかった小西からだった。しかもメールは全て写真付きだ。

――見えるか？　ジャイロの群れだ　（夜空に光の点が微かに写っている写真）

――野次馬がすごい　（小さな橋に並んでいる人々の写真）

――役立たず　（機動隊員たちの写真）

――特殊部隊が到着した。SATだな？　（アサルトスーツを着た者たちを遠目から撮った写真）

TRTと周辺の状況を細かく伝えてくれている。美結からの反応がないので、時間を追って焦れていくのがよく伝わってくる。

「すみません。ちょっと小西さんと話してきます」

水無瀬に断って、オペレーションルームを出るとそのまま情報通信局の廊下に出た。人気がないのを確認して、電話帳から小西の番号を選び出す。

だがコールすることはできなかった。携帯電話を持った右手をぐいと後ろから掴まれたのだ。手首をひねられて美結は電話を取り落としてしまった。そのまま引き摺られていきそうになる。抵抗してもがくと、どんと突き飛ばされた。床に膝をつく寸前で踏みとどまり、どうにか振り返る。

そこに立っていた人間の顔を見て、驚きのあまり声も出ない。

「どうして——」

ところが、別の手が背後から伸びてきた。今度は肩を決められて、全く身動きできない。そのまま後ろ向きに引き摺られた。非常階段の方へ引き込まれ、踊り場に放り出される。

「一柳美結」

美結は悟った。私を襲ったこの男は、私を巡査と呼ぶ気がないと。

「いや——添田美結。お前、なぜ刑事になった」

ひどい嫌悪感が背中を駆け上がる。二人の部下を左右に従え、階段の少し上から自分を見下すこの男に、名を呼ばれた。かつての自分の名を。

「足立署の交通課で満足しておればよかったのだ……なぜ転属など願った？　サイバーフォースへの所属も、気には喰わないが、まだよかった。どうして強行犯係を志望し続けたのだ？」

美結は唇を震わせながら、男を睨むばかりだった。

「お前だけは、殺人犯を相手にしてはならない。自分で分かっているだろう」

男は核心をついてきた。

「お前は殺人犯に恨みを抱いている。家族を殺されたからだ」

美結にとって最も深い傷を、あっさりと抉る。

「犯人はまだ捕まっていない。お前は……自分の手で犯人を捕らえる気だろう？」

「そんなことは無理です」

美結は言った。自分の声の冷たさに満足した。

「奥島副部長。私は所轄の、平の刑事に過ぎません。何の権限もない。私の過去を全てご存知のようですね？　だったら分かるはずです」

美結は顎を上げた。微かに笑ってみせる。

「犯人はいまだに不明です。逮捕できるはずがありません」

「では、お前が恨んでいるのは警察だ」

奥島は決めつけた。

「刑事になったのは……告発するためだろう。警察の捜査のずさんさを。携わった刑事たちの無能と怠慢を糾弾する気か。いや、不祥事を起こして警察を陥れる気だろう？　でなくては刑事になどなろうとするはずがない！」

美結は答えない。ただ冷たい眼差しを向け続けるだけだった。

「違うのか？」

奥島は訝るように美結を見た。

「それなら、出世する気か。本部に栄転して、もう一度徹底的に事件を洗う気だな」

「そんな能力はありません。何を怖がってるんですか？　私に何ができると言うんですか」

美結は乾いた笑みを顔に貼りつけた。

「私だって、刑事になれるなんて思っていませんでした。いくら名前が変わっているからと言って、私の過去は調べれば分かる。警察に入れるとさえ思っていなかったんです。きっと試験を受けた段階で落とされる……門前払いに決まってると思っていました。それなのに、私は採用された。警察官になれた」

「お前に目をかけている者がいるからだ」

奥島は、独り言のような低い声で言った。

「それはどなたですか？」

美結は勢い込んで訊いた。やはり、と思ったのだ。存在はなんとなく感じていた。だが――それが誰かは知らなかった。知りたいとずっと思っていた。

だが奥島は誰の名も口にしない。

「何と愚かな采配だ。私は認めない」

非難を口にしたのみ。美結は胸の芯が冷えるのを感じた。この男は本当に目の奥に火を燃やしているのではないかと思った。しかも深海のマグマのように暗い、赤い火を。

「お前は、警察にいるべき人間ではない」

奥島は無感情に宣告した。

「重要な会議にまで入り込むとは……あってはならないことだ。許されん」

「そんなことを言われても」

美結は反抗的な目つきをして見せた。この男相手ならどんな嫌な女にもなれると思った。

「私が望んで出たのではありません。そもそも、あそこに連れて行ったのはあなたじゃないですか！」

「辞職しろ」

奥島は言った。

「お前の存在はゆくゆく禍根になる。警察を揺るがすダメージになる」

内心呆気にとられたが、美結は顔に出さない。

「いやです。私は警察官です」

そうきっぱり答えた。

「私は、刑事でいたい」

それが掛け値なしの本心であることに、美結は自分で驚いた。

「たわけたことを言うな。お前に公正な捜査などできるはずがない。私情の固まりだ」

「なぜあなたの命令を聞かなくてはならないんですか？」

あたしは権力者に口答えしてる、と他人事のように思った。だが顔から皮肉な笑みを消せない。この男への嫌悪感を隠すことができない。

「警察のためだ」

奥島は表情を変えなかった。感情ではなく、ただの判断。そんな様子だった。後ろに控える二人の部下も同じ。まるで感情を表に出さず、石でも眺めるように美結を眺めている。見下されるより嫌な気分だった。美結は向かっ腹が立ち、言い放っていた。

「だったら追い出せばいい」

「……なに」

奥島の顔がどす黒く変わる。美結は、胸の内に暗い喜びを覚えた。

「あなたは影の権力者でしょう。巡査一人辞めさせるくらい簡単では？」

「調子に乗るな」

相手がわずかでも感情らしきものを見せたことに、美結は満足した。

「私を愚弄（ぐろう）した者は必ず後悔する」

煮えたぎるようなその声が怖いのか嬉しいのか、美結は自分でもよく分からない。

「警察どころか、日本にいられなくしてやるぞ」

「奥島さん！　ここにいたんですか？」

階段の上から声が降りてきた。

「至急お話ししたいのですが……」

そしてハッと足を止める。吉岡龍太だった。

美結は訴えるように見たが、龍太は目を合わせない。

「なんだ」

奥島はぶっきらぼうに言った。部下に言い訳はしないが、少しばつが悪そうだ。

「……すみません、お話し中とは知らず」

吉岡龍太が口ごもる。一瞬だけ、美結を見た。

美結はゆっくり立ち上がる。

「もう話は終わりました」

言い切ると階段を上り出した。奥島と二人の部下の横をすり抜け、龍太のいる段までやってくる。ちらりと視線を合わせたがそのまますれ違う。それから振り返った。

「失礼いたします」

奥島に向かって一礼して、また階段を上る。誰も呼び止めなかった。

美結は階段を上り切ると廊下を急いだ。床の上に自分の携帯電話が転がっていた。拾い上げた途端にブーンと震える。表示名を見ると雄馬からだった。すぐ出る。

『ゴーシュが協力に応じた』

弾んだ声が聞こえた。

「早かったのね」

美結は敬語を忘れた。奥島からの解放感が、同僚というより同期に引き戻している。

「どうやって説得したの？　先生」

『また先生はマジックを使ったよ。いや、正攻法かな。とにかく先生はゴーシュに考えさせた。何が正しいかってことを。Cは間違ってるんじゃないか。いま本当にすべきことは何か……ゴーシュの中でも、ある程度結論は出てたみたいだ。先生に、背中を押してもらいたかったんだろうな。もはやCではなく、先生の側につく。ゴーシュはそう誓ってくれたよ』

意外ではなかった。逮捕された時から感じていた。彼がCから忠輔に傾きつつあると。そして再会。忠輔の顔を見、声を聞いたことで、ゴーシュはついに心を決めたのだ。

『これから移送する。十五分でサイバーフォースに戻る』

雄馬は言い切った。また得意の爆走が生きる。美結は思わず軽口を叩いた。

「先生とゴーシュの目を回さないで。任務に支障を来すから」

ふふふ、という低い笑い声のあと、

『努力する』

そう言って雄馬は電話を切った。美結も笑みを浮かべる。たった今、雄馬の兄に救われたことは言わなかった。だが後で伝える時間はたっぷりある。

そして情報通信局内に戻る前に、美結は当初の目的を思い出した。小西と話すつもりだったのだ。すぐにコールする。

だが——小西は出なかった。

ＳＸ４の中で携帯電話が鳴っている。

「相手はミューか。出るなよ、バディ。アンサリングにしておけ」

爆破スイッチを山ほど抱えた英国少年が命令する。

「お前といることは言わない」

小西は懇願した。

「だから電話に出させてくれ」

「ダメ。まだそのタイミングじゃない」

このガキは……頭の中にかっちりタイムスケジュールができてる。何もかもを計画通りに進めている。適切なタイミングで適切に操作しポイントを切り替える。そして世界を意のままに操る。運命の糸を紡ぐ神を気取っている。

ぶち壊したい……胸の奥から、沸々と湧く怒り。だが動けない。脅しに過ぎないかも知れないが、こいつは爆弾を山ほど抱えているというのだ。炸裂するリスクは冒せない。

今の自分は、従順な家畜より無力だった。

7

非常階段を延々と登る。地上から三七〇メートルの展望台まで、ひたすら徒歩で。

だが先発隊の四人は消耗も見せず、むろん弱音も吐かず、ただ黙々と登り続けている。だてに日々鍛えてはいない。男女の区別なく、最も体力のある人間で構成された先発隊の本領を発揮していた。

これだけの階数を登らされればダメージがないわけがないが、隊員のことを知り尽くしている隊付きのドクター兼フィジカルトレーナーが足の負荷と回復力を計算してメニューを造り、階段を効率よく登る足の上げ方や反転の仕方、ペース配分を指示している。それを忠実に守れば間違いはなかった。決して無理はしない。いざ突入という時に体力が残っていなかったり、筋肉が痙攣するようでは元も子もない。

ところどころ明かりは灯っているものの、光度は必要最小限。塔内の支柱周りに作られた非常階段路は薄暗く、気をつけて登らなくてはならない。二十段ほど登っては折り返すという単純な動きの繰り返しだが、一定の集中力を維持することは容易ではない。ルーティンだと身体に叩き込んでも乳酸は確実に筋肉に蓄積されていくから、力の入れ方を絶えず微調整しないと蹴躓（けつまず）いて怪我をしかねない。

むろん周囲にも目を配らなくてはならない。踊り場や柱の陰、明かりの届かない暗がりには特に注意を払う。テロリストが潜んでいたり、罠が仕掛けられている可能性がある。今のところは異常がない。不審な物もなく、隠れている人間の姿もなかった。

「止まれ！　七分休憩」

先発隊リーダーの鳥飼が命令を発し、全員が直ちに足を止めた。その場に座り込んで身体を休める。手早く飲料とサプリメントを口にして息を整え、回復を図った。

四人はほとんど一息で、非常階段の半ば過ぎまで踏破した。梓は自分の身体に訊く。調子がいい。ほとんど消耗していない。

まだまだ続けて登れそうだったが、疲労を感じる前に休憩を入れた方がいい。最新のスポーツ医学に精通したドクターの指示に疑いはなかった。この調子なら、展望台に到達した時点でもほとんどダメージは残らない。任務には何の支障もなさそうだ。

休憩の最後の三分はストレッチに当てた。普段より負荷をかけられている足腰を、梓は丁寧にケアする。

「元気だな、戸部」

バディの陣内はまだ休んでいる。息がだいぶ上がっていた。

「平気？　脱落しないでよ」

茶化す。陣内はへっと笑った。

「見た目ほどじゃねえよ。こうやった方が酸素を取り込めるんだ」

「ほんと？　やせ我慢じゃなくて？」

「お前こそ、体力を過信して自滅するなよ」

陣内はますます口を歪める。

「こんなミッションは誰もこなしたことがねえんだ。何が起きるか分からん」

「その通りだ」

最上段にいる鳥飼が言った。この中では一人だけ三十代だが消耗は見られない。さすがリーダーだった。

「しかし陣内、大丈夫か？　訓練不足じゃないのか」

「やめてくださいよ。知ってるでしょう？　俺は見かけで損してる。バテてるように見えるだけです。回復力には自信がある。やるときゃやる男です」

「お前から体力を取ったら何も残らんからな」

二人のすぐ上にいるサブリーダーの箕輪がからかった。陣内と同い年だがＳＡＴでは先輩だという。そういう箕輪にもかなりの発汗が見られるが、表情は明るかった。バディの鳥飼と雰囲気がよく似ている。兄弟で体操選手をやっていた、と言われても信じてしまいそうだ。

「箕輪さんこそ、バテてるくせに……今ここで相撲とりましょうか。負けませんよ」

「馬鹿を言うな」

全員が笑った。鳥飼が笑顔のまま、引き締めに掛かる。

「俺たちは失敗できない。SATが役に立たないとなったら、SITも機動隊も大喜びで上がってくるぞ。自衛隊もレンジャーを送ってくる。おい、そんなこと許せるか？」

「いいえ、許せません」

全員が首を振った。鳥飼は歯を見せて笑い、すぐにその笑みを消す。

「喋りすぎたな……休憩にならん。あと一分、喋るのは禁止。それから出発だ」

みんな黙って頷く。だが顔は輝いたままだった。


同時刻。同じ塔内の一七〇メートル上、〝天楼デッキ〟を歩く佐々木安珠は目を瞠っていた。

自分の前を歩く村松利和巡査の足取りが自信に満ちていたからだ。展望台を半周した頃、村松は捜していた者を見つけたようだった。迷いなく近づいてゆく。

そして村松は、こちらに背を向けている人間に思い切って声をかけた。

「あの、すいません」

それはキャップを被った細身の女性だった。振り返る様子はない。村松の声は聞こえているはずなのに。

だがそれでかえって、疑惑は確信に変わったようだった。村松は息を吐きながら言う。

「やっぱり……福山さんですか」

初めて反応があった。女は、ゆっくり振り返った。目深に被っていたキャップを上げて眼鏡を外す。

鋭い目と、左頬の傷が露になった。

「よく分かったわね」

女は壮快な笑みを浮かべた。美しい――と安珠は思った。初めて会った数日前から大好きな顔ではあったが、今のこの笑みは格別だ。瞬きしてその顔を記憶に刻みつける。幼い頃からの習性だった。気に入ったものは必ずそうしてきた。安珠の記憶のファイルには大切な顔や風景が残らず、色褪（あ）せることなく収まっている。

だがそれを後悔することもある。大切な人間がこの世を去っても、いとしい顔があまりにも鮮明に自分の中に留まっているからだ。薄れることは滅多にない。思い返せば思い返すほど、刻みつけた顔は自分の中に輝き続ける。死ぬまで消えないことを思い知る。

「あんた、いつもただボンヤリしてるわけじゃないのね。よかった」

福山の声には警察官特有の鋭さがある、と安珠は感じる。たとえ身内でも馴れ合いを許さない剛毅（ごうき）な響き。鳥肌が立った。こんな恰好いい女性には滅多に会えない。

「福山さん、非番でしたよね？　病院で検査のはず……どうしてここに」

後輩の問いに、福山はただ笑みだけを返してくる。

「……バックアップしてくれてたんですか。ぼくを」

「あなた一人じゃ頼りないから」

福山は認めた。

「心配でほっとけなくてね」

「福山さん……」

村松は見るからに感激している。当然だった。このベテラン女刑事は気配を消し、後輩の仕事ぶりをただただ見守っていたのだ。

村松は普段はかなり厳しいことを言われている。その現場を、安珠は何度か目にした。だが、福山の厳しさの裏の深い優しさは、第三者の安珠でさえ感じていた。本当に情のある先輩なのだ。しかしそのおかげで、こうして一緒に閉じこめられることになってしまったのか。

「もっと早く……声をかけてくださったら……」

「一人で切り抜けられるなら、最後まで声かけないつもりだった。でも、あんたに見つかっちゃうとは思わなかったわ！　あたしもまだまだね」

「ずっと人が流れていたら、気づかなかったと思います」

来る客、去る客。人が入れ替わっていれば、特定の人間に気をつけようという意識は働きにくい。だがここは閉鎖空間になった。見る顔が決まってしまうと、知っている人に似ている場合なおさら気になる。しかも、ほとんど毎日顔を合わせている相手だ。

安珠は単純に、村松に感心した。目に自信のある自分が福山には気づかなかったのだ。それだけ福山はうまく気配を隠していた。だが村松はしっかり気づいた。おそらく姿形ではない、福山の発散しているもの。温度や匂い、そういうものに反応したのではないか。福山の気配に敏感な後輩ならではだった。

「少しは刑事の勘が育ってるのかな？　でもまだ誉めないよ。無事に安珠さんを地上に降ろせたらね」

「了解です」

先輩の檄に、村松は畏まった。

「ぼくはまだ、誉められるようなことは何にもしてませんから。必ず安珠さんを無事に家に送り届けます」

福山がうん、と満足そうに頷いた。安珠は思わず頭を下げる。

「私のために、なんだかすみません……」

「こちらこそ、こんな頼りないのしか付けられなくてごめんなさい。所轄の人手不足って、ほんとどうしようもなくて。でも二人がかりで守るから、どうか安心して」

「ええ、もう安心してます」

安珠はにっこりして見せた。代わりに村松が眉をひそめる。

「お客さんの中に、気になる人間がいます。安珠さんも気にしてて……」

「あたしも何人かマークしてる。挙動不審な人を」

福山はさりげなく頭を巡らせた。

「Cのシンパかも。ただ、さっきから姿が見えないの。どこへ行ったのかしら？」

「確かに」

村松も安珠も頷いた。福山はまたキャップを深く被る。村松は急いで説明した。

「安珠さんが気にしてるのは、隅田公園のあの人体発火の場面で、すぐそばにいた男じゃないかっていうことなんです」

「……それは気になるわね。服装はどんなの？」

ポロシャツにジャケット、ゆったりめのズボンにリュックを背負い、マスクをしている。

そう福山に説明すると、

「分かった。ぐるっと一回りしてくる」

福山は踵を返して歩き出した。

「しっかり安珠さんについてて」

と言い残して。了解、と村松が答えると、福山はふと足を止めて振り返る。

「墨田署のみんなには知らせないでね。あたしがいること」

「えっ、どうして」

「余計な心配かけるから」

この人らしいと安珠は思った。じんとして、福山を引き留めたくなる。もっとこの人と話をしたい。だが福山は軽い足取りでたちまち遠ざかってゆく。病院で検査が必要な人間には見えなかった。

先輩を見送る村松をふと見て、安珠は胸を打たれた。この強い目……出会って三日しか経っていないが、顔が見違えるようだ。

この新人刑事は日に日に成長しているのだ、と思った。

8

美結がサイバーフォースに戻ると、早くもウスマン・サンゴールとイオナ・サボーが到着していた。知らない人間ばかりなのでさすがに緊張した表情で、借りてきた猫のように椅子に座っていた。水無瀬も技官たちも、刺激しないように背中を向けてそれぞれの作業に集中している。だが美結の顔を見ると二人の外国人はホッとした様子になった。美結は嬉しくなる。

「佐々木先生も間もなく来ます」

二人を安心させたくて言った。ウスマンは素直に喜ぶ。

「吉岡主任と一緒に、ゴーシュを迎えに行きました。ここに来て協力してくれることになったの」

「ゴーシュも！　そうか……」

複雑な反応が返ってくる。信じていた仲間が、Cの代理人だったのだ。

「でも、ゴーシュの顔、見られる」

イオナがぽつりと言った。

「そうだな」

ウスマンは笑顔になった。仲間としての絆は続いている。美結は内心嬉しかった。この孤独な外国人たちがこれ以上傷ついてほしくない。しっかり絆が残っていれば、チームとしていい仕事ができるはず。忠輔が期待しているのもきっとそこだ。

だがイオナの表情は暗いまま。事情聴取で初めて会ったあの日のように神経質な顔だった。無理もない、ここは日本警察の中枢であり、外国籍の人間、ましてや一介の留学生が入れる場所ではない。騙されて連れてこられ、結局は逮捕の上収監されるのではないか。そんな怯えを拭(ぬぐ)えない様子だった。

「だいじょうぶ、イオナ」

美結は言わずにいられなかった。

「私たちは、あなたたちの力を借りたいだけなの。危害は加えない。どうか信じて」

「どうして、信じられる？」

イオナは美結を睨みつけた。

「どうして唯（ウェイ）は死んだの」

美結は胸を刺された気分だった。

「どうして守ってくれなかった？」

「よせ、イオナ」

ウスマンがイオナを抑えようとするが、イオナはその手を振り払った。

ウスマンはそれ以上は止めない。内心は同じ気持ちなのだ。

責められても仕方がなかった。何のために周唯（ツォウ・ウェイ）——黄娜（ファン・ナ）が無実で、保護すべき人間だと突き止めたのか？　自分たちの捜査も対処も遅すぎた。大学の研究室で、忠輔の導きにより真相に行き当たったちょうどその時、彼女は隅田公園で悲惨な死を与えられていたのだ。

「……ごめんなさい」

美結はイオナとウスマンに向かって頭を下げた。心の底から出た謝罪だった。

「でも、犯人は必ず見つける」

美結はそう言うしかない。自分への命令だった。

「要らない」

非情な答えが返って来た。

「Cが殺してくれる」

イオナは初めて笑った。引きつった、発作のような笑みだった。

新リストを見たのだ。あの中国人を名指しし、抹殺指令を出したCに感謝している。そのシンパに期待している。そして、警察には何も期待しない。役立たずと見下すだけだ。

「イオナ。そのCが、東京を大混乱にしてるの」

美結は溺れるような気持ちで訴えた。

「いろんな人が被害に遭ってる。このままだと人命に関わるの。協力してくれないかしら？」

「Cの邪魔したくない」

イオナはそっぽを向いた。ウスマンも処置なし、という顔で見ている。少女の怒りを和らげるものはない。そう諦めている。

「イオナ」

オペレーションルームに、諫めるような声が入ってきた。技官も含めて全員が振り返って見る。

佐々木忠輔が到着したのだった。

「どうした？　基礎問題を間違えるなんて」

何と穏やかな顔だろう、と美結は思った。それを見たイオナの顔もたちまち緩む。

「*Legitimate murder does not exist.*」

忠輔は英語に切り替えた。

「*Isn't that the most basic principle? Just as wishing for someone's death can't be justified, no matter whose death it may be. Have you forgotten this?*」

より正確に意図を伝えるために、イオナに対しては英語の方が適しているという判断らしい。だが美結には聞き取れなかった。水無瀬が、ピクリと反応しただけだ。

「*I'm sorry, but*……」

「*No buts. Do not fall into the emotional trap.*
There is no validity to hatred - it's a time-proven fact, isn't it?
We've got to let reason and ethics lead us; it's the only path to victory.
No matter how hard the situation is, it's the only path we must follow.」

英語が得意とは言えない美結だが、さっきよりは落ち着いてヒアリングできた。意味が分かったわけではない。だが忠輔が伝えようとしていることが、なんとなく感じられたような気もしたのだった。

イオナは黙って頷いた。目を伏せたまま、いま聞いたことを噛みしめるように。だが表情は込み入っている。納得したい、でも……という表情に見えた。

「Cは力で東京を制圧してしまった」

忠輔は日本語に戻した。

「ダメージは計り知れない。沢山の人が困っている。おそらく、弱い人たちほどね。一刻も早く秩序を取り戻さなくては。二人とも、協力してくれないか？　お願いだ」

忠輔は教え子に、深く頭を下げた。

「君たちの力が必要だ」

「はい、先生」

ウスマンは自分より年下の指導者にそう言い、イオナに向かって熱を込めた。

「できることを、しよう。Cの正義が何もかも正しいわけじゃない。いや、道を間違えたんだ。大勢の人が苦しむなら、正しいはずがない。ぼくらは、正さなくては」

「ゴーシュも力を貸してくれる。吉岡さんが連れて上ってくる。すぐ着くよ」

忠輔の言葉に、ハンガリー人とセネガル人の顔が輝いた。そこへ、まさに雄馬が入って来る。インド人青年を引き連れて。

「ゴーシュ！」

三人の外国人がお互いの目を見つめた。一瞬の躊躇いの後——駆け寄る。たちまち抱擁が交わされた。静かな、しかし熱のこもった抱擁だった。美結の胸は思わず熱くなる。

抱擁を終えると、忠輔とゴーシュが目を見交わす。言葉はない。もう語り終えたのだろう。墨田署で、そしてここへ向かう間にも。そしてゴーシュは忠輔に力を貸すことに決めた。

「チーム忠輔の復活ですね」

ウスマンが宣言し、忠輔は笑った。

「先生。スパコン側に話が通ったぞ」

微笑ましそうに留学生たちを見ていた水無瀬が言った。

「ありったけのノードを回してくれるそうだ。解析プログラムさえしっかり作って渡せば、すぐスキャン作業に入ってくれる。急ごう」

「はい。ゴーシュ、さっそくかかってくれるか」

「分かりました」

ゴーシュが頷くと、水無瀬が席を提示する。ゴーシュ専用のパソコンと席が既に用意されていた。さっそく作業にかかる教え子の肩に忠輔が手を置く。

「チャールズの手の内を知っている君がいれば、チャールズに勝てる。考えうる、C仕様のマルウェアのタイプをカタログにしてくれ。それから、イオナ」

別の教え子の名を呼ぶ。

「君には、マルウェアの変異可能性のシミュレーションを……*I want you to run a simulation on the mutational capabilities of the malware. The analyzing program will only become a useful tool when the resulting data is incorporated into it.* で、三つに色分けしてくれるか? *Can you color-code the result in red, yellow and green, according to the percentage of the match?*」

「ラジャ」

イオナも与えられた席に着いた。英語と日本語の入り交じった指示に問題はなく、それどころか何やら自信満々な様子だった。水を得た魚だ。

「もちろん、出来上がったツールはそれで完成じゃない。実際にスキャンを始めて出た結果をもとに調整を加えて進化させる。イオナが分析し、ゴーシュがプログラムを組み直す。これでツールの精度をますます上げられる……それから、ウスマン」

忠輔は残る一人を振り返る。ウスマンは既に、水無瀬に指示されたパソコンの前に座っていた。

「基本、二人をサポートしてほしいんだが、君とぼくは残念ながら、ゴーシュとイオナほどの凄い能力は持っていない。だからスパコン側からフィードバックされてきたデータを重点的にチェックしよう。解析ツールとスパコンのスキャンでオールOKじゃない、ファジィ領域がどうしても生じる。ツールのVer.1では特に、人間がチェックしないと判断できないものが大量に出て来るだろう。判断のつけづらいグレーなプログラムは念入りに、目で解析するんだ。もちろんぼくも頑張ってフォローするから」

忠輔の指示を聞いた水無瀬が、すっかり感心しながら言った。

「先生のところの学生はずば抜けて優秀なのばっかりみたいやな。助かるわ。だがウチの方にも、使える技官が何人かおる」

オペレーションルームの端と端に分かれて座っている二人の技官が振り向いて頭を下げた。美結が知らないということは、二人とも新顔だ。どちらもメタルフレームの眼鏡をかけていた。

「辻(つじ)と坂下(さかした)。俺自身が目をつけて、ヘッドハントしてきた奴らです。そして不肖、水無瀬も力を尽くそう。チーム忠輔とチーム水無瀬が力を合わせるわけや。これで不可能はない。さて、作戦のネーミングをどないしょか？」

水無瀬がまたふざけ出す。

「ウルトラローラー作戦。オールジャパンスキャニング作戦。アルティメット・ブルースフォートアタック作戦。どうやろ、先生」

「お任せします」

忠輔は苦笑いを隠さない。留学生たちが、呆れたように見ていた。警察官僚だと言っても信じてくれないだろうと美結は思った。どこの道楽者が入り込んできたのか、と疑っていた。中でもイオナが不満げにぶつぶつ言っている。おそらく、水無瀬の関西弁が難解なのだ。

「TRTのことを忘れないでください」

美結はすかさず釘を刺した。

「先生の妹が閉じこめられてるんですよ。ウチの巡査もですけど」

初めてそれを聞いたイオナとウスマンが、驚いて忠輔を見る。

「そうやな、閉じこめられた人たちが心配や。システムスキャンの優先順位は……さっき、大雑把なのが送られてきてたけど、当然上の方やったよな？　もっと上げるか。こっちで勝手に」

「また村松君とスカイプを繋がせてもらえますか？」

「おお、そうやった。辻！　回線繋いでやれ」

「警備部から中継依頼が来ています！」

辻は、いかにも技官、という感じの見た目を裏切る妙に元気な声で告げた。

「見物客の救出に向かっている特殊部隊員に、展望台内部の状況を送りたいと」

「よっしゃ、すぐ回せ。隅さんに恩を売れる」

水無瀬はニンマリした。美結はすかさず村松に電話する。繋がるのを、じりじりと待った。今は東京中の電話が繋がりにくい。さっき小西に通じなかったのも、単に回線がパンクしているからかもしれない。美結が眉を顰めていると、オペレーションルームのドアがいきなり開いた。美結は驚いて固まってしまう。

「首尾はどうだ？」

「ちょ、長官！」

水無瀬を除く警察官と技官が直立不動になる。そう、野見山忠敏だった。部下を上に呼ぶことはあっても、長官自ら降りてくるとは……異例中の異例。しかも誰か連れている。顔中に皺を走らせた男が興味深そうに室内を見回した。

「い、祝補佐官まで……どうしてこちらに」

雄馬がすっかり畏まって訊いた。

「ぜひ仕事ぶりを見たいとおっしゃってな」

野見山の説明に祝は何度も頷いた。

「スキャンの優先順位データ、ありがとうございました。早くて助かりました」

水無瀬が祝に向かって丁寧に礼を言った。祝は笑顔を向けてくる。

「上位のものは比較的早くフィクスできました。それ以外のものも、いま精査してもらっています。追って送られてくるはずです」

「お待ちしております」

「あなた方の活躍は重要です。この戦いの要と言っていいかも知れない」

祝はそう激励した。美結は電話を仕舞う。呼び出し音は鳴っていたが、なぜか村松が出ないのだ。きっと着信に気づいたら折り返してくれるだろう。そう祈って、今は長官と補佐官に集中することにする。

「痛み入ります。若い者たちも気合いが入ります」

水無瀬が深く頭を下げる。事情を呑み込めなかった留学生たちまでもが、立ち上がって敬意を表した。男たちの風格から、警察のトップと政府の高官だと気づいたのだ。

「おかげさまで態勢は整いました。〝劫〟のみならず、TSUBASA 3.0やHeliadesまで使用許可を取っていただいたのは大きい。これから、日本中のスパコンをフル稼働します。史上最大の作戦です」

水無瀬の言葉に、祝は力強く頷いた。

「こっちは、省庁や企業への説明と交渉を続けます。いくら総理の肝煎り（きもい）で交渉に当たると言っても、難航しそうなところがある。伏魔殿みたいな省庁や企業も多い。腰を据えてかかりますよ」

「おっしゃる通りで、そこが肝心です。交渉は楽ではないと思いますが、なんとか一つ」

「各省に戻った職員たちが既に話を進めているはずですし、私もこれから、官邸に帰って方々に連絡を入れます。脅したりすかしたり、できる限りの手を使いますよ」

「よろしくお願いします！」

水無瀬だけでなく全警察官、佐々木忠輔までが深々と頭を下げた。

「しかし、大丈夫ですか？　スキャンすべきデータは膨大になる。いかなスパコンといえど、処理能力は足りるのかな」

祝の素朴な疑問に、水無瀬が放言した。

「日本ので足りなきゃ、ドイツのKönigin（クーニガン）、アメリカのTitania（タイタニア）も上乗せしますんで。バックドアはとっくに開けてある」

全員の口が唖然と開いた。警察庁の警視正が、他国のスパコンまで使えると言い切ったのだ。祝は、冗談かどうか計りかねていた。つき合いの長い美結でさえこの人の冗談と本気は見分けづらい。困惑するのは当然だ。美結はどうにかお茶を濁そうと前に出た。ところが、美結を押しのける勢いで出てきた男がいる。

「水無瀬さん」

その男、佐々木忠輔の顔色は真っ白だった。

「いまおっしゃったことは本当ですか」

水無瀬は少したじろいだように忠輔を見返した。しばし左右に視線を彷徨わせたが、腹を括（くく）ったように口を開く。

「嘘、ではないよ。必要なら喜んで、先生にご提供しよう」

すると忠輔は、胸の底から深く息を吐いたのだった。美結はどきりとする。

「あなたは……ただの警察官僚ではない」

忠輔が、恐ろしく注意深く言葉を選んでいるのが分かる。

「前からそう思っていた。世界でも有数のハッカーです。だが、もしかすると……ぼくの推測が正しければ」

「なんだ？」

「いや……口にするのは憚られます」

その瞬間、美結の中に勃然と噴き上げてくるものがあった。

先を聞きたい、いや聞きたくない。自分の気持ちが全く分からなくなる。

「なんや、言いたい事があるんなら言うてくれ」

水無瀬の顔が妙に爽やかなものに変わっている。美結は、衝撃を受けた。

自白した直後の被疑者のような顔だ。

「水無瀬さん。まさか……」

忠輔は躊躇いながらも先を続けた。まばたきを繰り返し、額には汗が伝う。この男がこんなに動揺することがあるのか。いつしか美結の心臓はとてつもない速さで鼓動を刻んでいる。

「あなたは、もしや……」

全く同時刻、村松利和も極度の緊張に襲われている。さっき美結からコールが入ったが出られなかった、こっそり不審人物を観察しているところだからだ。電話に出たりしたら相手に気取られてしまう。だがやがてコールは止んでくれた。後でコールバックしなくては……

「あっ、いた。あそこ」

福山が歩き去った直後のことだ。姿が見えなくなっていた不審なマスク男を安珠が見つけて、耳打ちしてきたのだ。村松は愕然とした。いつの間にこんなに近くにいたんだ？よりによって、ちょうど福山が歩き去ったのとは反対の方からぶらぶら歩いてきた。二人はとっさに背を向けて窓の外を眺めるフリをした。

「やっぱりそう。間違いない」

さりげなく振り返って盗み見た安珠は断言した。

「あの人が、隅田公園のベンチに座ってた人」

「で……でも」

村松は首を傾げた。顔が違う気がする。目の形も、肌の色も違う気がしてならなかった。ただ村松にも断言できないのは、男がマスクをしているからだ。ごくありふれたマスクだが、誰かだと断言するのを躊躇わせるには充分な効果がある。

「信じて。あたしは、分かるんです」

村松は頷いた。ここまで強く言う安珠を疑う気はない。この人の目を見ていると、どこか普通の人間とは違う。変装を見破るくらい当たり前に思えてくる。

「ということは……」

安珠は頷く。

あの時あそこにいた男が、この展望台にいる。偶然だと思うほどおめでたくはない。それが意味することは何か考えなくてはならない。村松は無言で、安珠に動くように促した。マスク男の視野に入らない柱の陰に隠れるためだ。完全に陰に入ると村松は再びパソコンの電源を入れてウェブカメラを起動した。なんとか……あの男にレンズを向けたい。今はスカイプに繋いでいないが、せめて姿をしっかりと撮影しておきたい。

安珠が村松の手元をじっと見ている。村松の意図を知って緊張している。

大丈夫、と村松は目で頷いて見せた。思わず内ポケットのM37拳銃に触れる。

それから村松は、電話を取った。今こそコールバックの時だ。

9

「水無瀬、余計なことは言うな」

野見山長官が顔色を変えている。

だが水無瀬はボスを無視した。忠輔の目だけを見る。

「遠慮せんでください。先生のその頭に浮かんでいる名前、言うたらいい」

「駄目だ。やめてくれ」

野見山は全く動揺を隠せていない。それが、美結の中に突き立つ疑念の柱をますます強固なものにする。

「長官、観念しまひょ。この人はもう気づいてる」

水無瀬は今や、百年の眠りから醒めた朝のように透明な表情をしていた。

佐々木忠輔は正面にいる男の目を見つめ、さあ、という誘いに応じた。

「あなたは……シリック」

その言葉はオペレーションルーム内に拡散して消えた。

美結は殴られたような衝撃と共に、忠輔の視線を追う。

「やっぱりばれたか」

水無瀬が、悪戯っ子のように頭を掻いていた。

「まさか……」

雄馬が言葉の意味に気づき、長官の反応を見て更に衝撃を受けていた。

「世界中のスパコンは、当然……最高度のセキュリティに守られています」

忠輔はゆっくりと話し出す。声が震えている。

「スパコンであればそうそうチャールズに支配されることはないだろうという判断のもとに、今回の作戦を立案したんです。何重もの防壁を、見つからぬよう巧みにこじ開け、自分のためだけのバックドアを設置できる者は限られる。そんなことができるのは本当に、世界に数人でしょう。だが……シリックならできる」

水無瀬は柔和な笑みを浮かべた。

「チャールズと君たちの対決を見たいんや。俺は高みの見物さしてもらう」

その笑みから逃げるように、美結は顔を背けてそばのデスクに寄りかかった。卒倒してしまわないためだ。この場で自分ほど衝撃を受けている人間がいるはずがなかった。この水無瀬こそが——伝説のハッカーだった。部屋の中には半信半疑の顔が並んでいる。部下の技官たちなど棒立ちになり、悪い冗談だと顔を強ばらせている。

だが野見山長官の顔が真実を語っていた。全てを承知で、水無瀬を警視正まで取り立て、日本のサイバー犯罪取締りの責任者に据えていたのだ。

「本当にシリック……なんですね」

雄馬の問いに、水無瀬は照れくさそうに頷く。留学生たちが目を輝かせて椅子ごと近寄ってきた。ゴーシュなど立ち上がった勢いでよろめいた。今にも握手を求めそうだ。

技官たちは見る間に青ざめていった。信じられない……だが、この人ならシリックでもおかしくはない。そう納得し始めてもいる。

野見山長官はただただ青ざめていた。こんな場で、いきなり部下の素性が露見するとは思いもしなかったのだ。美結も動悸が治まらない。私はシリックから直に指導を受けていたのか……水無瀬がひどく優しい目で美結を見ていた。悪い、と目で謝ってくる。丸一年部下でいた自分への気遣いだった。だが美結は何も言えない。どんな顔をしたらいいか分からない。

「光栄です。シリックに会えるなんて！　あなたが残した影響は計り知れない」

佐々木忠輔の態度ははっきりしていた。感激で顔が輝いている。

水無瀬は、持ち前の福顔をこれ以上ないくらいに緩めた。

「でも俺はもう、第一線から退いた。老兵や。やっぱりね、若い頃の閃きと爆発力は失ってもた。とてもやないが若いハッカーについていかれへん」

「いや。チャールズも疑っている、とぼくは思います。日本警察が自分と張り合うほどのボットネットを持ち、したたかに反撃を喰らわせてくるなんて思いもしなかったでしょう。きっとあなたのことを調べています」

うん、と水無瀬は頷く。

「故あって……俺はシリックを殺した。二度と生き返ることはないと思てたが、もし必要なら……いや」

思いはひどく複雑のようだ。美結は思わず水無瀬に縋りつきたくなった。この男が抱えてきた葛藤や苦悩を、いま初めて理解できたような気がした。自分は何一つ分かっていなかった。この男の本質を。深い孤独を。

「……実に興味深い雇用をしてるんですな、警察は」

ごく静かに、往年の名優のような渋い声が響いた。

そうだ、と美結は凍りつく。忘れていた。ここには総理の代理人がいるのだ。

全員が祝首相補佐官の表情をうかがった。だが容易には読めない。感心しているようにも、怒りを抑えているようにも見えた。

「喜んでこの男を抱えたなどと思わんでください」

野見山は苦渋の表情で答える。

「致し方なかったのです。こんな男、野に放てば何をするか分からない」

当の水無瀬は、ニヤニヤと邪な笑みを浮かべる。

「この男がシリックだと判明した時はむろん、処遇について議論が紛糾しました。しかし免職にするのは得策ではない。警察に留め、その能力をフルに使わせる以外にない、という結論に至ったのです」

そしてサイバーフォースへ。適材適所だ。

「野見山さん様々ですわ。この人がおらんかったら、警察からおん出されてた」

水無瀬はナニワの商人のように手をこすり合わせたが野見山はニコリともしない。渋面のまま説明した。

「水無瀬がシリックだと判明したのは、既に国家試験に合格して入庁し、若くして刑事局の情報分析支援室で目覚ましい成果を上げ、長官官房の国際課に移ったときでした。有能な警察官僚として期待されていたこの男が――公安の網にかかった」

「いや、ぬかりましたなあ」

水無瀬はおどけて頭を掻く。

「この男は、警察のネットワークを少しずつ、オリジナルのシステムに書き換えて支配していた。どの部署の情報も、こいつの手中にあったのです」

「だが、やりすぎたようでね。怪しまれて、尻尾を捕まれてしもた。公安なんかボンクラばかりやとナメてた」

いまだに舐めきっている口調だった。その瞬間美結は、ふいに胸落ちしたのだった。水無瀬がCと話しただけで十代だと見抜いたのは……かつての自分をそこに見たからだ。逆算すれば分かる。シリックが世界を騒がせたのは、水無瀬が十代の頃。警察に入庁した頃に、表舞台から姿を消した計算になる。

「当時の公安部長の石垣さんは冴えたお人でした。器がでかくてねえ。もう亡くなってしまったが」

水無瀬は懐かしそうな目をする。ふいに美結を見た。

「その下にいた奥島は、その頃からどうしようもない腹黒やったが」

「余計なことを言うな」

野見山は叱責するが、水無瀬はどこ吹く風だった。

「奥島は最後まで、俺の排除を主張した。訴追してムショに送りたくてたまらんかった。だが石垣さんと、当時の刑事部長だった野見山さんが、英断を下したわけです」

「こいつを警察に残したことが正しかったのか、今も悩んでおります」

野見山は正直に吐露した。美結は同情する。暴れ馬より扱いに困っただろう。だが……

「慧眼(けいがん)でしたね」

忠輔の意見は一貫していた。

「シリックの力が、いま必要です」

快活に言う忠輔に、野見山は複雑な視線を返した。だが留学生たちも強く頷いている。呆然としていた技官たちも今や目を輝かせている。感謝の目で野見山を見つめているのだ。

美結も心を決めた。彼らに倣うことにする。

「後悔はさせませんぜ」

水無瀬は真顔になって言った。

「誓いは忘れておりません。警察に尽くす——十年前からの誓いに、俺は忠実に生きてるつもりです」

その日は真っ直ぐに野見山に向いている。本心だ、と美結は思った。普段ふざけすぎているから誰も信用しないかも知れない。だが美結には分かった。水無瀬は今や誰よりも警察官だ。

警察庁長官は、鬼っ子のような部下をちらりと見ただけだった。諦観の表情で首相補佐官に向き直る。

「総理に報告されますか？」

全員が固唾を呑んで祝の反応を見守った。

「聞かなかったことにします」

祝はあっさり言った。

「警察の用兵についてとやかく言うつもりはありません。何か不祥事が起きたとか、国民の利益に反するならともかく、功績の方が大きいのでしょう？　むしろ名采配と言うべきではないですか」

ホッ——と張りつめていた空気が緩む。全員の愁眉が晴れた。美結は感動した、祝は実を取る人間だ。常識に囚われず外聞も気にしない。公平に、大局的に判断を下せる人間なのだ。美結はこの男を側近に据えた総理のことを見直した。下っ端の公務員がこんなことを言うのは生意気でしかないが、美結は現首相の木村由紀治を、地味の固まりのような人としか思っていなかった。実際、めったに笑わない何を考えているか分からない首相、と国民からの人気はいまいちだ。だが期待してもいいかもしれない。もしかすると歴史に残る大人物かも知れない、そんな気までしてきた。

「水無瀬警視正。あなたに期待します」

祝は、親しみさえ感じる目で水無瀬を見た。

「どうか日本を守ってほしい」

「承知しました」

まるで総理に直接頼まれたかのように、水無瀬は恭しく頭を垂れた。

すぐ横で忠輔が満足げに目を細めている。

「では、私は官邸に戻ります。野見山さん」

祝充雄は歯切れよく言った。野見山は疲れ切った顔で頷く。そして二人の高官は、出口に向かった。全員が直立したまま感慨深げに退出を見守る。先に祝が出て行った。続いた野見山が、振り返って一同を見る。

「長官室からここをモニタしている。水無瀬、必要な時はいつでも呼べ」

「アイアイサー」

水無瀬のおどけた敬礼を遮るように、長官はピシャリとドアを閉めた。

それを合図に、水無瀬が気勢を上げる。

「さあ、やるかあ！」

ぎゅっと気が引き締まる。全員がそれぞれの持ち場について作業を開始した。士気が最高潮に上がっている——機器に向かう者たちの背中を、心地よい熱に当てられながら見つめていると、美結はポケットの中で電話が震えているのに気づいた。表示名の〝村松利和〟を確認してあわてて出る。相手の第一声を聞いて自分の口から出た言葉は、

「嘘でしょ？」

だった。

「どうした？」

雄馬が心配して訊いてくる。だが美結の視線は定まらない。声が上擦る。

「展望台に……ベンチの男が？」

10

「本当です」

村松は断言した。美結に納得してもらわなくては。

「安珠さんが、隅田公園にいたサラリーマン風の男がここにいる、と断言しています」

その安珠がすぐ横でじっと見守っている。キャスケット帽を限界まで深く被りながら。

「あの時、あそこにいた男と容貌は変わっていますが……マスクをして、見物客の中に紛

れ込んでいます」

『どうして……』

美結が取り乱すのも無理はない。

「ウェブカメラを向けたいんですが、なかなか……あからさまにやるとバレそうで」

『無茶はしないで！　その男は』

電話の向こうの美結は絶句した。必死に頭を回転させている様子だ。やがて村松に告げる。

『村松君。Ｃのサイトの新しい制裁リスト、もう見た？』

「はい。さっき、ざーっとは」

『もう一度よく見て。それと、安珠にも見せてあげて』

「あ、はい」

にわかに動悸が高まる。閃くものがあった。村松は手早く、復活を遂げたＣのサイトを開く。新制裁リストをつぶさに見る……どうしても目に引っかかるのは、ＡＡＡ（トリプルエー）をつけられた人物。とりわけ王超（ワン・チャオ）だ。

村松が開いたリストに目を留めて、安珠はフリーズした。一カ所にじっと目を注いでいる。その両目は何かをスキャンする高性能レンズのように微動だにしない。そして——答えを弾き出した。

「……そうだったんだ」

納得の呟きが漏れる。安珠は村松を見て、小さく頷いた。

「この中国人、王（ワン）。間違いない」

「えっ」

「あのマスク男」

村松は急激な息苦しさに襲われて声を出すのも難しかったが、頭の中に鳴り渡るアラートに押されて動いた。伝えなくては、この事実を一秒でも早く。

「美結さん……王超のようです」

ひそめた自分の声が、誰かの耳に入るのではないかと恐ろしくて仕方ない。

「あのベンチにいたサラリーマンが、王超で……いまここにいる」

自分でも信じがたいことを口にしていると思ったが、美結は既に予期していたようだ。

『やっぱりそうなのね……本当に気をつけて、危険すぎるから。あいつは爆弾使いなだけじゃない。殺人レーザーの使い手なの！』

「えっ、どういうことですか？」

『黄（ファン）の娘を殺したのはレーザー兵器だって分かったの。もしかすると、安珠には見当がついてるかも知れないけど』

「ほんとですか？」

思わず安珠を見る。美結の声が聞こえていない安珠は、ただ目を見開いて村松を見返した。

『ともかく、スカイプの中継は再開してくれる？　もしできたら。目立たないようにね。展望台の様子を知りたいの』

「分かりました」

村松はパソコンを柱の陰に隠したまま、美結のアカウントにビデオ通話コールを送った。ウェブカメラはとりあえず、ガラス窓の方に向ける。

『ありがとう。映像が来た』

美結の声が聞こえた。

サイバーフォースの空気は一変していた。棒立ちになったり、おろおろ歩き回る人間たちであふれる。展望台に恐ろしい男が紛れ込んでいる……こんな時こそ冷静にならなければ、と美結は必死に自分を律する。キューを出すと辻技官が直ちに対応してくれた。展望台からの映像がオペレーションルームのモニタに映し出される。

ウェブカメラはガラス窓に向けられていて、夜景が見えるのみ。時折、小さな光が画面を横切る。Cのジャイロが相変わらず、展望台を監視するように飛び回っている。それだけでも緊迫感がいや増す。

やがて画面はジリジリと横に動き出した。村松は、レンズを見物客たちの方に向けようとしている。あわよくば王を捉えようとしている。

「村松君……大丈夫？　無理しないでね」

『はい』

村松の声は落ち着いている。

『美結さん、スカイプの方で話しましょう。こっちはヘッドセットをつけたんで、しっかり聞こえます』

「分かった」

村松のヘッドセットを見たことがある。イヤホンほどのミニサイズで、しかもワイヤレスだから目立つことはない。遠目からは、誰かと喋っているとは思わないだろう。美結は電話の方は切り、ビデオ通話一本に絞った。

『美結さん、そのレーザーの話ですけど。詳しく教えてもらえますか』

低く抑えた声で村松が訊いてくる。気になって仕方ないようだ。

「あ、うん。レーザーって普通の人の目には見えない波長の光だけど、安珠の目は特別で、レーザーが見えた可能性があるの」

『そうなんですか……』

村松は納得していた。思い当たる節があったのだろう。目の前にいる安珠にも確認しているところか。

『あのピアスは、レーザーの照射マーカーだった可能性が高い。現時点では、そういう結論よ』

「まあ、ＴＲＴの上じゃさすがにレーザーの心配はいらんやろ。高すぎる。爆弾や銃器の方が切実な脅威や」

水無瀬が言ったが、さすがに顔色が悪い。仲間が囚われている檻に猛獣が紛れ込んでいたと分かれば平静でいられるはずがない。

「どうして今まで……」

雄馬が呟く。その非難のような調子も理解できなくはなかった。護衛の村松の鈍さに苛立っている。新制裁リストを見ておきながら、なぜ今までリストの人間がそばにいると気づかなかったのか。そう責めたいのだ。だが天楼デッキには一八〇〇もの人間がいるわけだし、あの写真からマスクをしている男を疑えというのは酷だと美結は思った。村松は自分たちとは違い、林明桂（リン・ミンクィ）と名乗っていた王超（ワン・チャオ）の実物に会っていない。たとえ近寄ってじっくり見たとしても断言するのは難しいだろう。

ところが――安珠は違った。マスクなどものともしなかったのだ。美結は矢継ぎ早に訊いた。

「安珠はどうして、そこにベンチにいた男がいるって分かったの？　見た目は変わってるんでしょ」

隅田公園の黄娜の死の場面で、そばに王超がいたという証言は当初、全くなかった。小西も、そして当の村松もあの場にいて、ベンチの男が王超だとは全く気づかなかったのだ。それぐらいに巧妙な変装だったことになる。それなのに安珠は見破った。いったいどうやったのか。

「安珠の絵でも見たけど、ベンチの男の顔って王とは似てないよ」

『でも……』

村松もうまく説明はできない。安珠に確かめている様子だ。美結は言った。

「村松君、一回安珠にヘッドセット渡してくれる？　直接話したいから」

『あ、もう一つあるんで、いま準備しますね。ちょっと調子悪いかもしれないですけど』

空白が生まれる。そこを突くように、

「いや。安珠には分かります」

安珠の兄が言った。

「あいつが、誰かを誰かと間違えることはない」

「え、どういうことですか？」

そばにいた雄馬が訊く。忠輔は雄馬に向かって言った。

「答えは、あいつの目です」

「安珠の目……でも」

美結は戸惑いを露にした。すると忠輔は美結に向かって頷き、説明してくれた。

「あいつの目が鳥並みに見える光の帯域が広いことは前に説明しましたが、それだけじゃない。あいつは、意識して記憶した風景は決して忘れないんです」

「え？　それって……」

「自分の脳の記憶ファイルに、細部までくっきり残しておける。カメラ要らずのカメラアイ、写真記憶というやつです」

美結は隅田公園の細密画を思い返す。昔から彼女の絵の再現力はずば抜けていた。

「だから安珠は……あんなすごい絵が描けるんですね⁉」

「お察しの通り。皮肉な話ですが、あいつはぼくと真逆。特に人の顔はすごく得意で、一度見たら絶対忘れません。たとえ一瞬しか見たことのない人であろうが。たとえ子供の頃に見た顔であろうが」

「あっ、それって……」

雄馬が興奮して右の手首を振り回している。何かを思い出そうとしていた。博識な同期の警部補は、写真記憶の知識もあったようだ。そして忠輔の言いたいことを先回りしようとしている。

「心理学用語で〝スーパーレコグナイザー〟といいます」

忠輔はあっさり答えを言った。

「だからちょっとやそっとの変装は、あいつの前ではまるで無意味。どうやらあいつは、3D透過スキャンをかけて人の顔を見ているようでね。骨格の構造まで見て覚えてしまう。顔認証システム以上の同定能力かも知れない。マスクなんかしたって下半分しか隠れないから顔の骨格は丸見えでしょう。特殊メイクで、たとえば顔にラバーを貼ったり、肌の色を変えたり、目や鼻の形をちょっと変えたところで意味なし。骨格を見てるんですから。

だから、あいつには分かった。隅田公園にいたサラリーマンと、いま展望台にいるマスクの男が同一人物だと」

「では、やはり……！」

「王超（ワン・チャオ）はタワーの天楼デッキにいる」

それがやはり、揺るぎない結論だった。ウェブカメラが姿を捉えるまでもない。

「おそらくCに呼び出され、まんまと閉じこめられたんでしょう。それしか考えられない」

「SATが展望台に向かっています。すぐ知らせないと！」

雄馬が叫んだ。もう一刻の猶予もないと気づいたのだ。

「追いつめられたらどう暴発するか分からない。危険です！　王超はきっと爆薬を隠し持っているし、武器も……銃撃戦になるかも知れない」

辻技官がすかさずSATの動向を伝えてくれた。

「先発隊の四人が、TRTの半ばまで到達。あと数分程度で展望台に到着する見込み」

「早く知らせてやれ。警備部の司令本部に」

水無瀬の声に辻技官が頷き、キーボードを叩くとインカムに向かって喋り出した。

忠輔は、目を閉じて言う。

「……チャールズ。何考えてる？」

11

『緊急連絡だ』

先発隊のインカムに、棚田部隊長の声が届く。

『TRT内の村松巡査の連絡で、展望台にいる不審人物の身元が明らかになった」

全員が行軍を停止。隊長の声に聞き入る。

『名は、王超（ワン・チャオ）。中国人』

「Cがリストに載せたテロリストですね⁉」

梓は即座に確認する。

『そうだ』

「ということは……Cに囚われた？」

『そうとも考えられる。追いつめられているとしたら、危険だ。何をするか分からない』

「武器は。爆弾は？　所持してるんですか」

『不明だ』

「その巡査は今、どうしてるんですか」

『村松巡査は派手な行動は控えている。そもそも、Cに狙われている人物の護衛としてタワーに上っているのだ』

「Cに狙われている人物……」

『佐々木安珠という女性。東京学際大学の佐々木講師の妹さんだ』

「……こないだの爆弾事件の」

『王超との直接の関係は不明。ただ、身に危険が及ぶ可能性はある。まず真っ先にテロリストを確保すること』

任務変更。来場客救出の前に、まずはテロリスト撃退だ。梓は素早く訊いた。

「反撃された場合は？」

『いや、逸るな』

棚田は引き締めにかかった。

『我々は先発隊だ。テロリスト確保は本隊に任せる。突入後はあくまでバックアップに回れ』

陣内が眉と鼻の辺りを盛大にしかめている。梓も同じ顔をした。特殊部隊員なら必ず夢見るのがテロリストの制圧。だが経験の浅い自分たちは、その華々しい役目を先輩に譲らなくてはならない。クソッタレ、と陣内が口パクで言った。ガッデメッ、と梓も口パクで返す。

『情報通信局から映像を回してもらった。巡査のウェブカメラからのものだ』

棚田の声に応じて、全員ゴーグルを装着する。ゴーグル内の一画に映像が映っている。

『ただ、テロリストに見つからないようこっそり撮影している段階だ。あまり参考にはならないかもしれんが』

棚田の言う通りだった。展望台の内部だということは分かるものの、人がほとんど映っていない。主にガラス窓の外の光景だ。うかうかと人には向けられないのだろう。気づかれると攻撃される可能性がある。

隊員たちが失望したのを見て取って、鳥飼が言った。

「外部の情報も大事だが、自分の判断を信じよう」

そしてゴーグルを外す。登っている間は邪魔なだけだ。全員が真似をして外した。

「登頂を再開する」

「了解」

再び足を上げる。もたつく者は誰もいなかった。まもなくゴールだ。

同時刻。サイバーフォースの水無瀬が、静かに言った。

「先生。出番のようやな」

忠輔の顔に緊張が走る。

「今こそ、Cに話しかけるときや」

美結は何か声をかけたいが、ふさわしいと思える言葉が見つからない。

この男が負う責任はあまりに重い。東京の支配者に話しかけ、説得を試みるのだ。

だが――この人の呼びかけになら応じる。チャールズ・ディッキンソンがずっとこだわってきた男。最大の脅威。少年サイバーテロリストが唯一、敬意らしきものを払い、自ら脅しながら制裁リストには載せようとしない男。つまりチャールズは、シンパたちに制裁させることは望んでいない。忠輔を〝悪〟とは見なしていない。

ただ、考えるのをやめてほしいだけなのだ。

だが、なんという冒瀆だ――と美結は思う。この人が考えるのをやめるはずがなかった。この人にとって、考えることは生きることそのものだ。

佐々木忠輔は今も深く考え込んでいる。旧友に向かって、何と話しかけようか思い悩んでいる。

全員が見つめる中、ついに忠輔の手が動く。マウスとキーボードを操る。

そして、Cのサイトのメッセージボードを開いた。書き込む。

——君と話したい。　佐々木忠輔

ごくシンプルなメッセージを送った。

「返事が……あるでしょうか」

雄馬が上擦った声で訊く。

忠輔は答えない。だが、返事はある。美結は確信していた。


ＳＸ４の車内にピロリン、という電子音が響く。

「おっ。来たな。忠輔だ」

チャールズが声を上げた。小西はルームミラーを見る。少年がタブレットＰＣの画面を見て微笑んでいる。

「佐々木先生か？」

「ああ。ねえバディ、ミューに電話してくれる？」

小西は目を白黒させる。

「な、なに……いいのか？」

「うん。今こその時だ。彼女はいま、忠輔と一緒にいるだろ」

全てお見通しだった。

「忠輔は、この時代にモバイルも持たないアナーキストだ。だから彼女に電話する。全く手間かけさせるよね。ぼくとの専用モバイルを持たせたいくらいだ」

だが――小西は動かない。いや、動けない。

仲間に早く知らせたかった。いま自分が経験している信じがたい一部始終を伝えたかったのに、いざ連絡を許可されると動揺してしまう。

「早く」

チャールズは容赦なく言った。

小西は自分の携帯電話に手をやる。痺れている指で、ボタンに触れる。俺はこれから美結に電話する……すぐ出てくれるだろうか。いまCと替わる、などと言ったらどんなに驚くだろう。笑い飛ばされるのではないか。みんなはまだ、Cが日本にいることさえ知らないのだ。

「あ、ちょっと待って。ケータイの音声、車のスピーカーとリンクさせるから。ハンズフリーの方が楽だ」

チャールズははしゃいでいる。相手の反応が楽しみで仕方ないのだ。この天才的な悪戯っ子は俺の手に余る……小西は、ＳＯＳを送る気持ちで後輩にコールした。

必ず返事は来る。きっとすぐに。美結は確信していた。

ポケットの中の携帯電話が震えた。

胸が跳ね上がる。なんてタイミング……心臓に悪い。相手を確かめると小西だった。動悸で胸が痛いが、美結はすぐに出た。しばらく話せていなかった小西とやっと話せる。ＴＲＴの下で何か動きがあったのかも知れない。タイミングがタイミングなだけに、雄馬が心配そうに見てくる。美結は小西だ、と言って安心させたかった。

だがすぐ無理になった。

「嘘ですよね」

呆然と言ってしまったのだ。

「Cと一緒にいる？」

「なんやて⁉」

オペレーションルームの全員が美結を取り囲んだ。

「そんな馬鹿な……来日してたのか？」

「なんでCに呼びかけたら、小西から電話がくるんや！　メチャクチャやんけ」

「小西さん、確保したのか？……大手柄だぞ」

口々に騒ぎ立てる中、美結は電話の声を聞き取るのに必死だった。小西の声が低いのだ。Cに電話を強要されていることは明らかだった。確かにCはすぐ返答すると思った、だが早過ぎる……しかも自分に電話してくるなんて！

雄馬と坂下技官が一緒に飛んでくる。機転を利かせ、美結の電話にマイクをつけるためだ。ここにいる全員に会話が聞けるようになる。

「おい、まさかあいつ……Cのシンパやったんか⁉」

水無瀬がふいに顔色を変える。美結はすぐ首を振った。

「そうか。それはないな」

水無瀬もすぐ納得した。

「あんな単細胞、Cの方でお断りやろ。じゃあなんや。人質か？……あの厳ついのを？」

「バディだと言ってます」

美結は渋々言った。

「はあ？」

「バディに任命されたと。Cは爆弾のスイッチを持っているので、逆らえないそうです」

「アホな……」

だが数秒で水無瀬スマイルが戻る。

「ああ、しかしちょうどええ。書き込みなんてまどろっこしいやり方やない。直接話せるんならもってこいや。先生、ぜひ頼んます」

　一瞬動きを止めた忠輔だが、美結から電話を受け取ろうと手を伸ばした。

「このマイクに話していただければ」

　坂下技官が卓上用スタンドマイクを差し出した。既に電話と繋がっている。

　忠輔は頷き、マイクを受け取って喋り出した。

「……*Charles? Are you there?*」

　滑らかな英語。英国人の相手に合わせたのだ。

「*It's been a long time. When did you come to Japan?*」

『やあ、忠輔』

　いやに気さくな声がサイバーフォース中に響いた。

『日本語で話そうよ。みんなにも分かるように』

　外国人とは思えない滑らかな日本語。

『どうせ、みんなにも聞こえるようにしてるんでしょ？　してないならしてよ。こっちもそうしてる。バディの小西もぼくらの話をしっかり聞いてる』

　少年らしい、少しトーンの高い声だった。

　これが……チャールズ・ディッキンソン。いま東京を支配しているCなのか？

『みんなに聞かせよう、公明正大に陽(ひ)の下の道端で話すんだ。古代のソフィストみたいにね』

「いいだろう。だが、長く話している時間がない」

忠輔は相手のペースに合わせない。

「制裁リストを取り下げて、サイバーアタックとシステム支配を即刻中止してくれ」

『何でそんなつまらないことを言うかなあ』

チャールズはふう、と分かりやすい溜め息を送って寄越す。

「それから、ＴＲＴをすぐに解放してくれ。見物客の疲労は限界に達している」

『要求ばかりかい？　せっかく久しぶりに話すのに。悲しいよ』

「君がこんなことをするからだろ」

忠輔は声に感情を乗せた。

「しばらく話さない間に……ずいぶん乱暴になった」

『成長したんだ。悪や不当に対して我慢しなくなった。反撃する力がついたんだ。喜んでくれ』

「喜べるわけないだろう」

『どうしてだい？』

無邪気とさえ言える問い。

『君がぼくを支持しない理由が分からない。よくそれで、求道者だとか言えるね』

「支持できないのは、君が間違っているからだ」

『ふん。何がどう間違っている？』

　SX４のルームミラーで小西は思わず確かめた。

　後部座席のチャールズの笑みは、仮面のようだった。

『君の攻撃がサイバースペースに限られていれば、ぼくは君を、支持しないでもなかった』

　ハッチバックの中に佐々木忠輔の声が満ちる。

『だが、君は物理的な暴力を許容した。それどころか、明確に制裁を、抹殺を指示した。それは明白な誤りだ。君は加害者に成り下がってしまった』

「悪を攻撃することがなぜ悪なんだ」

　チャールズの笑みは変わらない。

「忠輔。君の国には死刑制度があるだろ。ヨーロッパではほとんど廃止してしまったけど、日本では極悪人には極刑もやむなし。いや、死という罰こそふさわしい。そう考える人間がほとんどだというじゃないか。忠輔、君の主張は国民感情に逆行しているよな？」

『感情には逆行しているよ』

　スピーカーを通して返ってくる声は少しも動じていない。

『感情はよく、人を罠にかけるものだ。そして真実を見えなくする。だからぼくは科学と論理の言葉でしか語らない。そうしなくては真理に辿り着けないからだ。いったい、一般相対性理論に感情の入る余地があるか？　観測する人間がいくら興奮しても、エネルギーの値も光速度も変わることはない。そんなことは君にも分かっているはずだ。どうして目を逸らすんだ？　道理は不変で、答えは一つなのに』

チャールズは答えない。

ただ、仮面の笑みがあるだけ。

『ぼくの言葉は、ぼくの主義主張ではない。論理的事実なんだ。加害者イコール敗者。この等式は $E=mc^2$ と全く同じ精度で、この宇宙のどの時空でも適用される絶対原理だ。加害行為は道義的な負債を生じる。いかなる理由があろうと、どんな相手であろうとね。特に相手の命を奪った場合のマイナス値は桁外れだ』

小西は、貧血のように目の前が暗くなる感覚に襲われた。

いったいこの二人は――何の話をしているのか。

この車と、サイバーフォースにいる警察官たちは、いったい何につき合わされているのか。小西はまばたきを繰り返し、思わずウインドウから塔を見上げた。巨大な〝C〟が悪夢のように見下ろしてくる。

頭の良すぎる連中の考えることは分からない。結局は気が狂ってるのと同じじゃないか、と思った。

『そして、ぼくが言おうが言うまいが真実は揺るぎない。チャールズ……これはかつて、何度もいっしょに話したことだ。そして君はすっかり納得していた。真理に到達した喜びを共有した。どうして忘れたふりをする？』

「忠輔」

疲れたような声が答えた。

「君は独自の論理を確立し、あのあと、ご大層に論文に仕立て上げたな。言及領域を少しずつ広げて、正義の本質、悪から身を守る〝正当防衛〟の厳密な定義、そして、加害者になった人間の側の救済まで考えて、罪の精密な解析や贖罪（しょくざい）のメソッドにさえ及んでいる。もう、目を通したよ」

『そうか。ありがとう』

素直な感謝の声。

『嬉しいよ。君なら理解できたはずだが。気に食わなかったのか？』

「ああ。もちろん気に食わない」

小西は、背筋が冷えるのを感じた。

凄みを感じた。底深い、〝C〟の怒りを。

「君の理論など、現実の前では虚しい。なんの力も持たない」

間奏二——皇の軒昂(けんこう)

私は次の報せを待っている。どこの誰が倒れたという報(ほう)を切望している。Cは。警察は。日本政府は。そしてあのはぐれ者は、これからどう出る。どんな闘いを繰り広げてくれる。結果、どれだけの人間がい、な、く、なることだろう。

衝突が起こらねばならない。火器が使用されねばならない。パワーバランスを不均衡にするために私が直接やったことといえば、むろん私を頼ってきたはぐれ者に龍を扱う鞭を与えたことだ。

神龍(シェンロン)の制御コード。そしてもちろん龍の卵——照射マーカーも与えた。

ひととき指揮権を与えることにしたのだ。彼の故国ではなく、彼個人に。

これによって事態が派手に動くことは必至だ。あの男の所属していた軍部と政府は当然面白くないだろう。だが、土壇場になって使用を躊躇う首脳部には心底失望させられていた。いったいなぜ龍を欲し、開発を求めたのだ？　何のために大移動をさせた。反逆者や仇敵を滅し尽くすことが望みではなかったのか？　私ははぐれ者を使って眠れる巨龍を起こしてやっているだけだ。その器を持つ者こそが堂々と覇を唱えるがいい！

連中はついに逆上し私を狙うか？　それもよい。いっそ徹底的に挑発してやろうか。そもそもお前たちは人口を増やしすぎなのだ。膨れ上がる群衆ほど私が毛嫌いするものはない。思い知らせてやろうか？　他の大国たちを心底憎んでいるくせに、いざ角突き合わせそうになるとたじろぐ。腰抜けはお前たちの方だ。

だが――連中が表立って私を非難することはないだろう。私を切実に必要としているのは向こうの方なのだから。私はせせら笑い、ソファに深く腰掛けると深い息をついた。決定的な報せはまだ来ない。だが、ひたすら楽しみに待とう。Ｃのシンパなどよりよほど有能な配下を要所に持つ私は、誰よりも状況を正しく把握できる。警察はＣとの対話を開始、同時に特殊部隊を使ってＴＲＴを攻め落とすつもりだ。一方ではぐれ者と子供の化かし合いも続いている。優勢なチャールズ・ディッキンソンは王超（ワン・チャオ）を籠に閉じ込めて悦に入っているようだが、あの男はただやられているような男ではない。何より龍を与えてある。愉しいマッチアップが方々で見られそうだ。

シャンパンでも開けるか。東京中の小さな王たちに乾杯だ。

思い切り戦え火花を散らせ血を流せ。相手をこの地上から消滅させろ。

晴れてラスト・ワン・スタンディングとなった者には褒美でも与えようか。

だが――と私はふいに、寂寞（せきばく）とした思いに駆られる。

覇権争いはあくまで私の掌（てのひら）の上で起こっている。

四月二十四日（水）

第四章　暴風

要するに、数学的な構造がまさに〝自然〟の中に備わっており、理論は実際に目の前の空間に広がっているのだ。それは誰かが自然に対して押しつけたものではない。（ロジャー・ペンローズ『心は量子で語れるか』）

1

雄馬が両手で、餅(もち)を左右に引き延ばすような仕草をした。できるだけ話を延ばせ、という合図だ。だが忠輔は反応しない。

「どこにいるんや？　チャールズと小西は」

水無瀬が声をひそめて訊く。

「TRTが見える場所のはずです」

　美結は負けずに声をひそめる。

「警察とマスコミがごまんといるところやぞ」

「小西さんは、どの車に乗ってる？」

　雄馬が顔を寄せて訊いてきた。

「カーロケのGPSで探れば一発だ」

「いや、電波は切ってるやろ。チャールズがカーロケのGPSのことを知らんはずない」

「車種は、確かいま……スズキのSX4です。色は黒」

「ナンバーは？」

「すぐ問い合わせます」

「警視庁に通達します！」

　雄馬が水無瀬に言った。

「三十歳ぐらいの大柄男性と、中学生ぐらいの白人の取り合わせを見つけたら確保せよ、と。黒いSX4をぜんぶ止める」

「待て」

　水無瀬は制した。

「力ずくで確保しようとしても、ろくでもないことになるのは目に見えてる。相手はCやぞ？　粗い連中には任せられん……どないしょか」

「……井上さんに」

美結は素早く言った。

「井上さんなら小西さんをすぐ見つけられます」

「おお、それだ！」

水無瀬が手を打った。

「小西とチャールズを見つけて包囲させよう。井上さんなら逃さない。きっとうまくやってくれる」

水無瀬は電話をかけ始めた。長官や総監、各部の部長に自ら、この信じがたい状況を伝える気だ。Cの捜索には細心の注意が必要なこと、墨田署の井上なら土地勘もあり、捜索には最適だということを説明しようとしている。長官から対C特命係を拝命していることも強調する気だ。

電話の相手に懸命に説明しながら、水無瀬は美結に向かって目で促した。美結は即座に井上にコールする。

『小西がCと？……あいつには荷が重いな。分かった、すぐ見つける』

「小西さんは爆弾のスイッチで脅されています。どうか、確保は慎重に……」

「井上さん」

水無瀬が通話に割り込んだ。美結から電話を引き継ぐ。

「長官にはもう話してあります。見つけたらとにかく目を離さんでください、できるだけ大勢で包囲して……ただ、爆弾の脅しがあるから……とにかく見つけたら連絡をお願いします」

電話を切ると水無瀬は技官たちに指示を飛ばす。

「防衛省電波部に依頼。TRT周辺の電波を徹底的に解析してもらえ。怪しい発信源は全てチェック。こうなったら虱潰しや」

チャールズが直接連絡してきたことが、もしかすると事態打開の鍵になるかもしれない。祈るような気持ちで佐々木忠輔を見つめた。この人が対話し続けることでチャールズの注意を惹き、隙を生じさせられたら……二人の会話がまた美結の耳に飛び込んでくる。

「チャールズ、もう一度考えてくれ。かつて語り合ったことを思い出すんだ。どうして……忘れてしまったんだ?」

佐々木忠輔は、自分の背後で交わされる警察官たちの密談に注意を払っている様子はない。一心に対話に集中している。

『忘れたわけじゃないよ。よく憶えてるさ』

少年の声はほのかに熱を帯びる。

『なぜ生命は、物質宇宙のエントロピー増大則に逆らっているように見えるのか。生命発生の謎、特に、アミノ酸（アシッド）から有意のタンパク質（プロテイン）への合成確率の問題。その辺りのことは、超弦理論（スーパーストリング・セオリー）や多世界解釈（メニーワールズインタプリテイション）や多元宇宙（マルチヴァース）のことと同じくらい時間を費やしたね』

「ああ。人間原理についても話は尽きなかった。初めはリーマン予想やヤン－ミルズ理論の問題について話し始めても、必ず数学や物理の枠を飛び越えた。一つの分野に収まらなかったな」

眼差しが優しくなる。忠輔は懐かしさに包まれていた。チャールズがかつての様子を取り戻したことが嬉しくてたまらない様子だ。

「ぼくらの対話には、いつの間にか哲学者や詩人や音楽家の名前が紛れ込んだ。宗教家や神の名前なんかも。君は明らかに、ソクラテスの飽くなき求道の精神に惹かれていた。自分自身が、まごうかたなき求道者だと自認していた。革命家やテロリストに憧れる様子は微塵もなかった」

『忠輔。プラトンの哲人政治について話したことを忘れてるよ。社会主義革命が起こした数々の悲劇、資本主義世界が今も引き起こしている極めて非人間的な歪みについてもね。思えば、何が世界を狂わせているか。全ての元凶、悪の正体は何か……それを追究する萌芽はとっくに生まれていた。そう。Ｃが生まれたのは、君のおかげでもあるんだよ！』

　浮き立った声に、忠輔は顔に水でもかけられたかのようにたじろいだ。

「……君は、あのとき話したことをぜんぶ覆しているように、ぼくには思える」

『そうじゃない。あそこから進んだんだ』

チャールズは言い切った。

『君も進んだ。だが、ぼくの方が遥かに前に進んだ。だからぼくには、君の間違いが分かる。君のやり方では悪をはびこらせるだけだ。つまり、理に適っていないんだ。たとえばL国のシャラフ』

最近、連日ニュースに登場する名前だった。現代の独裁者と悪名高い中東の大統領だ。

『自分の権力を守るために内戦を続け、何万人も処刑している。これほどの悪人でも殺さないのか？ 生かしておけば、ますます人を虐殺するんだぞ』

「君は……馬鹿のふりをしてるのか？」

佐々木忠輔は悲しそうに言った。

「相手と同じ醜い手段をとる。それは、相手と同じレベルに落ちること。道義的にはそれが真なり、と君が知らないはずもあるまいに」

美結は壁の上の方にかかっている時計を見て、ああ、いつの間にか日付が変わっている、と思った。そんなことが妙にいとおしく感じられる。自分を現実に引き戻してくれるような気がして安心する。なぜなら、あまりに現実味のないやりとりが続いているからだ。美結は、会話に耳を傾けているだけで頭の芯が麻痺してくるのを感じた。

室内を見回すと反応は様々。雄馬が異様に集中した目で対話に耳を傾けている。水無瀬もいつの間にか腕を組んで聞き入っていた。彼の部下、二人の技官は淡々とそれぞれの機器に向き合っていて、対話に興味を示しているようには見えない。それと真逆なのはゴーシュとウスマンとイオナだった。対話が始まった瞬間から完全に手を止めて、恐ろしく真剣な表情で聞き入っている。

特にゴーシュの表情に美結は引きつけられた。かつてのCダッシュ。そして今は、忠輔に力を貸すことを誓った忠実な教え子。いわば二人の合いの子だ。いったいどんな気持ちでいるのか。浅黒い顔には深い皺が刻まれている。とても二十三歳の若者の顔には見えなかった。

「相手が殺したなら、こっちは殺さないのだ。絶対に。それ以外に相手を上回る方法はない」

『バカげた理想論だ。聖者になれても英雄にはなれないぞ。人の命は救えない！』

「分かっている」

顔に刻まれた苦悩。佐々木忠輔は、この場の誰よりも歳をとっているように見えた。

「だが、それはまた別の問題だ。過酷な現実に対処するメソッドは提案済み。憎悪分解セオリー ver.5.6 の第五項と第六項、もう読んだんだろう？　とにかく、殺すことは極力避けなくてはならない。どんな相手であろうと同じだ。むろん死刑という選択肢も捨てる。この原則はゆるがせにできない。非常に難しくつらいが、ぼくらが完全勝利を収めるためには決して放棄できない茨の道なんだ……証明は済んでいる」

美結は視界がますます霞むのを感じた。これはなんだ？　私たちは何を聞いている？

「殺すことは敗北だ。例外はない。どんな理由があっても正当化は不可能」

『証明は済んでいる、と君は言う。だが誰が納得した？』

「誰も」

忠輔は微笑する。孤独な異邦人のように。

「納得はおろか、理解する気もないようだ。全く反応がないからね。反応があったのは——君ぐらいかな」

その笑みはますます深く、悲しい蔭を帯びる。

「嬉しいよ。それは、君が証明の価値を理解したからだ、とぼくは受け止めている」

『理解したんじゃない。呆れ返ったんだ。あんな証明で満足している君に』

チャールズは馬鹿にしたように笑う。

「満足してはいない。まだ努力が足りないことは承知しているよ。だからぼくは理論の精査を続け、揺るぎないものにするために考え続けている。研究活動を続けている」

『やめろ』

返ってくる声は非情だった。

『見ていられない。君は、ドンキホーテよりひどいな』

「先生」

見かねた雄馬が口を挟んだ。マイクに声が拾われないよう、忠輔の耳許に囁く。

「早くタワーの解放を……まもなくSATが到着します。王超（ワン・チャオ）を追いつめてしまうと暴発の恐れが……安珠さんが危険です」

そうだ。しかもこのやりとりの一部始終は、スカイプで村松のパソコンにも送られている。安珠もヘッドセットで聞いているだろう。いったいどんな気持ちでいるのか。

「待ってくれ」

忠輔がぐるりと目を回し、マイクを握り直した。自分が言うべきことに集中する。

「真の勝利と敗北は数学的に算出できる。道義の次元を数値換算するのが困難だからと言って、ぼくらは逃げていてはならない」

『忠輔。そんなことは無理だ、とぼくは思う』

平たい声が返ってくる。

『少なくとも、いまの人類のレベルでは』

「無理でもやらなくちゃならない。まず、可能なレベルから始める。たとえば統計学的なアプローチだ。〝殺す〟という無慈悲がどう波及し、どんな効果を周りに、人の内面に生じさせるか検証し分析するんだ。それは、君の妹を死なせた力だぞ？」

チャールズが黙った。

「人が人を殺せる、という醜い事実こそがアストリッドを殺したんじゃないか！　その兄である君が、手を血に染めるというのか？」

『……じゃあどうしろと言うんだ、忠輔』

チャールズの声は微かに震えている。

「分かっているだろう」

忠輔は穏やかに告げた。

『いや。分からない』

「論文に書いた。できうる限りの方法論を。まだ充分でないことは、ぼくも認める。だが、大まかな方向性は外していないはずだ。目を通した君はそこに真理を感じた。だからこそ激昂した」

『即効性のあるものは一つもなかったぞ！』

小西はミラーを覗いて確かめる。いま激昂して叫んだ少年はバックシートで顔を真っ赤にしている……自分の顔も似たようなものだろうと思った。頬の引きつりを抑えられない。胸の中では、今まで感じたこともないような感情の嵐がうねっている。佐々木先生……あんたの言ってることは、高尚すぎて俺にはよく分からない。正直言って、俺にはチャールズの方の気持ちがよく分かる。心情的にはほとんど一緒と言ってもいい。

なんとなくは感じる。あんたは正しいことを捜して、とことん考え続けてきた。それは立派だ。だがそれが、この残酷な現実世界で意味があるかどうかは別。学者に何が分かる？　凶悪な犯罪者と対峙したことがあるか。人殺しの目を覗き込んだことがあるのか？」

小西の思いを代弁するように、チャールズが声を絞り出した。

「君の提示するメソッドは、対話や説得。とどのつまりはそれだけじゃないか。開いた口が塞がらないよ……そんな悠長なことを言っている間に殺される人間たちはどうする⁉」

『……全力で守るしかない』

低い声が返ってくる。

「どうやって？」

『まず、警察がいる』

小西はドキリとした。巨大な重みをいきなり両肩に乗せられた気がした。

「警察なんか信じてるのか！」

小西の背後でチャールズはせせら笑った。

「何もできないのに。権力に逆らえない」

『警察に限らない。軍隊であれ自衛隊であれ、ぼくは武力そのものを否定しているわけではない。正当防衛のために、やむなく必要とされるからね。だがそれは厳密なガイドラインに従わねばならない。でなくては容易に道を踏み外す。加害行為に堕してしまう』

「おいおい。また夢想が始まったか」

『そもそも、あらゆる武力は国家に従属していてはならない。従うのは権力ではなく、正義でなくてはならない』

「*What a beautiful daydreamer*」

チャールズは母国語で言った。まるで、惜しまれて死んだ者の名を呼ぶような敬虔さで。

「もういい。対話は終わりだ。刻が来た」

チャールズは高らかに告げた。

「忠輔。立派な君の正義とやらで、安珠を守ってみろ」

感情のない審問官のような声。

『……ぼくをテストする気だったんだな。初めから』

忠輔の声が掠れた。

「いま、籠の中のチャイナに告げる。すぐそばに敵がいると」

死刑宣告。

「おいやめろ！」

小西は叫んだ。ガバリと振り返ってチャールズに手を伸ばす。チャールズは巧みによけた。小西を馬鹿にしたように横目で見、忠輔に向かって宣告を続けた。

「これから、君が愛する者が危険にさらされることになる。君の突き止めた真理は有効か？　そんなものが妹を守れるのか？　じっくり見させてもらうよ」

ついに小西の手がチャールズの胸ぐらを捕らえる。容赦なくねじり上げた。

同時に、ツーという音がスピーカーから洩れる。チャールズが通話を切ったのだ。

「おいバディ。ずいぶん手荒いな。何を怒ってる？」

襟首を締め上げられながら、少年は余裕たっぷりだった。

「もう遅いよ。籠のネズミをつつくメールは、たった今送った」

「てめえ……ゲームでもやってるつもりか」

小西は、少年の小さな頭をウインドウに叩きつけたい衝動を必死に抑えた。

「生きた人間は、てめえの駒じゃねえんだ！　思い上がるな」

「バディ。賽（さい）は投げられたんだ」

妙に沈んだ声に、小西の血圧が下がる。胸ぐらから手を外してチャールズを解放した。

ゴホッ、ゴホッと咳き込む音。だが文句は言ってこない。

小西は一度深く息を吸い込んで、声を張り上げた。

「村松に連絡させろ！」

ツバが盛大に飛び、チャールズは手で顔を覆った。小西は謝らない。

「警戒を促す。王超（ワンチャオ）のこと……ＳＡＴも突入することを教えてやらないと」

「連絡なんかしなくても、ぼくらのやりとりはリアルタイムで聞いてるよ」

チャールズはパーカーの袖(そで)で顔を拭(ふ)きながら言った。

「なに？　なんで分かる？」

「ぼくはタワーの支配者だぞ」

そしてタブレットPCの画面を見せてくる。展望台内の映像が映っている——タワーに据え付けられている監視カメラだ。

「ほら。ここに、安珠と新人刑事。ウェブカメラで中継してる。スカイプが繋がってるんだ。ミューと忠輔たちとのホットラインがね」

そうか。今のやりとりが筒抜けだとしたら話は早い。だが村松は焦っているだろう、いつ工作員が自分たちを襲うか分からないのだ。

「村松……踏ん張れよ。今すぐそこへ行ってやりたいが……」

「バディ。忠輔は警察を信頼してるらしいよ。でもあの未熟な新人刑事が、安珠を守れるかどうか？　あまり期待しない方がよさそうだね」

「うるせえ。俺だって期待なんかしちゃいない」

小西は吐き捨てる。

「だが、あいつも刑事だ」

2

最後の千段の途中で一度だけ休憩を取ったが、梓には必要ないくらいだった。

ひたすらに重力に逆らって上へ上へ押し上げても身体は逆らわず、意志に忠実に従ってくれる。さすがに重みは増してくるものの、耐えられない重さにはならなかった。自分は他の男たちより明らかに元気だ。装備はほぼ平等に負担しているのに。気分の高揚が影響しているのだろうと思った。ＳＡＴとしての初ミッションに緊張はなく、普段から鍛え上げているフィジカルはただただ絶好調だった。

後ろの陣内の様子を確かめると、顎が完全に上がっている。さっきのはやはり強がり。バディを引っ張るつもりで梓は足を動かし続けた。

「止まれ！　ゴーグルを装着しろ」

展望台まであと一〇メートルの地点で鳥飼の命令が下った。予定通りここで待機だ。突入口の安全をチェックした上、本隊の到着を待つ。ついに到着という感慨もない。予定通り一人の脱落者もなく辿り着けた、というだけだ。まだ何も達成していない。

装着したゴーグルの中が光った。一画にＴＲＴの断面図が映る。最新のハイテク機器が自分のいる位置を青のポイントで知らせてくれる。現在地から、突入口までの経路がグリーンの光で示されている。

『展望台の様子を送る』

インカムの棚田部隊長の声と共にゴーグル内に映し出されたのは、展望台を外から空撮した映像だった。航空隊のヘリがタワーの周囲を旋回し続けているのだ。

展望台の内部で大勢の客が思い思いに過ごしているのが分かる。多くは疲労のせいか床に座り込んでいる。立ち尽くしたり、あてどなく歩いている客もいる。係員や警備員に詰め寄る客もいるが、すぐ諦めて離れていく。いったいどれがテロリストだ？　怪しいと言えばみんな怪しく見える。梓は突入して確保してしまいたかった。だがそれは許されない。経験と実績のある本隊はこれから登ってくる。

「展望台にいる墨田署の巡査からの映像は？」

梓が思わず訊くと、

『これだ。だが大して変化なし』

切り替わった映像は、少し前に見たのとあまり変わらなかった。ほとんどがガラス窓。端の方に見物客も映っているが、遠目すぎてよく分からない。巡査が、テロリストをウェブカメラにしっかり捉えてくれたら標的がはっきりする。仕事が楽になるのだが。

『予定より二分早い到着だった。よくやったぞ』

インカムからねぎらいの声が届いた。無事に辿り着けるだろうか、と棚田も緊張していたようだ。

『突入口の様子はどうだ？』

「これから確認します」

　鳥飼が答え、箕輪が先に立って扉に近づいてゆく。これまでの往路で、特に罠などは仕掛けられていないと確認できた。不審人物もいなかった。本隊の通り道としてはオールクリアだ。だが、出入り口は常に危険なトラップが待ち構えていると考えなくてはならない。

　扉は固く閉ざされていた。コンピュータ制御でロックされているという情報通りだ。箕輪が手を伸ばし、扉を押し引きしてみた。やはりびくとも動かない。スチール製だから、開放するためには爆破が最も手っ取り早い。中の客に被害を及ぼさないように細心の注意を払わねばならないが。

「危険な兆候は見受けられません。爆薬をセットして待機します」

『本隊は既に出発している。到着まで三十五分を見込んでいる』

　梓は思わず唇を嚙んだ。

「戸部。突入したいか？」

　梓の心を読んで陣内が訊いてくる。ゴーグルをしていても、顔全体がニヤニヤと緩んでいるのが分かる。疲労は見えなかった。回復力が高いというのは嘘ではなさそうだ。

「駄目だぞ。待機だ」

「分かってます」

梓はぶっきらぼうに返した。ゴーグルを外すとMP5A5のセイフティボタンを確認し、マガジンがしっかり塡(はま)っているかどうかチェックする。

3

電話は切れてしまった。チャールズが切ったのだ。

ツーという音がオペレーションルームのスピーカーから空しく響く。

「先生！」

美結は忠輔に縋りつきたい気分だった。

「なんとかしないと、安珠が……村松君が」

「ゴーシュ。何かできないか？」

ウスマンが、再びチームを組んだ仲間に問いかけていた。

「お前なら何か、彼を止める術を……」

「ジャイロ、奪えない？」

イオナが訊く。

「コントロールコード、ハックして……」

「無理だ。ジャイロはチャールズの指令しか受けない。ＡＥＳ暗号のビット数は最大値を取ってる」

　ああ、という嘆きの声が上がる。だがウスマンは諦めない。

「じゃあ他に何か……」

　ゴーシュも決死の顔でパソコンに向かう。だが、キーボードを打つ手はすぐに止まってしまった。イオナも早口の英語で何か提案するが、打開策が出てくる様子はない。

「こっちから電話を。チャールズに頼んでみる」

　忠輔の結論はそれだった。美結はすかさず小西に電話する。全員が固唾を呑んで見守った。相手は出るだろうか？　もう二度と話す気がないのでは？

　ところが、あっさり繋がった。

『チャイナに伝えた。いつ、安珠たちを襲うか分からないぞ』

　いきなり非情な通告が飛び込んでくる。

「ただちにタワージャックを解いて、王を解放してくれ」

　忠輔は再び頼み込んだ。

『いいだろう。だが条件がある』

　チャールズはここぞとばかりに言った。

『君の理論を撤回しろ』

サイバーフォースが沈黙する。

ゴーシュが小さく何か言った。母国語の罵り言葉のようだ。

「……それが君の望み？」

忠輔は唖然として言った。

「そんなことか？　なぜそんな……誰もぼくの論文なんか気にしてない。自分で言うのも悲しいが、何の影響力もないんだ。撤回する以前に、誰も気にしていない」

『まともにものを考えたことがないからだ』

チャールズは言い切った。

『何も考えていない有象無象（リフラフ）などどうでもいい。ぼくの話し相手は君だけだ。そしてぼくには、君の理論が目障りで仕方ない。目の上のたん瘤（ア・ペイン・イン・ジ・アス）だ。おかげで夜も寝られない』

「チャールズ……」

『君の理論と原則は、時限凍結しろ。ほんの三日でいい。そしてぼくに協力するんだ』

「なんだって？」

『忠輔の力が必要だ』

美結はその顔から目を離せない。忠輔は完全にチャールズの言葉に翻弄されていた。

『なぜなら、敵が強すぎるからだ』

「敵……王超（ワン・チャオ）のことを言ってるのか？　それとも」

『ぼくと世界の悪を一緒に滅ぼすんだ』

忠輔はついに言葉を失う。

美結は――魂を抜かれたような気分だった。少年の声がまるで神の命令に思える。ゴーシュなど目が爛々と輝いている、再びCに寝返りそうだ。水無瀬の顔からもいつの間にか余裕の笑みが消えている。鋭い目でただ耳を傾けている。

『チャールズ！　てめえいい加減にしろ』

怒鳴り声が届いた。小西だ。

『安珠さんを殺す気か！　とっととタワーを解放しろ！……お、そうだ、お前のジャイロを展望台に突入させろ！』

とてつもない大声。チャールズが両手で耳を塞いでいるのが目に見えるようだ。小西も力を尽くそうとしている。

『ガラスを壊すのは簡単だろ？　頼む……あのスパイを殺してくれ！』

『落ち着けマイバディ』

チャールズの決然たる声が聞こえる。

『ぼくだって、誰も殺したくはない。悪者でない限り。状況を変えられるのは、一人だけだ』

『佐々木先生！』

小西はまた絶叫した。

『チャールズの言うことを聞いてくれ!』

「私からもお願いします」

美結は間髪入れずに言った。忠輔に迫る。

「チャールズの言う通りにしてください。でないと、安珠が」

忠輔は美結の顔を見返した。そして——首を振った。

「ど……どうしてですか」

言ったのはゴーシュだった。必死な目で忠輔を見つめている。

「安珠さんを助けるために、ここは要求を呑んでください」

雄馬も強い口調で言った。何より人命を優先する、という不動の意志を示す。

「ぼくは意地を張っているわけじゃないよ。無理だからできないと言ってるんだ」

忠輔は悲しげに言った。

「発見されてしまった真理を撤回できる者はいない。発見者本人ですら、無理だ。ガリレオの逸話は知ってるだろう?……それでも地球は回っている。彼は教会に自説を撤回させられたが、真理は何も動かない。同じことだ。正当な殺人はこの地上に、一つとしてない」

「そんな……」

誰もが同じ顔をしていた。呆然。

「ニュートンがプリンキピアは間違いだった、と引っ込めたところで万有引力の法則が否定できるか？　ハッブルが観測結果を引っ込めたところで、宇宙の膨張が止まる？　真理とはそういうものではない。だから、撤回はできない。誰にも」

『まだそんなことを言ってるのか』

チャールズの声。

『あれだけ不備の多い論理や公式で、いったい何が証明できていると言うんだ。あれが科学だって？』

「君はどう思うんだ。チャールズ」

忠輔は本当に知りたそうだった。

「証明は不充分だと思うのか？」

一瞬の沈黙。そして、苦しげな声が湧き起こる。

『ぼくは、君の口から聞きたいだけだ！　場合によっては、悪を力で滅ぼすことは許されると』

「いいや」

忠輔はあくまで首を縦に振らない。

「$E=mc^2$ が誰かをえこひいきするか？　光速の壁は越えられないんだ。なんぴとたりとも」

『あのチャイナは、悪そのものだぞ！』

チャールズはついに絶叫した。

『どうやったって矯正も償いも不可能。裏切りと虐殺と破壊こそがあの男の生き様だ。忠輔！　認めろ。あの男を殺すことは善だと。そうすれば、ぼくは今すぐにでもあの男を殺す。安珠を救い、タワーの客を解放する』

「先生！」

美結は叫んだ。安珠と村松を救いたい一心だった。

『頼む！』

小西の叫び声も重なる。

4

村松は警戒を怠らない。柱の陰に慎重に身を隠し、ウェブカメラで王を捉える努力を続けながら、相手から決して目を離さない。そして時々、胸の内の拳銃に触れる。何度触れてもまた感触を確かめてしまう。

ヤツは自分と安珠の存在を知ってしまった……まだ動きはないが、こちらの気配を探っているはずだ。一方でCとサイバーフォースのやりとりが続いている。繋げっぱなしのスカイプによって、地上三七〇メートルのここに現実離れした対話が届いている。ワイヤレスの小さなヘッドセットは鮮明な声を耳に届けてくれる。

そしてヘッドセットは安珠の耳にもついている。いったいどんな気持ちで聞いているのだろう。こっそり盗み見る。安珠の表情は変わっていない。静かなままだ。

『……先生！』

『……頼む！』

『……チャールズの言う通りに……』

誰もが安珠を救うために必死になってくれている。もしかすると、自分のことも。

ただ一人、安珠の兄だけが異質だった。彼だけは他の人間と違う基準で喋っていた。妹がこんな危険にさらされているのに、自分を曲げようとしない男に村松は腹が立った。なぜ妥協してチャールズの要求を呑まないんだ？

「兄貴？　聞こえる？」

今まで沈黙を守っていた安珠がついに口を開いた。

さすがに怒っているのだと村松は思った。あたしを見殺しにするの？　そう兄を咎める気だ。だが予想は裏切られた。

「あんたは、あたしのために信念を曲げるようなキャラじゃないでしょ」

その目に宿る優しい光に目を奪われる。

「これでもあんたの妹だから。兄貴のことは分かってる。あたしのことは気にしないで」

村松は信じられなかった。この人はむざむざ自分の身を危険にさらす気か……助けを求めない。それは強さというより、ただの無謀だ。

「兄貴。イスタンブールの珍道中が懐かしいね……照れくさくて言ってなかったけど、あたしはあの時からあんたを認めてるの」

安珠の横顔から目を外せない。この兄妹は仲が悪い、と村松は勝手に思っていた。だが二人に距離があったのは、お互いを敬遠していたからではない。信頼があったからだ。

「あんたにしかできないことがある。進むべき道がある。あたしは、リスペクトしてるつもり。だからあたしのことは気に病まないで」

『安珠……』

美結の声が聞こえた。愕然としている。

だが、すぐ強い声に変わった。

『あんたを絶対守る。待ってて』

村松も全く同じ思いだった。口止めされているので言わないが、ここには福山さんという頼もしい味方もいるんだ。さっき素早くメールを入れた。王超（ワン・チャオ）を発見した、すぐそばにいると。福山からの返事はないが、急いでこっちに向かっているはずだ。

おれは務めを果たす！　決意も新たに、村松は中国男の姿を見つめる。今度こそウェブカメラに捉えようとした。
なに――と戦慄する。男の姿がない。

5

「――チャールズ」

同じ部屋にいる何人もの声に背中を押されるように、忠輔がついに口を開いた。

「では、一生のお願いだ」

その場にいる全員が息を呑む。

「村松さんと安珠を助けてくれ。ただし、王超を殺さずに」

ゴーシュの目に、狂おしい希望と疑うような暗い光が同時に灯る。

「……先生？」

美結は思わず言った。妙手？　いや、ただの我が儘だ。

『そんな虫のいい願いをぼくが聞くとでも？』

案の定、呆れた声が返ってきた。

「友人としての頼みだ」

　忠輔は臆面もなく言った。水無瀬の顔に笑みが浮かぶ。この男は、意表をつかれるのが何よりも好きなのだ。

「そして、その力があると見込んでのことだ。君のジャイロは殺人兵器じゃない。人を懲（こ）らしめるための武器を搭載してるんだろう？　君は殺し屋じゃない。君が信じた正義をなすために、Ｃとなった」

『王超（ワン・チャオ）に限っては、殺すのが正義だと言ってるだろ』

　チャールズは逆上した。

『ぼくのリストをよく見ろ！　ＡＡＡ（トリプルエー）。この判定は覆（くつがえ）らない』

　忠輔は黙る。少年の声が畳みかけた。

『殺すか。放っておくか。二つに一つだ』

　最後通牒（さいごつうちょう）。美結は、祈るように忠輔を見つめた。

　絞り出すような声が落ちる。

「……殺すことに、頷くことはできない」

『相手がどんな悪でも？』

「そうだ」

『愛する人間が殺されそうでも？』

「…………」

6

井上は気が気ではなかった。

小西がCと一緒にいる、と美結に聞かされた時は、部下の手前冷静さを装ったが心臓が止まるかと思った。しかも爆弾のスイッチで脅されているというではないか。いったいあいつはどうしてそんな羽目に陥ったのか。

ともかく今、自分の部下が命を懸けて大犯罪者と対峙している。駆けつけたい。Cを確保してあいつを助けたい――だが強行犯係は出払っている。部下たちはみんなそれぞれの場所で懸命に戦っている。署に残っているのは自分一人。

井上はC＋小西捜索隊結成を直訴しに行った。状況を鑑(かんが)みて、捜索は自分の指揮に託されることになったと説明しても、六川(ろくかわ)刑事課長からは鈍い反応が返ってくるのみ。管区内の住人から続々と持ち込まれる相談や苦情の嵐で頭が完全にパンクしていて、人を割くのを渋るほどだった。事の重大さを全く理解しない上司を見限り、井上は独断で人員をかき集めた。出払っている人間が多い中、交通課や組対係や生活安全課にも声をかけてどうにか総勢六名の捜索隊を組織する。二人一組になり、それぞれ覆面パトカー三台に分乗した。

しっかりやらなくてはならない。水無瀬が各所を説得してくれたのだ。井上には感謝しかなかった、直属の部下を危地から救いたいという思いは確かに、誰にも負けない。どこかから横槍が入る前に小西を見つけ出したかった。Cを捕らえたかった。

「福山はどうした⁉」

馬鹿の一つ覚えのように同じ名前を連呼する北畠署長に背を向けて、井上は捜索隊を出動させた。かつて負った怪我がどれだけ深刻かよく知っている井上は、福山に無理をさせる気など毛頭ない。どんな非常時であっても、精密検査の前後はそっとしておきたかった。少し前に届いたメールが、なおさら井上の意志を強固にした。

――申し訳ありません。今は動けませんが、できるだけ早くそちらに駆けつけます。

福山らしい律儀さだった。井上は「無理をするな」とだけ返した。頼もしい部下にそばにいて欲しい、という思いを打ち消して直ちにTRT周辺の捜索に入る。小西の乗るスズキのSX4のナンバーは捜索隊全員が当然わきまえている。発見したら無線で連絡、気づかれぬように包囲することになっている。井上の乗るアリオンの運転を買って出たのは交通課の巡査、米本だった。非番のところを呼び出された米本は普段は白バイ乗りで、爽やかな見た目のおかげもあって女子署員に人気がある。だが本人はいたって嫌味のない真っ直ぐな青年だった。井上に事態の深刻さを聞いて、ハンドルを握る手が少し硬い。

「野次馬がすごいですね……」

浅草通りを流しながら、米本は思わずぼやいた。確かに想定以上の人垣だ。ちらほらと車道まで溢れ出してきて危ないことこの上ない。かつてない異常事態が都民から冷静さを奪っている。

　だがこの事態を引き起こした当人が、まさにこの辺りにいるというのだ。

　警察庁の上層階で佐々木忠輔から聞いたあのイギリス人少年が、目と鼻の先に……どうにも実感を持つのが難しいだけに、井上はこの手で捕らえたい。この目でその顔を確かめたい。だが少年はとてつもない天才児。何を考えるか分からない。

　長い刑事生活の中で一度も感じたことのない張り詰めた気持ちに襲われながら、井上は見える範囲をくまなくチェックしてゆく。車、そして人。見覚えのあるものは絶対逃さない。そして——また心臓が止まりそうになった。

　北十間川と浅草通りの間にある路地を進んでいると、見覚えのある車が目に入ったのだ。だがナンバーが霞んでうまく読み取れない。

「発見しました」

　米本が先に言った。さすが若者は目がいい。

　間違いない——小西のＳＸ４が駐まっている。

　あの大柄な部下にとってはいささか窮屈なあの車に、意に反して閉じこめられているのか。少年テロリストに脅されて。

「……全車に連絡。対象車を発見した。包囲だ」

井上は無線で捜索隊の仲間に連絡した。声の震えを隠す気もしない。

「念を押すが、Cは爆弾使いだ。くれぐれも気づかれぬよう、距離を保って監視。気取られるな。もし対象車が動き出したら、決して逃(のが)すな」

7

村松は恐怖に駆られて辺りを見回した。いつの間に消えた？ ほんの数秒、目を離した隙に王超(ワン・チャオ)はいなくなった。兄との会話に気を取られていた安珠も、王超の姿がないことに気づいて顔色を変える。

「動きましょう」

村松は安珠に耳打ちした。一つの場所にいるのは危険だ、動いた方がいい。安珠は察しよく頷く。村松は自分のパソコンを見て数秒の間、迷った。だがこれを抱えていくのは無理だ、とっさに銃を構えることができない——ここに置いていく。柱の陰にパソコンを置いて目立たないようにした。ただウェブカメラの首を目一杯伸ばし、できるだけ広い範囲を映すように調整してから、その場を離れた。安珠を連れて移動を開始する。もはや一瞬たりとも気が抜けない、向こうはどう出る？ だがいくら見回しても視界にあのマスク男が入ってこない。トイレか？ でなければ、このドーナツ状の展望台の反対側の方。福山と鉢合わせしやしないか？　不安は際限なく膨れ上がる。背中に触れている手から、安珠の緊張を感じた。村松は自分の身体が盾になるように気をつけながら窓際に寄っていった。風景を眺めるふりをしながら電話を取り出す。福山に警告するのだ。

電話帳を開いて福山の番号を選ぶ。いやメールにするか。迷っている間に電話は手から叩き落とされた。ハッと振り向く。

男が立っていた。

8――王の本領

私の目の前に佐々木の妹がいる。驚愕（きょうがく）の目で私を見つめている。

むろん顔はよく知っている。爆弾を送るために佐々木の家族のことは調べ上げた。そして隅田公園でも直接顔を見た。黄（ファン）の娘の処刑を食い入るように見つめていた――あの火刑はこの女を魅了したようだ。

数分前にCから届いたメールによって私は震撼（しんかん）した。

――佐々木忠輔の妹と、護衛の刑事が展望台にいる。もう気づいてたかな？　お前の正体を知っている。お前を捕らえる気だぞ！

三日前に隅田公園にいた腰抜け刑事が、この展望台に居合わせていることは少し前に気づいていた。大いに気分が悪くなったが私は取り乱さない。気づかれぬようさりげなく観察し、帽子を目深に被ってはいるものの、佐々木忠輔の妹らしき女が傍にいることもしっかり確かめてあった。私は隅田公園では顔に特殊メイクを施していたし、今はマスクをしている。気づかれるはずがない。そう考えて自分を安心させていたが……やはり全てはCの謀略だった。特殊部隊より先に差し迫った脅威を用意するとは……小兎崽子（シャオツゥザイジィ）！　迷っているヒマはない、ともかく順に潰すと決め、容易に隙をついて背後を取った。この期に及んでは襲い来る火の粉はことごとく振り払う。そして私に仇（あだ）なす者に倍返しをする。愚弄する者に私の力を見せつけ後悔させる。あの餓鬼は何を考えているのだ、こんな連中は特殊部隊に比べればずっと扱いやすい。護衛のこの刑事など素人のようなものだ。

私は決めた――この二人を龍の餌食（えじき）にすると。

Cへの返礼だ。しかも今回は生中継の準備も整えている。テクノロジーが処刑そのもののポテンシャルを最大限に昇華させてくれるのだ、だからこそ失敗はしたくない。手際よく確実に完遂する。無駄遣いをするなという皇の戒めは耳にこびりついている。一日あたりの照射量は限られる、効率を考えろ。

まさしくその通りだ、処刑には美と達成感が何より重要。首が飛ばずに、皮一枚身体にくっついたギロチンを誰が喜ぶ？　生焼けのまま、罪人がいつまでも死なない火あぶりを誰が美しいと感じるだろう。正しい場所に充分な時間、罪人を置く必要がある。だが私にはそんなことは簡単だ。既に一人成功させているのだから。

私は素早く龍の卵を取り出した。あの皇が私にこれを下賜したのはなぜだ？　完璧な処刑が必要なのだ。最も優れた処刑人を必要としている、常にそれを欲していることは皇の来歴を知れば明らかだった。つまり成し遂げれば、私は必然的にもっと皇の側に行くことになる。それは同時に、私を切り捨てた祖国に近づくことでもある。まさに捲土重来。自分がかつてない英傑だと証明できれば誰であれ私を欲しがる。何より私自身が、処刑人の道を極めたかった。果断なる力の象徴となりたかった。

さあ――新たな処刑の開始だ。史上初、高度三七〇メートルの火刑を行った者としても私は歴史に名を残すことになる！

9

村松は妙に冷静に自分の死を悟った。拳銃を取り出して突きつけるのがどう考えても間に合わない、対して相手は野生の獣のように素早い。巧みに他の人間に隠れながら近づいてきたらしい、相手の腕が自分の手を捕らえ凄い力でねじり上げるのを頭だけが冷静に把握していた。なんとか取り出した村松のM37はあえなく床に落ち、相手の爪先がしなやかに弾いた。床を滑って行く。一瞬で戦闘不能に陥り、警護対象の安珠は視界の隅にいる。立ち尽くしている、驚きで声も出ないようだ。

命の危険を感じる本能の戦き（おのの）とは別に、村松の頭脳は鋭く問いを発していた。男の容貌が少し変わっている、マスクを外し今度は眼鏡をかけている。なぜだ？　顔の様子が少し変わったところで服装は同じだ、これで変装したつもりなのか？　しかもその眼鏡……見覚えがある気がした。そうだ、隅田公園のサラリーマンがかけていたのと同じ型。やはり同一人物……村松は鋭い刃物が現れるのを予想した。突きつけられる、あるいは即座に自分に突き刺さる。

だが村松の目の前に現れたのは、ナイフでも拳銃でもなかった。形は銃に近いがもっと小さい、見た目が白く滑らかなのでおそらくプラスチック製、そして——銃口の代わりに細い針が突き出している。全く理解不能。

「小日本の犬め」

恐ろしい日本語が聞こえた。

「龍に喰われろ」

純粋培養された悪意を感じた。明らかに、相手を震え上がらせるため。そして村松は震え上がった。鋭い針が頬をかすめる、捕らえたのは耳……村松は悟った。ああピアッサーだ、耳に打ち込むのだ死の印を、美結さんが言ってた照射マーカーだ隅田公園の燃える人型、あれだおれはああなる……火あぶり。

鋭い痛みが耳に訪れると思いきや、村松はぐりりと床に引き倒された。

「福山さ……」

安珠の声。村松はハッと床から見上げた。村松を引き倒した手が離れ、福山寛子が被っていたキャップを捨てるところが見えた。油断なく腰を落とし、絶妙な間合いで中国男と睨み合う。相手は素早く後退した。その手には恐ろしい死の針——村松は瞬時に絶望に駆られた。福山は銃を持っていない！　今日は非番だ、持ち出しが許されない。そして村松の銃はどこかへ飛んでいった……だが福山のフットワーク、身体の軽さを見て希望が湧き上がる。どう見ても病院通いをしている人間のものではない。細い四肢がゆらゆらと動きまるで無駄がない、相手のどんな攻撃にも対応できる、同時に相手の隙を狙っている。村松は初めて知った、福山は戦士だと。

中国男の目が光った。相手の技量を見極め、即座に対応を決めたのだ。

「動くな」

男の結論はシンプルだった。その手には小さな、しかし間違いなく本物の拳銃が握られていた。

「両手を挙げろ」

肉弾戦は避ける。火器で言うことを聞かせると決めたのだ。ピアッサーを右手に持ったまま、左手で福山に銃口を突きつける。

福山は動きを止めた。命令通りにホールドアップする。

「もっと窓に寄れ！」

銃口が促すのに従って、福山はガラス窓の方へ動いた。村松は恐怖に駆られる。福山さんに何をする気だ？

「向こうを向け」

中国男が命じた通りに福山は背を向けた。そこへ、音もなく王超（ワン・チャオ）が近づいてゆく。あだめだ……村松は絶望するが、福山の背中が張りつめている。むしろチャンスだと村松は直感した。福山は王の動きを予測している。すかさず反撃に移るつもりだ——

次の瞬間バチン、という音がした。

福山が驚いて手を引っ込める。二の腕から血が流れ出すのが見えた……中国男が素早くピアッサーを使ったのだ。あまりに予想外な攻撃に福山も対処できなかった、あの死のピアスがいま福山に！　そして福山は照射マーカーのことを知らない。

「福山さん！」

村松は本能で動いた。床から飛び上がって福山に殺到する。それをすかさず中国男の右手が迎えた。村松の目の前にピアッサーが迫る、やはり通常のピアッサーではない耳たぶのみならず身体のどこにでも打ち込めるように改造されて――こんな激しい恐怖は感じたことがなかった、男の左手にある拳銃の方が差し迫った危険なのに、男には自分たちをあっさり殺す気がない火あぶりにしたがっているだがあのピアスだけは打ち込まれたくないあんな死に方は嫌だ――中国男は笑っていた。恐怖に身をのけぞらせた村松の様子を楽しんでいる。村松は生まれてから一度も感じたことのない激情を覚えた、この男だけは許せない殺す、よりによって今度は安珠の方にピアッサーを向けたのだ！　安珠が顔を背ける、気丈にも伸びてきた手を払いのけた。

村松は無我夢中で身体をひねり安珠に向かった。自分の身体を盾にしようとした。それは果たせなかった。安珠と王の間に立ちはだかったのは福山だった。死んでも守ると目が燃えていた。その迫力に男が呑まれた、福山はその瞬間を逃さない。巧みに左腕を巻き込んで引き倒しにかかる。何という手練(てだ)れ、福山は体術の名人だ――

またバチンという音がした。

倒されながら、王は抜け目なくピアッサーを福山の首筋に触れさせていた。王の右手が離れた瞬間、血がぶわりと一筋流れ出す。首を押さえた福山から中国男は素早く逃れ、立ち上がった。興奮し切った顔がてらてらと輝いている。ポケットの中に右手が入った。左の手の拳銃は火を噴かない。王はポケットの中で何をしている？

「吐火(トゥフォ)」

男は言った。村松に意味は分からなかった。だが何が起こるのかは分かった、分かってしまった。毎夜追い払っていた悪夢がいま目の前に甦る……しかも今度は見も知らぬ他人ではない！　何があっても自分を助けてきてくれた先輩。あわわわわと村松は言った、どうしたらいいのか分からない。パニックのまま村松は福山に飛びつき、腕と首に打ち込まれたピアスを取り去ろうとした。これさえなければ燃えることはない、今なら間に合う急げ――異様な熱を感じた。肌が熱に反応し、思わず手を引っ込めてしまう。ああ――

ピアスが白く輝いている。

血に染まっていたはずなのに、とっくにその血は乾いて蒸発し強烈な熱を発している福山の肌の色が変色し、そして微かに蒸気が――村松は夢遊病のように王超（ワン・チャオ）を見た。見覚えのあるものを手に持っていた。理解できない、なぜおれのパソコンを持っている？　こっそり置いてきたつもりだったがばれていた。ウェブカメラのレンズは、福山に向いている。火あぶりを中継する気だ――

その歪みきった笑みに、村松の頭はガンガン鳴った。完璧な悪が目の前にいる。

殺したい。今すぐに。

10

最初に気づいたのは辻技官だった。

「村松巡査のウェブカメラの映像が……変です」

美結は振り返ってモニタを見た。そこに映っている人間に気づいて叫ぶ。

「福山さん⁉」

間違いない。華奢だが、しなやかな鞭を思わせる身体つき。そして射るような眼差し。

「どうしてここに……」

続いて異様な戦慄が背筋を刺す。福山は首の辺りを押さえている……血が流れているようだ。押さえている腕からも血が流れている、しかも不自然な光の点が画面に滲んでいる。

カメラの具合だろうか？　レンズに光が反射してそう見えるのか、いや——

「あれ、まさか……照射マーカーか⁉」

雄馬が口走った。

「んなアホな」

水無瀬がモニタに駆け寄ってくる。

「どっからレーザーを飛ばす気や？　地上三七〇メートルやぞ」

次の瞬間、顔色を変えた。

「上や！……真上」

ハッ、と雄馬と美結は水無瀬を見る。

「衛星兵器！　レーザーは宇宙から来てる！」

「まさかそんな」

「早く村松巡査に知らせろ！」

その村松が画面の中に現れた。カメラが少し引いたのだ。村松は福山のすぐ脇にへたりこみ、絶望に目を飛び出させている。

「おい、これを撮ってるのは……」

「王超（ワン・チャオ）だ」

雄馬が絶望の叫びをもらす。

「また……人体発火……」

佐々木忠輔が椅子から立ち上がった。魂を奪われたようなその顔――

「安珠！」

妹の名を呼ぶ。それに答えるように、画面の中に安珠が飛び込んできた。

11

「くそ、どうなってる？」

小西が食い入るように見ているのはＳＸ４のカーテレビ。チャールズがタブレットＰＣで見ている映像が転送されていた。展望台の監視カメラ映像だ。天井辺りから展望台内を俯瞰している。今まさに、窓際で数人が睨み合っていた。その中の一人を見て小西は仰天した。

「何で福山さんがいるんだ⁉」

しかも苦しんでいる。身体に、不自然な白い光が灯っている。

「……また火が」

絶望の呻きが洩れた。

「福山さんがやられる！　村松助けろ！　何やってる！」

「チャイニーズドラゴンが発動した」

チャールズが戦くような声を上げた。

12

「ネットでも生中継されています！」

坂下技官が声を裏返して報告した。水無瀬が振り返ってインターネットの画面を確かめる。

「どこの局だ？」

「ドメインはアメリカですが、おそらく無認可の違法ドメインでしょう。ＵＲＬは各機関に一斉送信されてきました。一般掲示板にも送られて拡散している模様」

「王（ワン）のヤツ、同時中継を……」

美結は雄馬の声に、紛れもない憎しみを感じた。

「でも、スカイプの映像が繋がってるのはここのはずです」

私は案外冷静に喋っている、と思った。泣き叫んで解決するなら美結はそうしていただろう。仮に刑事でなかったらそうしていた。だが背筋に一本入った芯がそうさせなかった。

「どうやってネットに映像を？」

「また隠しカメラを使っとるんや」

水無瀬が指摘した。

「この映像……ちょうど目線の高さや。眼鏡にカメラでも仕込んどるんちゃうか？」

美結は頷く。安珠の描いた隅田公園の細密画……ベンチのサラリーマンは眼鏡をかけていた。あの男はあらゆるツールを使って見せつけたいのだ、自慢のレーザーによる火あぶりの刑を、世界中に。

そのとき、ネット映像の画面にテロップが出た。英語だ。

All rebels die like this.　by Charles Dickinson a.k.a."C"

全ての反逆者はこのように死ぬ——チャールズ・ディッキンソン。またの名を〝C〟

Cのフルネームが、いま全世界に知れ渡った。閉じこめられたスパイの鮮やかなカウンターパンチ。Cの支配するタワーで、Cの名において火刑が執り行われる——

美結はごく静かに、何よりも明確に、感じた。自分の中に。

生々しく脈打つ殺意を。

13

「ワッツ⁉」

技官の声を聞いたチャールズがすかさずインターネットを確認した。小西の見ているカーテレビの映像も切り替わる。そして――テロップ。

All rebels die like this. by Charles Dickinson a.k.a. "C"

チャールズは叫んだ。

「*You want to disgrace my name so much?*」

「抜かったな！　このままだとお前のせいになるぞ」

小西はここぞとばかりに言う。

「あんなクソッタレスパイを放っとくからだ。お前のタワーで公開殺人、お前の本名が世界にさらされた」

「………」

「許すのか。お前の名において、火あぶりを」

チャールズがタブレットPCを凄まじい勢いで操作する。

「なんだ、ハッキングか？　通信の邪魔か。それよりレーザーを止めろ！　福山さんが死んじまう！」

「神龍（シェンロン）は厳重にブロックされてる。ぼくもハックに成功していない」

「じゃあどうする⁉」

「バディ。君のアイディアを採用するよ。それがいちばん手っ取り早い」

「――ジャイロか」

小西は、ウインドウから顔を出して見上げた。舞い飛ぶ光が急激に展望台に近づいてゆく。

「早く突入させろ！」

小西は急かすが、チャールズは首を振った。

「いま飛んでるのはエースじゃない。フル装備のエースを、基地から出す」

「なんだと？……急げこの野郎！」

14

紛れもない焦げ臭さ。地獄の始まり。

村松はもはや指の感覚を失っていた。福山に打ち込まれたものをどうにか取り出そうとして果たせない。触れている時間が長いほど信じがたい熱さが襲うのだ、見えないストーブが直に肌に触れるような感覚だった。既に指全体が赤く腫れ上がっている、だが福山はそれどころではない――村松は意識が朦朧とするのを感じた。ドンと何かが身体に当たる。

村松を押しのけて福山に飛びついたのは佐々木安珠だった。被っていたキャスケット帽はどこかで脱げたらしく、白くて端整な素顔が露になっている。

ヘッドセットから安珠！　と呼ぶ美結の悲鳴が聞こえた、先輩もこの光景を見ている、自分と衝撃を共有している……安珠はぐったりしている福山を抱いて引っ張っていこうとした。どこへ？

「窓から離して！」

安珠は村松を見て言った。その声が村松にスイッチを入れた、安珠は正しいと確信したのだ。この人には見える、福山さんを焼いている火が。安珠が右肩、村松が左肩を持ち福山の身体をガラス窓から離す。壁の方へと引っ張る。

王（ワン）が視界に入った。抱えていたパソコンを捨てて拳銃を向けてくる。

村松はすかさず盾になった。安珠と福山に覆い被さる。考えずにやれたことが微かに嬉しかった。誓いが自分を動かしているのを感じた、おれは安珠さんを命を懸けて守る――そして先輩も。

両手を広げたのは面積を広げるためだった。弾が自分に当たる確率を高める、二人を包み込め立派な盾になれ。

銃声。そして、衝撃。

15

梓と陣内はハッと目を見合わせた。

銃声が聞こえた。閉ざされた鉄扉のこちら側にいても、銃声を聞き違えることはあり得ない。先発隊リーダーの鳥飼も緊張に身を固めている。即座にインカムで指揮車に説明した。

「こちらミト、展望台内で異常発生。銃声らしきものを聞き取りました」

「中の様子は⁉　どうなっていますか」

梓も訊いた。航空隊のカメラが何か捉えていないか？

一拍遅れて、棚田部隊長の声が届いた。

『——不審者が発砲した模様だ』

全員が背筋を伸ばした。全身に緊張を漲らせる。

「突入許可をください！」

鳥飼が叫ぶ。

『待て……間もなく本隊がそこに……』

「人命が危険にさらされています！」

指揮車が沈黙した。

先発隊は、決死の顔でお互いの覚悟を確かめる。

16

四角いモニタの中で起こっている出来事は地獄だった。

美結は自分の足がしっかり立ち続けているのも不思議だったし、自分に意識があってモニタを見つめていることも不条理にしか感じられなかった。大切な仲間たちが傷ついてゆく。福山が照射マーカーを打ち込まれレーザーを浴びている、あわてふためく村松を押しのけて安珠が福山の身体をガラス窓から引きはがした。安珠にはレーザーが見えている、ほぼ真上から来る殺人光線を避けるためには窓から遠ざかることだと気づいたのだ、村松も安珠を手伝おうとした、だが王(ワン)がそれを黙って見ているはずがなかった。ウェブカメラの画像が一瞬でひっくり返り三人の姿が消えた。直後に、銃声だけが届く。

誰か撃たれた。おそらくは、二人を守ろうとした村松が——だが正確には摑めない。ウェブカメラの映像は横倒しになって床を映したままだ。意味をなさない、あわててネット中継の方に目を移す。*by Charles Dickinson* のテロップを貼りつけたままの画面が動いている。振動でブレながら前に進んでいる、王が歩いているということだ——近づいてゆく。

床に倒れている三人に。どんな下世話なホラー映画でもこんなひどい場面は見せられたことがない、と美結は虚ろに思った。しかもこの光景は世界中の何億人が同時に見ている。目の前で大切な人間が一人一人、命を奪われるとしたら——正気を保てるか。

無理だ。

目を逸らしたい、だが見続けなくては……今すぐ飛んでいきたい地上三七〇メートルに、頼む助けてくれ誰か三人を……

「ＳＡＴを突入させてください！」

雄馬が叫んだ。技官に連絡させようとしている、いや——雄馬は天井を見上げている。監視カメラを通じてモニタリングしている、長官室の野見山に伝えているのだ。長官の命令があれば特殊部隊は即座に突入する。水無瀬もそれに気づいて叫んだ。

「野見山さん！　今すぐ突入や。頼む！」

『まだ態勢が整っていない』

天井のスピーカーから声が届いた。

「……長官？」

野見山が直接返答を寄越したのだ。

『本隊が、展望台に達していない』

「本隊がまだ？　しかし」

『先発隊は到着しているが、あくまで偵察要員だ……経験がない』

「このままでは仲間が殺されてしまいます！」

美結は声を張り上げた。

沈黙が返ってくる。

17

『先発隊、突入せよ』

唐突に命令が届いた。棚田の声は緊迫している。

「部隊長？」

『……長官命令だ。二人の警察官と、護衛対象の女性が危険にさらされている』

「三人？　警察官は二人ですか」

一人増えている。だが棚田はそれには答えない。

『今すぐ突入してテロリストを確保しろ』

「了解！」

願ってもない命令がついに下った、あのスパイを倒すのだ——瞬時にお互いの顔を確認する。全員が準備万端だった。

「よし、ＲＤＸに点火する！　後ろに下がれ」

プラスティック爆薬の起爆スイッチを握っているのは箕輪。爆発物取扱いのエキスパートだ。箕輪がＯＫを出す地点まで階段を下り、伏せた。

「点火」

スイッチを押した途端、鋭い光が扉の隙間で炸裂した。展望台の客に被害はなく、しかし扉を開けるには充分な威力。計算通りだった。隙間がみるみる開き、人が通れる大きさになる……成功だ！　鳥飼隊長が飛びついて一気に扉を引き開けた。そして自ら突入してゆく。

箕輪がすかさず後に続く。五秒待ってから、陣内と梓が後に続く段取りだった。梓は頭の中でカウントした。五秒になる寸前に、耳をつんざく音がした。

18

美結の目の前でぶれていた中継映像が、仲間たちの姿をはっきり捉える。

三人は捨てられた子猫の兄弟のように、丸まって身を寄せ合っていた。福山も安珠も頭を振ったり腕を動かしている、だが村松だけはぐったりしたままだ。やはり撃たれた――弾はどこに当たったのか。それを、粗い画面で確認することはできなかった。白い骨張った腕がいきなり現れ、迷いなく福山に向かう。福山の腕を摑むと力ずくで引っ張り出した。美結の胸の底が凍る。

「火あぶりの続きをやる気か」

水無瀬がわないた。マイクが声を拾っていることに気づいて口を押さえる。村松と安珠を絶望させたくない、しかし……

「また窓の方へ……レーザーに当てる気や」

画面に安珠の顔が大写しになった、嚙みつかんばかりに激しい表情だ。王につかみかかった！　だがその顔はたちまち蹴り飛ばされた。安珠はもんどり打って画面から消える。

「安珠！」

サイバーフォースに起こる叫びは虚しく消えるのみ。そして今や、画面の中にいるのは一人だけだった。福山は死んではいない……目蓋がひくつき、眼球が細かく動いている。だが視線は虚ろ。特に首のマーカーが発する熱がひどいダメージを与えているに違いなかった。

「福山さん！」

「ちくしょうっ、SATはまだか？」

嘆きも怒りも虚しいだけ。引き摺っていく腕が福山を引き起こし、上半身をガラス窓に立てかけた。まるで壊れた人形を弄ぶように。そして直ちにピアスが輝き出した、宇宙兵器が大出力の光線を放つ……今度こそ火が出る、福山は燃え上がってしまう！　最悪なことにカメラが福山の顔にズームした。

次の瞬間、カメラが大きく揺れる。

19

頭が朦朧としている。おれは出血しているようだ……どこからかはよく分からない。腰から下の感覚がないのだ。だから立てない、身動きすらままならない。ヘッドセットからはあわてふためく声が聞こえる、ＳＡＴがどうとか言っているが意味が分からない。

おれは失敗する。

村松は悟り、絶望した。男になれない、自分も警察官だと証明することはできなかった……遠のく意識を引き戻してくれたのは、爆発音だった。光は見えない、音と振動だけが伝わってきた。どこで爆発が？　村松はハッと頭を上げた。王超（ワン・チャオ）は爆発を気にしていない、それどころではないようだ。喜悦の笑みが歪んでいる。眼鏡が顔からずれている。村松は気づいた、あれもカメラだ——生中継。この男はおれたちをいたぶり、縊（くび）り殺す様を世界中に流している……悪鬼の所業、どんなに憎んでも憎み足りない……その悪鬼の腰に誰かがしがみついていた。王の腿（もも）に何かが突き刺さっている、鈍い光——ナイフだ。おそらく腹に突き刺そうとして、とっさに王に避けられた。SATが間に合ったのか⁉　いや違う、特殊部隊のアサルトスーツを着ていない、ワイシャツにスラックス……誰だ？

王は身体を入れ替えて、腰にしがみつくその男を突き倒した。

床に仰向けに倒れたのは、白髪交じりの五十代ぐらいの男。

王は拳銃を向ける。怒り任せに撃った。

床の男はたちまち動かなくなる。

わあっ、いやあっという悲鳴が上がった。客たちが遠巻きに見ていたのだ、蜘蛛（くも）の子を散らすように逃げる。いま撃たれた男は、客の一人か？　王に刃向かってくれたのか。だが刃物を持っていたとは……普通の見物客はそんな物を持っていない。たまたまか？　いや――村松は腑に落ちた。Cのシンパだ……王超は新リストのAAAに輝く男だ。その顔写真を目に焼き付けているシンパが偶然にもここに居合わせた。ツイートで複数の目撃証言も確認したかも知れない、そして目の前に抹殺すべき標的がいると確信した、我こそが忠実に抹殺指令を全うする――そう決意して行動を起こした。勇気を振るって刃（やいば）を突き立てた。暴虐男が顔からマスクを取ったのは失策だ、眼鏡だけでは変装とは言えない。

王は腿から一気に刃物を抜き取った。

苦痛に顔を歪めたが、声は洩らさない。

そして、ずれていた眼鏡をかけ直した。自分が殺した男をじっと見下ろす。

20――王の過怠

ようやく処刑を続行できることを私は悦(よろこ)んでいた、標的は変わったがむしろよかった。生贄(いけにえ)の格が上がったのだ。日本の警察にもごく稀に肝の据わった者がいる――しかも女だ。だが私を一瞬でも震え上がらせた人間は長生きしない。反逆者の中の反逆者だ、よって火刑がふさわしい。首尾よく二カ所に卵を植え付けるとすかさず鞭を振るった――すなわち、遠隔装置のスイッチを入れた。地上七〇〇キロメートルに浮かぶ無慈悲な龍に指令を送ったのだ。

だがすぐにスイッチを切る羽目になった。処刑の邪魔が入った。認めたくはないが……私は油断していた。まだ特殊部隊は到着しておらず周囲には一般の客しかいない。警備員の姿は見えず、係員にはその勇気があるとは思えない。だが誰がかかってきても構わなかった。私の背後を充分な殺気と共に襲える日本人などここにはいないと高を括っていた。だが、いたのだ。骨のあるシンパが……間違いなかった。あの餓鬼の制裁リストは機能した。たかがひ弱な一般庶民の分際で私に傷をつけることに成功したことは褒めてやろう。おかげで別の処刑を世界中に届けることになった。何の面白みもないありふれた殺処理、銃殺を。こんなものは美しくもなんともない。

さあ、ようやく本物の処刑を披露することができる。全人民よ目を開けてよく見ろ！

21

「チャールズ、お前」

小西はカーテレビの光景に愕然としながら問うた。

「シンパを使ったのか？」

答えがない。小西はバックシートを振り返った。

「サイトやツイートに上げたのか？　王超が展望台にいること。それで、展望台にいたシンパが……」

チャールズは否定しない。だが、その顔にはいまや玉のような汗を幾筋も走らせている。違う、こいつは予期していなかったんだと小西は悟った。こいつ自身が目まぐるしく変わる状況に翻弄されていた。支配するのは慣れているが、自分のコントロールを超える事態には弱い。

「お前のシンパは殺られたぞ！」

小西は責めるように言った。王が今、その目に映し出しているのは無惨な射殺体だ。

「放っておくのか？　早くジャイロを突入させろ！　あの狂った工作員はもっと殺すぞ、

爆薬を使う！　みんな死んじまうぞ！」

「シャラップ」

チャールズの目は据わっていた。

「エース機の準備ができた。突入させる！」

タブレットPCをなぞる指が繊細に動く。

22

閃光が目を射る。梓はとっさに目を閉じた。

再び目を開けると……煙。突入口にもたれかかるように鳥飼と箕輪が倒れている。トラップだ！　扉が開いて数秒で爆発する仕掛けになっていたのだ。梓と陣内は先輩たちに飛びつきながら臍を噛む。あの中国人の仕業に違いない——

「大丈夫ですか⁉」

「しっかりしてください‼」

梓が抱きかかえた鳥飼は目を開けていた。息はある、意識もある。だが鼻からの出血が止まらない。

「ごふっ……俺は、大丈夫だ……任務を優先しろ！」

鳥飼は自分の血に溺れながら叫んだ。意外に強い力で梓の身体を押す。

「倒せ、テロリストを……仲間を救え」

はいっ、と答えるしかなかった。梓はそっと鳥飼を床に横たえる。振り返ると陣内が首を振って寄越す。箕輪は、駄目か……陣内は梓を近寄らせず、箕輪を床に横たえると飛んできた。鳥飼を見下ろして言う。

「リーダー、待っててください。任務を果たしてすぐ戻ってきます」

「早く行け！」

床から叱咤が返ってきた。ＳＡＴたるもの、仲間より一般市民の保護を優先せねばならない。非情と言われようが、任務中は負傷した人間の方が悪いのだ。自助努力が鉄則。鳥飼隊長は立派にそれを実践している。重傷でないことを祈りながら、梓と陣内は扉を潜り展望台に飛び込んだ。周囲に目を配り、他に異常やトラップがないか素早く確認する。何も見当たらない。幸い、見物客も近くにはいなかった。だが爆発を聞きつけて集まってくる。見慣れない戦闘服を見てそれぞれの反応をした。悲鳴を上げる者、助けが来たと喜ぶ者……

「ミト、アナンが負傷！」

陣内がインカムで報告した。

「トラップにやられました。ソード、ジョーは突入に成功。対象を捜索します」

『気をつけて捜索しろ』

棚田の声に感情は聞き取れない。だが動揺を押し殺していることは伝わってくる。

「テロリストの現在位置は？」

『そこからはちょうど反対側だ』

「行くぞ！」

陣内が号令をかけた。梓は頷く間も惜しく駆け出す。

23

村松の目に最悪の光景が映った。

王超（ワン・チャオ）が見物客に銃を向けたのだ。そして撃つ。一発。二発。恐怖に駆られている。どれがCのシンパだ、いつ自分を襲ってくる……疑心暗鬼でパニックになっている。

村松は福山に目を移した。ガラス窓に凭（もた）せかけられた福山は朦朧としているが、さっきより頭や手が動いている。腕はマーカーを中心に火傷（やけど）したてのように赤黒く変色しているが、焦げたりはしていない。今はレーザー照射が止まっているのだ。だが銃で見物客を好きなだけ蹴散らせば、戻ってきてまたスイッチを入れる。そうなれば福山さんは今度こそ助からない……動け！　自分の身体に命令した。村松は指で床を掻きむしった、動け動けおれの身体……

動いたのは佐々木安珠だった。したたかに蹴られた頬は腫れ、口元が切れて血が流れているがものともせず、再び福山を救おうとガラス窓に向かってゆく。

それに気づいた王（ワン）が安珠に銃を向けた——村松は今度こそ気を失いそうになる。

ぶわわわわわわわんという音が耳を圧迫した。失血のせいで脳が幻覚を見せているのだと村松は思った、こんなことはありえない……展望台を覆うガラス窓全体が振動している。やがてビシリという破裂音とともに巨大な蜘蛛の巣が現れた。同心円状に罅（ひび）が入ったのだ。その蜘蛛の巣の向こうに浮かぶ光……ふわりとこちらを覗き込んでくる異次元の生物のようなもの。ガラスを破って侵入してこようとしている！

これは夢でも幻覚でもないと村松は悟った。Cのジャイロだ、警察庁の強化ガラスが破られたことは村松も聞いていた。だがこのタワーの強化ガラスはそれを上回る、何層も重ねられたガラスに特殊な接着剤やフィルムも挟まっているはず。そう簡単に壊せるはずがない——実際、罅は入っていても崩れて穴が空く気配がない。この展望台のガラスはまだしっかり外と内を隔てている！　音響兵器は共振現象でガラスを破壊することはできても、間に挟まっているフィルムや接着剤は壊せないのだ。無理だ入ってこられない——ガツン、と音がした。

突き破ろうとしている。体当たりで強引に押し入ろうとしているのだ。ぶつかる度に罅が広がってゆく。執念を感じた、ガラスを隔てたところにいるジャイロの。いや、その後ろにいるCの。この狂乱を引き起こした男へ襲いかかろうとしている、シンパを殺した悪鬼を殺す気だ傷だらけになってもくぐり抜けようとしている、それを王が呆然と見ている。よろめいている――執念を感じて震え上がっている。頼む――村松は祈った。

Cよ、この男を殺してくれ！

24

美結は、王超（ワン・チャオ）の目を通して見ていた。チャールズの執念を。

王超がかけているカメラ付き眼鏡が捉えている光景は鬼気迫るものだった、ジャイロが突入してくる、チャールズの名で火刑をしシンパを撃ち殺した男に制裁を下すために。美結は一瞬だけ忠輔に目をやった。みんなと同じようにモニタに目を奪われている、その目に宿る感情を美結は読み取れない。彼を理解することは不可能だ――という場違いな絶望が襲ってくる。モニタに目を移した。チューンナップされ、上空の強風もものともしないジャイロの推力が勝つか、日本の技術力を結集したガラスを束ねるフィルムと接着剤が勝つか。今この瞬間、美結が肩入れする方は明らかだった。ジャイロだCだチャールズだ、行け、突き破れ！　王を殺せ今すぐに！

次の瞬間、蜘蛛の巣が弾けた。

25

「*Breakthrough!*」

ぐいとタブレットPCを指でなぞりながらチャールズが言った。

小西はカーテレビで確かめる。さっきからジャイロのカメラ視点に切り替わっていた、罅割れたガラスの向こうにいる王超(ワン・チャオ)の顔が恐怖で歪むのは胸のすく眺めだったが一秒でも早くヤツを殺せ福山さんを救うんだ――祈りが通じた、ついにガラスを突き破り展望台に突入した！　チャールズが必死な目で指を振るっている。ジャイロは指令に従い、最短距離で暴虐の中国人に向かった。手負いの獣の血走った目が急速に近づいてくる――

「仕留めろ！」

小西は叫んだ。だが王超の顔が消えた。画面が急速に旋回する。王をかすめて通り過ぎてしまったのだ。すぐ反転して、再び王を捉える。

その顔を見て、異様な戦慄が小西を襲った。

笑っている――この狂った男は、絶体絶命の窮地に喜悦を振りまいている。ポケットから何か取り出した……スマートフォンだ。何をする気だ？

「チャールズ！　早くやれ」

少年がスッと指を動かす。

王超は素早く床に伏せた。

次の瞬間、映像が途切れる。

「なんだ？」

どうしてジャイロからの映像が消える？

バン……という音が耳に届いた。

遥か遠くから。――上から？

「*Holy shit*」

チャールズが呆然と呟く。そしてウインドウから首を出して見上げた。小西も真似をする。

光の輪ができていた。

展望台を取り囲むように光の点が連なり、弾けている。やがて……いくつもの小さな火が残骸のように落ちてくる。失敗作の花火のように、すーっと軌跡を描きながら。

「ジャイロが……爆発？」

小西はようやく事態を悟った。舞い飛んでいたジャイロ、そして、展望台に侵入したジャイロ。全てが爆発した。

「なぜだ⁉」

「……先回りされた」

チャールズは苦々しく顔を歪めた。敗北を悟った顔だった。少年はこの十数分で、三十も年老いたように見えた。

26

「何が起きてるんだ……」

雄馬の額が汗で光っている。

今、床から目を上げた王超(ワン・チャオ)の目に映っているのは花火。展望台の中にもガラス窓の外側にも、いきなり灯った小さな火の群れ。いや——自分を襲ったジャイロと、それ以外のジャイロが残らず、火を噴き出して落ちてゆく眺めだった。

それを王は悠然と眺めている。視界から伝わってくる。美結は確信した、こいつの顔にはこの上なくご満悦な笑みが浮かんでいる。

「ジャイロが爆発した模様！」

辻技官が律儀に説明する。

「……なんでや」

水無瀬が完全に呆気にとられている。

「全滅か？」

「被害は⁉」

雄馬も訊く。ショックの余り顔が引きつっていた。

「まだ分かりません」

「いったいどうして……」

美結の中で閃くものがある。ジャイロを用意した人間。それは誰か？

「なんてことだ……唯（ウェイ）！」

嘆きの声が上がった。ゴーシュだ。美結は瞬時に理解した。まさにこのインド青年がジャイロを準備した。その当人がこんなにも愕然としている。そしてジャイロの準備を手伝った女の名を呼んだ。唯、と。

「あなたの道具は死に体」

死に際に、唯——黄娜（ファン・ナ）が言ったあの言葉。タワーを指差しながら……その意味がいま初めて分かった。

「王（ワン）が、仕掛けさせた……黄娜に」

美結が言うと、雄馬が呆然と振り返った。

「そうか……ゴーシュの手伝いをしていた。ジャイロの準備も手伝った。そのときに

「……」

美結はゴーシュの顔を見ながら頷く。

「王(ワン)に命じられて、全てのジャイロに爆弾を」

「しかし、こうも簡単に……」

雄馬のショックは冷めない。

「小さな爆弾で充分や」

水無瀬がどうにか気を取り直している。

「電子頭脳を失えばジャイロはガラクタやからな。機能停止には、微量の爆薬で充分」

ゴーシュがガくりと肩を落とす。茫然自失(ぼうぜんじしつ)するインド青年を誰も慰められない。

忠輔もただ黙って見守っていた。その顔に刻まれているのは、これ以上ない苦渋。

「今の爆発で、みんなは」

「展望台は無事か?」

モニタの映像を注視する。煙が立ちこめていて不鮮明だ。

だが——少しずつ晴れてくる。それとともに視界が前に移動する。

王超(ワン・チャオ)が歩き始めた。

27

ガチャン！　と道路に激突する音が響いた。

二日前に小西が撃ち落とした時とは桁違いの音。数百メートル上空からの加速度が加わっている。そしてまた一台、一台と落ちてきた。通り沿いの野次馬たちが突然の爆撃に悲鳴を上げている。人を直撃しないことを祈るしかなかった。

「そうか――黄（ファン）の娘に仕掛けさせたのか」

小西はようやく悟った。悔しさのあまりチャールズは押し黙っているが、それしか正解はあり得なかった。サイバーフォースの人間たちの声が今は聞きとりづらいが、向こうでも悟っている様子だ。何より向こうには、ジャイロを実際に用意したCダッシュ、ゴーシュ・チャンドラセカールがいる。あのインド人青年はチャールズが来日する前にすっかり準備を整えていた。そしてそれを手伝ったのが――周唯（ツォウ・ウェイ）と名乗って、中国政府にスパイ行為を強要されていた黄娜（ファン・ナ）。

王超はその時、ゴーシュに気づかれぬようこっそり爆弾を仕込んでおけと命じたのだ。ゴーシュがそれに気づかなければ、チャールズが今まで知る由もない。ゴーシュは周唯を信じ切っていたから露見しなかった。王超は切り札として、ギリギリまでタイミングを待った。相手に最も精神的なダメージと屈辱を与えるタイミングを狙っていた。そして点火。

「してやられたな！　飛び道具がなくなったぞ。どうするんだ⁉」

「どうということはない」

チャールズは強がったが、さすがに凹んでいる。それほどお気に入りの道具だったのだ。

そして今や王を殺す手段を失った。Ｃの負けか？

「おい頼む、仲間が……何か手を打ってくれ！」

声が掠れる。哀願してもチャールズは動かない。天才の頭脳がフリーズしている。

28

「うわっ」

井上と米本は飛び上がった。二人の乗るアリオンのルーフをジャイロが直撃したのだ。

「よりによって……」

井上はぼやかずにいられない。ルーフはしたたかに凹んでいた。素早くドアから出ると、ルーフの上の残骸を回収しバックシートに放り込む。幸い、近寄ってくる野次馬はいない。

みんな頭を抱えて自分の身を守っている。

「Ｃのジャイロが爆発ですか？　何があったんでしょう」

米本の顔にはすっかり血の気がない。白バイを飛ばしている方がよほど気楽だろう。

「さあな」

井上は答え、素早く道の先のＳＸ４を確認した。動き出す気配はまだない。だがジャイロが爆発した直後、後部座席のウインドウから少年の頭が飛び出してきたのを井上は見逃さなかった。髪の色は淡かった。外国人――間違いなくＣだ。今は頭が引っ込み、ウインドウはぴたりと閉じている。

「目を離すな」

井上は無線を使った。他の二台の覆面パトカーに連絡する。

「きっとまもなく動き出す」

無線を置くと井上は携帯電話を手に取った。さっき、対象車両を発見したことを報告すべく水無瀬に電話したが出なかった。電話どころでないのは明らかだった、空の上の事態が急変しているのだ。いったい今はどんな状況なのか確かめたいが、美結や村松に電話しても同じことだろう。井上は電話をダッシュボードの上に放り投げた。

目の前に集中するしかない。Ｃを確保できれば全てを打開できる！

29

梓と陣内は、伏せていた顔を上げた。

同じようにしていた見物客たちと目が合う。

「警視庁です！」

梓は素早く立ち上がって叫んだ。

「伏せてください。また爆発するかも知れません」

客たちは再び身を伏せた。

「クソ、何が起きた⁉」

陣内が悪態をついてガラス窓に駆け寄る。鋭い爆音が連続し、展望台のガラスを揺るがしたのだ。二人ともとっさに身を伏せたが、梓はてっきり銃撃を受けたのだと思って敵を捜した。だがどこにも見当たらない。代わりに、夜空に灯った火がゆっくり、残骸となって地上に落ちてゆくところだった。

「ジャイロが爆発した……」

「どうして？」

梓の問いに誰も答えられない。指揮車の棚田も沈黙している。ついさっき、

「ジャイロが一台突入した模様！」

という悲鳴のような連絡があっただけだ。地上はすっかり混乱している。空の上で目まぐるしく変わる状況に追いつけていない。

ということは、今この展望台で頼れるのはバディのみ。

「とにかく、Cの武器が全滅した。てことは」

「テロリストの一人勝ち？」

「急ぐぞ」

二人は再び疾走を開始した。

30

「ＳＡＴが突入した模様！」

坂下技官が声を上げた。美結は祈りを込めて顔を向ける。そうだ……ジャイロはなくなったが今度はＳＡＴが……警察でも選り（え）すぐりの精鋭だ、きっと助けてくれる……王（ワン）を倒してくれる！

美結は縋るような思いでモニタを見つめ続けたが、王の目には特殊部隊員らしきものが一向に映らない。床に落ちたジャイロの残骸を満足げに眺め、そしてパンする。

美結はジレンマで気が狂いそうになった、福山はどうなっている？　安珠や村松は……知りたい、だがなかなか姿が捉えられない、ということは王の視界に入っていないということだその方がいい、だが安否は気になる……ジャイロの爆発に巻き込まれてはいないか？　ああ、いつまでこんな地獄の火に炙られるのか……

「みんな、無事でいてくれ！」

水無瀬の、こんな全身を投げ出すような祈りの声を、美結は初めて聞いた。

その時――王超の視界に誰かが入ってきた。

31

梓の中に予感が走る。きな臭さ、それ以上に風を感じた。空気の流れがある密閉空間のはずのこの展望台で、間違いない。この先にあるのは――陣内のすぐ後ろを走ってきた梓はついに視認した。ジャイロが穿った穴を。

展望台のガラスの一面が見事に割れ、人が通れるほどの空間になっている。

外側には無明の虚空が広がっている。一歩でも踏み出せば、奈落だ。

そして――そのそばに、一人の男がふらつきながら立っている。

あれが中国人民解放軍のエージェントか！　激しい怒りが噴き出す。最悪のトラップを仕掛けやがって！　仲間が犠牲になった。お前だけは許さない！

「動くな！　手を挙げろ」

銃口をぴたりと合わせながら陣内が鋭く言った。

「別动(ビエドン)！　举手(ジュショウ)」

梓も続いて言った。あわてて叩き込んだ中国語だが、通じたようだ。男の動きが止まる。ゆっくり両手を挙げた。これが、自分が仕立て上げた若い女スパイを、用済みになると焼き殺したという極悪。日本を食い物にし、何人も血祭りに上げた殺人鬼だ。怪我をしている。腿から鮮血が滴っている。いい気味だ、誰かがこの男を手負いにした――おそらくは命がけで。

床に何人もの身体が転がっている。この中の誰かが男に刃を突き立てた、だが代償は大きかった。どれが死体でどれがまだ息があるのかとっさには見分けがつかない。王超のそば、ガラス窓に立てかけられるように座っている女に目を留めた。梓は直感する。彼女が王超に傷を負わせたのでは？　棚田はさっき、佐々木という女性の護衛をする警察官が二人いると言っていた。一人は墨田署の男性巡査。もう一人はもしかすると……今すぐ助けたい、駆け寄って無事を確かめたい。だがまずはこの目の前の男を――

「近寄るな」

正確な日本語が返ってきた。

「私に危害を加えると、爆発するぞ」

右手にスマートフォンを持っている。あれで爆弾を操作するというのか？　脅しではない、この男はそうしてきた。たった今も突入口で仲間を殺した。ジャイロを全滅させたのもこの男ということか？　左手には銃も持っている。ちっぽけな銃だがそれを使って何人か殺したのは間違いなかった。この男は巨大台風よりひどい、通り過ぎた後に死体が積み重なってゆく。

「諦めろ。逃げ場はない！」

梓は声をぶつける。だが効果はなかった。そして、あたしの言葉はとんだ間違いだと自分で悟る羽目になった。逃げ場はある。そして王（ワン）は、血が流れる腿を引き摺りながらそこへ近づいてゆく――

ジャイロが穿った穴へと。

「動くな！」

「止まれ！」

梓も陣内も焦り、口々に命じる。だが中国人は銃を矛に、スマートフォンを盾のように掲げたまま歩みを止めない。穴から飛び降りる気か？　梓は確信した。捕まるくらいなら自殺しろと命じられているのだ。

「*I'm not letting you die!*」

梓は思わず叫んでいた。自分が生まれた国の言葉で。

「*Who the hell is going to die?*」

すると王も英語で返してくる。愉快げに口を歪めた。

その瞬間梓は、この男が死ぬ気などまるでないことを思い知ったのだった。誰をどれだけ殺してでも生き延びる顔だ。そして男は――リュックを背負っている。

32

王超（ワン・チャオ）の視界に二人の特殊部隊員が現れた。ゴーグルのおかげで顔はよく分からないが、モニタの中のアサルトスーツの二人は雄々しく見える。間に合ったのか⁉　直ちに目の前の王を倒してみんなを救ってくれ――だが美結の願いは叶わない。ＳＡＴ隊員は固まって動けなくなった。

『私に危害を加えると、爆発するぞ』

王の脅し文句が聞こえ、スマートフォンと拳銃をかざす手が見えた。最後まで卑怯な
――身を守るカードを必ず残しておく男だ。じりじりと隊員たちから離れてゆく。

やがて、SAT隊員たちは愕然と口を開けた。

「おい、まさか」

水無瀬も同じように口を開けていた。

「飛び降りる気か？」

その瞬間、美結は確信した。

自殺するような男ではない。つまりパ、ラ、シ、ュ、ートだ。

第五章　風輪際

【風輪際】――仏教用語。風輪は須弥山の下にある世界、大地の下にある最下層のことで（その下は虚空）、風輪際はその際、つまり、この世の最下底の所をいう。

（『世界宗教用語大事典』）

1

梓は男のリュックに何が入っているかを悟った。逃げられる――逃がさない！　だが撃てない爆破スイッチを握っている、瞬時に絶命させたとしてもそれは殺戮であり逮捕ではない、いや――こんなヤツ殺してしまえ何が悪い！　純粋な殺意が燃え立ったが梓はかろうじてそれを押しとどめた。頭をクールに保て、ここから逃がしたとしても地上に降りてきたところで確保できる可能性に賭けるべきだ。逃げ切れるとは限らない、航空隊のヘリがずっとここを監視しているのだから。飛び降りた人間をしっかり追ってもらえばいい

――梓は自分の考えをインカムで棚田に伝えようとした。航空隊に要請してもらうのだ。

だが、破れたガラスの縁に手をかけた男が言い放った。

「赢在終端(インザイツォンドゥアン)、我总是(ウォツォンシ)」

意味は分からないが傲慢な捨(す)て台詞(ぜりふ)に違いなかった。梓の中で何かがプツンと切れた。気がつくとMP5A5を床に置いていた、肺が深く息を吸い込む。あたしは恐ろしく集中している――この手で叩きのめす。おい、と陣内が泡を食っている。王(ワン)も虚をつかれて動きを止めた、そのわずかな隙を逃さなかった。梓はクラウチングスタートの要領でダッシュする。男が銃口を向けてくるが遅い、梓は身体を沈め確実に王の胴体を取りにかかった。動きを封じてしまえば銃も怖くはない。もらった――

だが、梓が王の身体に触れるコンマ一秒前に、王の身体が衝撃に揺れた。

バン、バン。正確な二発射撃(ダブル・タップ)。聞き違えようがない、MP5A5の単発モードの発射音だった。

王の身体が、梓の目と鼻の先でぐらりと傾く。大都会の夜の闇に流れ出してゆく――梓は自分までもが体重を失った錯覚に襲われた。もはや男を止めるものは何もない、自由落下――

いや。男の身体はいつまでも視界から消えなかった。梓は何が起きているのか数瞬のあいだ理解できなかった。視線を落とし、ようやくがっちりと王の足を捕らえている手に気づく。

王の身体は倒れ、窓から半ば飛び出している。だがそれ以上は出て行かない。たった一本の細い腕がそれを許さない。ガラスに凭れかかったまま意識があるように見えなかった女の手だった。いつの間にかにじり寄り、王に迫っていた。少しも気づかなかった――王は既に絶命しているように見える、だが傷ついた女の手は捕らえて放さない。とてつもない執念を感じた、やっぱりこの人は警察官だ。おそらくは墨田署の刑事。梓は屈み込んで女に訊いた。

「大丈夫ですか⁉」

微かな頷きが返ってくるが、目は完全に虚ろ。梓の姿を認識しているかどうかも怪しい。梓は急いで王の身体を掴んで引き戻し、女刑事の負担を減らした。王を床に置くと掴んだ手を離そうとする。できない――凄い力が加わったままだ。本能がこの女刑事を動かしたのが分かった。梓は指を一本一本、丁寧にはがしにかかる。

「福山さん！」

若い女が飛びついてきた。口から血を流し頬が腫れている、これが護衛されていた女……佐々木安珠とか言った……歳は自分と同じぐらいだろう。涙を流しながら女刑事を抱きしめている。名前は福山というのか。

ふわりと気配を感じて梓は振り返った。陣内が呆然と立っている。小刻みに震えている。

梓は悟った。この男が生身の人間を撃ったのは初めてだ。

「どうして撃ったの！」

梓は責めた。

「……すまん」

陣内は顔からゴーグルをむしり取った。血走った目玉がぎょろぎょろと動いている。

「お前が危なかった……」

梓が王に飛びかかった瞬間、最も我を失ったのは梓でも王でもない、この男だった。確かに陣内が撃たなかったら王の銃が発射されていたかも知れない。自分は死んでいたかも知れない。礼を言うべきなのかも知れなかった。だが獲った、という確信もあったのだ。梓は王の手に握られていた銃とスマートフォンを捜すが、見当たらない。床にもないということは、窓から落ちたのだ。三七〇メートル下の地上へ……果たして回収できるだろうか。王の口に手を当ててみる。まだ息はある。首の脈を確かめると意外にしっかりしていた、弾は急所を外れているようだ。梓は急いで止血をした。すぐ医者に診せれば助かるかも知れない。だがここには救急車が来られない。タワーのシステムがCに奪われている今、階段を使って下ろすしかないのだ。担いで行くことはできる、だが下に降りるまで命が保つかどうか……絶望的だ。

「病院へ……早く」

女刑事を抱きしめていた佐々木安珠が言った。

「村松さんも……撃たれてます、早く……」

少し離れた場所に倒れている、村松という男の刑事の方には陣内が行って応急処置をした。叫んで寄越す。

「尻を撃たれてる！　命に別状はなさそうだが……」

出血を止めなくては危ないのは、王と変わらない。

その時、信じがたい声が聞こえた。

「あたしはいいから、この男を……」

この女刑事は、死ぬまで刑事でいる気だった。

「殺してはだめ、必ず……生かして逮捕……」

「福山さん、いいから黙って」

佐々木安珠が懇願する。その時、梓ははたと思い当たった。福山という名前に聞き覚えがある――警視庁に名を轟(とどろ)かせる女闘士だ。梓は安珠と福山のところまで近づいて覗き込み、目を瞠った。

首に何かを打ち込まれている……腕にも。佐々木安珠がそこに手を当てていることで、気がついたのだ。梓は思わず手を伸ばし、

「アウチ」

と手を引っ込めた。信じがたい熱さだ。これがこの人にもたらしている激痛は地獄のようだろう、普通の人間ならとっくに意識を無くしている。この人は凄い——梓の胸は精妙に震えた。だが、この人の望みを叶えられるかどうかは疑問だ。横たわってピクリとも動かない王(ワン)を見やる。

応急手当を施したところで出血は止まらない。あと三十分と保たないだろう。担いで下りている間に、この男は間違いなく死ぬ。

「あの……すみません」

遠慮がちな声が聞こえて振り返る。

少し離れた場所に立っている若い女性が、両手を挙げて無抵抗の意志を示していた。着ているグリーンの服を見る限りＴＲＴの係員だ。陣内も、とっさに構えた銃を下ろす。

「どうしました?」

と丁寧に訊く。

「怪我した方を、エレベータで運んでください」

「なんですって?」

係員が指差す方向を見た。

エレベータの扉が空いている。

「あの……さっきから動くようになったみたいで」

2

『エレベータの機能が戻ってる！』

展望台に喜びの声が上がっている。

『これから、怪我人を優先して地上に降ろします！』

スピーカーから聞こえるのは若い男の声。SATの隊員だ。カーテレビの画面は展望台の監視映像に戻っている。小西はガバリと後部座席を振り返った。

「助けてくれるのか？」

チャールズは無言で、監視映像を見ながらタブレットPCを操作している。

「王のためじゃない、福山刑事のためだ」

チャールズは無表情だった。

「村松刑事も、助けてやれ」

「おうよ」

小西は言いながらチャールズの目を覗き込む。少年は視線を避けるようにそっぽを向いて言った。

「安珠も、無事みたいだな……」

今更ながら、この少年は本当にイギリス人だろうかと小西は思った。あまりにさりげない日本語だったからだ。そこには繊細な感情がこもっている。間違いない、佐々木安珠の無事をこの少年は喜んでいた。

「Cはエレベータ機能を戻してくれた！　早く重傷者を病院へ！」

小西も、サイバーフォースに向かって叫んだ。分かりやすい反応は返ってこなかったが、既にエレベータの復活を知って大わらわなのだろう。小西はＳＸ４のドアに手をかけながらチャールズに向かって言った。

「俺も行くぞ。タワーへ」

今すぐ福山と村松の無事を確かめたい。

「だめだ」

チャールズは冷酷に告げた。そして指を動かす。スピーカーからプツッという音が響いた。サイバーフォースとの回線を切ってしまった。

「バディ、勝手な行動はするな。ぼくらはまだまだ忙しいんだから」

「……まだ何かする気か」

「当たり前だろう。ぼくが何のために東京をジャックしたと思う」

小西はふう、と息を吐いた。何も終わってはいないらしい。

「考えろ。どうしてぼくが、自ら来日した？　東京支配などどこからでもできたのに」

チャールズの目はかつてないほど鋭く細められている。小西は、まるで殺し屋のそれだと思った。悩みながら声を絞り出す。

「……佐々木先生じゃないのか」

「忠輔もそうだ」

チャールズは頷く。

「だがそれは、正解の半分でしかない」

「どういう意味だ？」

「もう一人。この国には、無視できない人間がいる。この地球上で最も危険な人間だ」

「何を言ってる？　いったい誰が」

「それは、日本人だぞ」

チャールズは非難の目で見た。

「あいつを知らないのか？　小西、それでも日本人か？」

チャールズの勢いに小西は言葉を失う。

「制裁リストをよく見直せ」

チャールズの言葉で思い出す。AAA（トリプルエー）。王超（ワン・チャオ）の他に、もう一人。確か名前は……田中。

血の海の遊泳者。

「トリプルAでも生ぬるい。今この瞬間にでも、殺すべき男だ」

「悪いが、俺はその男を知らん」

「お前たちは何も知らない」

チャールズは軽蔑の極致という顔をした。

「何が警察だ。何が刑事だ。お前も含めて、日本人はみんな、この世がそよ風の吹く楽園だとでも思ってるのか？　世界中に吹き荒れている風の烈しさを知らない。自分さえよければいいのか？」

世界中に怒りを撒き散らすかのような声だった。

「他の国で起きてる悲惨をないことにして、生ぬるい日常を守っていられればそれでいいのか？　それが正義か？　本当の悪は何か、一度でも真剣に考えたことがあるか？」

一言一言が刺さってくる。小西は身動きできなくなった。

「真の悪が自分の国にいるとも知らずにのほほんとしている！　おかげで既に膨大な命が失われた。お前たちのせいだぞ！」

小西は口を噤む。するとチャールズは我に返ったようにまばたきし、息を整え……詠唱するように言った。

「抹殺だ……ぼくは、絶対悪を滅ぼしにこの国に来た」

そしてタブレットＰＣに触れる。

「この行動は、一〇〇パーセント正義だ」

小西はカーテレビの画像が切り替わったのに気づいた。

数秒のホワイトノイズのあと、動画が始まった。

それは——小西がかつて一度も見たことがないようなものだった。

3

「チャールズがエレベータ機能を戻してくれたことで、客を解放することはできる」

雄馬が状況を確認した。

「階段からのルートもある。元気な客は、非常階段を使ってもらってもいい。ただ」

水無瀬が引き継いだ。

「ライジングタワーのシステムは依然、Cの手にある。ライティングも思いのままや……」

テレビ画面の中で、〝C〟の文字は明々(あかあか)と掲げられたまま。

つまり、日本の首都の支配者はいまだにCだった。

美結は佐々木忠輔を見る。喜怒哀楽を通り越し、苦悩のあまり固まった彫像のように見えた。この人は今この瞬間も考え続けているはずだ、だが——この人の手の及ばないところで世界は動いている。

かける言葉もなく、美結はしばらくその横顔を見つめていた。ふいに思い立って声を上げる。

「安珠、聞こえる?」

王超(ワン・チャオ)が床に捨てたパソコンのウェブカメラは、無意味に展望台の壁を映し続けている。だが通信機能は生きている。つまり、安珠のヘッドセットにも声が届いているはずだ。

「安珠、聞こえてたら答えて」

美結が繰り返すと、マイクに音が近づいてきた。安珠が落ちているパソコンを拾ったようだ。ウェブカメラの画像がぐいと動く。顔が映った。安珠が自分に向けたのだ。

ああ……と美結は言ってしまう。アップで見るとなおさらよく分かる。無惨に腫れ上がった頰。口元の血は、既に乾いているように見える。

『ミュー』

元気のない声が聞こえた。

「大丈夫? 怪我は」

『あたしは大丈夫』

安珠は気丈に言った。

『福山さんと村松さんが守ってくれたから……二人とも、エレベータでもう、下へ……あの中国人も』

「うん。分かった。あなたも降りて。早く病院へ」

ウェブカメラが動いた。負傷者の容態を確認しているSATの隊員らしき人間が映る。ゴーグルとヘルメットのおかげで顔は分からない。

するとその隊員がウェブカメラに気づいて近づいてきた。安珠が、どこと繋がっているか説明する声が聞こえる。隊員が呼びかけてきた。

『こちらは特殊急襲部隊です。聞こえますか？』

女の声だった。美結は固まった。

「おい。この声、まさか……」

同じモニタを見ていた雄馬が驚きの声を上げる。その心を読むように、美結は名を呟いた。

「……梓？」

「そのようだ」

雄馬が呆然と答える。美結は頭を振った。警備部所属は知っていたが、SATにいたのか……特殊部隊への入隊は極秘事項だから知らないのは当然。同期だからといって告げることは許されない。それ以前に、最近は全く連絡さえとっていなかったのだが。

女性のSAT入隊はごくレアケースのはずだ。だが梓なら不思議ではない。美結は思い切って言った。

「安珠、ごめん。ヘッドセットを彼女に渡してあげてくれる？　それか、パソコンの音声をオンにしてもらって……」

安珠はすぐに切り替えてくれた。

「梓、聞こえる？」

呼びかける。

『……美結？』

SAT隊員はゴーグル越しにウェブカメラを見つめてきた。

梓の声は殺気立っていた。

『あんたなの？』

『何やってるの？』

「そこをモニタしてたの。対C作戦の最中で、タワーを奪い返そうと」

『それはビックリね』

梓はぐりりとゴーグルを外した。皮肉たっぷりの笑みが現れる。

『あんたたちが無能なおかげでこっちは大変よ。今まで、エレベータ一つ動かせなかったの？　あんたの同僚も、テロリストも死んでしまうところよ』

「Cに頼んだんだけど、交渉が行き詰まって……」

梓は目を吊り上げた。

『Cと話してたの？』

「梓。吉岡雄馬だ」

見かねた雄馬が声を上げた。

『……雄馬？　あんたもそこに？』

「東学大の佐々木先生がCと交渉していたが、うまくいかなかった。墨田署の小西刑事も、いまCのそばにいる」

『Cと接触できてて、このザマ？　何やってるの？』

飛んでくるのは痛罵ばかり。何を言っても梓の怒りの火に油を注ぐだけだった。当然だと美結は思った。現場で命を懸けたのは梓の方なのだ。

『おい。本隊が到着した』

別の隊員が画面に現れて言った。

『機動隊も一緒だ。共に救出活動に入る。俺たちは、上の天楼回廊の客を助けるぞ』

梓はイライラと同僚に目を向け、それでもどうにか自分を宥めた様子だった。ただ、ウェブカメラに向かって一言言うのは忘れない。

『あんたら、揃いも揃って何やってるのよ……ＳＡＴにも死傷者が出たの。責任感じてよ』

捨て台詞を残し、梓は画面から消えた。

美結と雄馬は言葉もなく目を見合わせる。死傷者……あまりに多くが死にすぎた。その事実が何もかもを色褪せさせる。日本警察にとって何と無惨な日になったのか。

「安珠」

その時、妹に呼びかける兄の声が響いた。

「すまなかった……チャールズを止められなかった」

画面の真ん中に戻ってきた安珠は、無言だった。答えようもないだろう。だが美結が驚いたことに、責める眼差しではなかった。ただひたすらに悲しそうだった。

三人の留学生たちが放心したように、兄妹の様子を見つめている。更にその後ろから水無瀬がこの部屋全体を見守っていた。今その顔にふざけた色は微塵もない。結果を厳粛に受け止めている。自分を責めているように見える。

「どうした？」

ふいに部屋の隅を睨んだ。直属の部下たちの様子が変わったのに気づいたのだ。

「不審な動画が拡散しています！」

二人の技官がほとんど同時に声を返した。直ちにモニタが切り替わる。

映ったのはインターネットの動画サイトのようだった。ホワイトノイズに続いて、動画が始まる。

「……何やこれは」

水無瀬が血相を変えた。

4

まるで一斉蜂起のようだった。

その動画は、世界のあらゆる動画サイトに届けられた。平等に、五大陸全ての主要都市のあらゆるサーバーを経由してほぼ同時に閲覧が可能になった。数字上は、世界人口の約半分がその動画に触れる機会を得たことになる。

何の心構えもないままに、美結はそれを見た。十分弱の動画を、瞬きも惜しんで。フィクションに違いない。見終わった直後、美結は確信した。

作成者はCことチャールズ・ディッキンソンに間違いない。この動画が描いているのは、新しい制裁リストの筆頭に挙げられた男と同姓同名の男だった。

だがこんな男がいるはずがない。全てが嘘だとは言わないが、大幅に粉飾し戯画化しているに違いなかった。いや、やはり全てが作り事で、この田中という男が実在しない可能性もある。美結はそう思いながら、モニタから目を外して振り返った。

そして考えを改めた。水無瀬が少しも笑っていないのだ。いや、はっきりと青ざめていた。

その様子を見て、雄馬も敏感に察している様子だった。水無瀬はこの動画で描かれている男を知っている。以前から詳細に。つまり、信じがたいが……いま見た動画は真実だ。ゴーシュとウスマンとイオナ、三人の外国人も茫然自失していた。本当に、こんな日本人が存在するのか？　そう考えている。しかも自分の国にも関わりがあるとは……到底信じられない。

美結は、佐々木忠輔の顔を捜した。

モニタを見つめている。動画はとっくに終わったのに。

この人でさえ、いま目にしたものを消化できていない。そう感じた。

5

「どうだい、バディ？」

チャールズの声には静かな勝利感が溶けていた。

「この男は殺し合いを司っている」

小西は、痺れを感じた。脊髄（せきずい）の痺れだった。動くことも喋ることも、うまくできない。

この動画が描いているのは今まで存在さえ知らなかった男。いや、存在するということさえ信じられないような男だ。

「あのチャイナスパイも許せないが、この男に比べれば……ハエみたいなものだ。中国政府から見限られた野良犬に神龍（シェンロン）の制御コードを与えたのはこいつ。この男がいなければ、二つの火刑は起こらなかった」

小西は燃えるような目でチャールズを見た。チャールズはそれを正面から受け止める。

「今日も世界中で人間が大量死する。こんな残酷な世界に、アスティは耐えられなかった……この男のせいで、絶望して身を投げた」

小西は震撼する。逃げるように前に向き直った。少年の瞳に燃える暗い火に、負けた。そう感じた。

「なあ小西刑事。日本の警察如きが、こいつを相手にできるか？」

だが少年は背後から容赦なく追い討ちをかけてくる。

「逮捕して裁判にかけられるか？　無理だね。世界中の警察組織も手を出せない。いや、むしろ守られている。軍や政府にもね。大いにこいつに世話になってるんだから、歯向かうわけがない。結局警察なんか、権力者が〝悪〟と決めたものしか相手にできないんだよ。つまり小悪党だけだ。マイバディ、君は正義の味方に憧れて刑事になった口だろう？　まったく幼稚だね」

小西は答えない。侮辱を受け流すだけだ。

「警察は悪を滅ぼせない。正義の味方でも何でもない。政府に都合のいい秩序を守るだけ。

そんなのをなんで頼りにできるんだ？　だから、ぼくがやる」

チャールズは決然と言った。

「他に誰がいる？」

なんてこった……小西は狼狽した。

このガキに強烈に共感している自分がいる。身体の小刻みな震えが止まらない。

「さあ、小西刑事。車を出してくれ」

「何？　どこへ」

「この男のところだよ」

小西の背筋が完全に麻痺する。振り返ることができない。

6

『こんな映像は何の証拠にもならない』

天井からいきなり声が降ってきた。

『田中氏が犯罪者とは断定できない。デマや中傷に惑わされるな』

野見山長官の声が言い切った。いつの間にかモニタに映っている警察庁長官に、警察官全員が敬礼する。長官室から強制的にテレビ電話に切り替えたらしい。

野見山の様子はしごく平静だった。だが美結は、感じずにはいられなかった。野見山の極端な無表情の裏にあるものを。長官をこんな顔にしてしまうとは……チャールズ・ディッキンソンは、どれほどに深い暗部を突いてきたのか。

『彼は逮捕されたり訴追されているわけではない。日本国の一市民だ。我々は、彼の命を守らなくてはならない』

「はい、長官」

雄馬が答える。だが表情は複雑だ。いろんな思いを押し殺しての返答だった。

モニタの中の野見山の声はますます平淡になる。

『彼はAAA(トリプルエー)をつけられた。サイバーテロリストによって抹殺宣告されている。彼を見殺しにしたら、法治国家ではない。全力で守れ』

美結にはそれが、自分に言い聞かせているように聞こえた。

『水無瀬。上まで来い』

野見山長官は水無瀬のみを呼び出すと通信を切った。モニタから姿が消える。

水無瀬は文句も言わずオペレーションルームを出て行った。

美結は再び、佐々木忠輔を見る。

変化はない。じっと中空を見つめて考え込んでいた。

7

「福山と村松は……無事か」

野見山は真っ先に確かめた。

「はい。どうにか……ただ、ＳＡＴの二人が」

水無瀬が声を落とす。

「隅からも連絡が来た」

野見山は静かに言った。

「鳥飼と箕輪。優秀な隊員だったそうだ」

沈黙が落ちる。眉間に皺を刻み、半ば目を閉じて動かない二人は、鎮魂のために作られた銅像さながらだった。

やがて水無瀬が口を開く。

「あの動画。チャールズのヤツ、やってしまいよった……大した坊やですな」

ボスの前で引きつった笑みをさらけ出す。

「田中の実態を、世界中にオープンにしてしまいよった」

「お前の望んだ展開か？」

野見山は片方の眉を上げて訊いた。

「……どうでしょうな」

水無瀬は首を傾げる。

「なんにせよ、世界がこれほどまでに、田中の存在に自覚的になったことはない。奴もCのことは警戒しとったでしょうが、捕捉仕切れんかった。坊や、よくぞ安全に、身一つで来日したもんや。本当に……奴に勝てる天才が現れたのかもしれん」

「ここまで公然と自分に弓を引くとは思わなかったんだろう。奴に、敵はいなかったからな」

野見山は自嘲的に笑った。

「俺たちは、とうの昔に敵ではなくなっていた」

「世界中の権力者が味方なんです。しゃあなかった」

水無瀬は慰める。

「奴はどんな敵が現れても、すぐ叩き潰してきた。だが俺らは慎重にやってきた」

「だから潰されずに済んだのか」

野見山は低い声で言う。

「それとも、いつでも潰せるから放っておいたのか……俺には確信がない」

「いつか奴の息の根を止める。それが、俺らの誓いでしたが」

水無瀬の笑みは今や狂熱を帯びていた。

「あの坊やがそれを成し遂げてくれるかもしれん。チャンスでっせ！」

「チャールズをバックアップすると？」

「うん」

水無瀬は一度頷き、首を振り、また頷いた。

「命の懸け時です。勝負所や。〝真実の刻〟が来たのかもしれん」

「ああ。参ったな」

長官は素直に苦悩していた。

「東京ジャックしたハッカーを、警察が助けるか。世界は狂ってるな」

「大っぴらにやる必要はない。既に小西が、チャールズに脅されて協力している状況です。この際、小西に密命を与え、更に……おっ」

水無瀬はスマートフォンを取り出して耳に当てた。

「墨田署の対C特命係、井上さんです」

そして、井上からの報告をそのまま口に出す。

「小西の車両を発見。追跡に入ったそうです。チャールズが動き出した」

野見山が目を剝きながら言う。

「そうなると、行き先はおそらく……ちょっと待て」

野見山も素早くデスクの電話を取る。上からの電話だ、と水無瀬は察した。おそらく相手は――水無瀬の勘が当たる。

『野見山さん。総理からの要請を伝えます』

野見山はすかさずオンフックにして、水無瀬にも聞こえるようにする。水無瀬は「追跡続行してください、かけ直します」と井上に告げてスマートフォンを切った。

『田中氏を――全力で守れ』

長官室に響き渡る声。

やはり相手は、祝充雄首相補佐官だった。戻った官邸からだ。

『長官。正直に言うが……』

祝の声は戸惑っていた。民間から起用された祝は、田中という男の存在に困惑しているのだ。

『私は聞かされていなかった。田中氏のことを。噂には聞いていたが、正式には……』

自分なりに消化しようと努力はしている。だが、隠しようのない不安が滲み出ていた。

「都市伝説ではありません」

野見山は丁寧に返した。

「生きて、この国に住んでいます。信じられないかも知れませんが」

『では、あの動画はやはり、ぜんぶ事実』

野見山ははい、と小さく言う。そして声を大きくした。

「総理に言われるまでもなく、警察の方針は揺るぎません。田中氏を守る」

その声音に、祝は機微を察したようだった。

『それを聞いて安心しました。だが総理からの要請は、これに留まらないのです』

「なんでしょう」

野見山が警戒しながら問う。

『まず、ライジングタワー解放に尽力した特殊部隊のメンバーを田中邸に向かわせよ』

「……なんですと？」

『実は、田中氏から、総理への直電が入ったのです。優秀なＳＡＴの隊員をぜひ招きたい。できれば、邸の警護を任せたい、と』

「物好きな……」

水無瀬が小さく呟き、野見山は眉をひそめることで答えた。

「了解しました。すぐ向かわせます」

『それと、もう一つ。これは更に、大変意外なのですが』

「何ですか」

『墨田署に、一柳巡査という女性刑事がいますね』

水無瀬がビクリとした。

野見山は水無瀬を一瞥し、それから言った。

「……はい。おりますが」

『一柳巡査と話したい、というのです』

「はい？」

『田中氏が、自分のところに招きたいと』

「………」

長官と警視正は顔を見合わせた。

8

サイバーフォースに内線がかかってきた時、美結は雄馬と共に病院に向かう寸前だった。もはや庁舎の中で悶えている場合ではない、福山と村松が運び込まれた大学病院で容態を確かめ、可能なら王超に尋問するのだ。意識があるかどうかも分からないが。通信が途絶えている小西と、共にいるはずのチャールズ・ディッキンソンも追わねばならない。追跡を任せた井上はどんな状況だろう？　移動中に確かめよう、と美結は熱した頭で考えた。出て行こうとする二人を佐々木忠輔と外国人たちが見つめていた。沈痛な顔だ。仲間を傷つけられた警察官たちの心中を察して、言葉はかけてこない。

美結はふと、チーム忠輔の面々を見返した。彼らはスーパーコンピュータに組み込む解析ツールを作り上げ、日本の主要なシステムをスキャンする指揮を取るという重要な役目がある。しばらくはここを出られない。

佐々木忠輔が何か言おうと口を開けた。だがそこで、

「一柳巡査。内線が入っています」

と辻技官に呼ばれた。水無瀬からだと言う。美結は戸惑いながら電話に出た。そして、想像もしていなかった言葉を告げられたのだった。

『長官がお呼びや』

三分後、美結は再び雲の上のフロアに降り立った。長官室に自分一人が呼ばれたことだけで驚いているのに、初めて入る長官室で受けた命令には愕然とさせられた。

「どうして、私が……？」

「先方の、たっての希望なんや」

長官の隣に立つ水無瀬は明快に答えてくれたが、納得がいくはずもなかった。

なぜ自分などが、あの動画で描かれた人物——田中晃次氏に呼ばれるのか。

「安心しろ。危害を加えられたりすることはない」

水無瀬が言い、野見山も頷いた。

「田中氏は極めて知的で穏やかな人物だという評判だ。犯罪者でも殺人者でもない。それ

どころか、非合法なことをやっている証拠もない」

「すまんが、行ってくれるか」

美結は不安を隠さずに訊いた。

「行って何をすればいいんですか？」

あの動画を見た後で、田中という男に平気で会える人間がいるはずがなかった。あの内容が真実だとしたら、田中は――この地球上で最も恐ろしい男。いや、歴史を振り返っても一、二を争う途方もない人間だ。美結はそんな男を目の前にして、とても正気でいられる気がしない。

「警護のためですか？　護衛なら、警備部の方がエキスパートですし……」

抵抗を試みるが、水無瀬は妙に気楽な顔だった。

「もちろんＳＰは行ってる。これでもかってくらいにな。おまけにいまＳＡＴまで向かっとる。これほど身が安全な人間は日本にいないくらいや。田中氏はな……お前と話したいそうや」

「話？……何の話ですか？」

「さあな」

水無瀬は肩をすくめた。

「見当もつかん」

「そんな……」

途方に暮れる美結に、水無瀬は深い諦めが溶けた笑みを向けてきた。水無瀬も心配している。だが、逆らえない任務というものがある。

「一柳巡査。私からの特命だ」

野見山長官は告げた。警察官の宿命。命令には絶対服従だ。

「行って田中氏と接触しろ。それに際して、彼との会話、彼の邸宅で見たもの、気づいたことを全て、しっかり記憶してこい。そして私に報告するんだ」

「……スパイ行為ですか？　盗聴や盗撮をしろと？」

「いや。危険は犯さなくていい。ただ、しっかり話をしろ」

「はい？」

「先方が何を考え、何を求めているか探れ」

美結は眩暈に襲われるだけだった。そんな命令は聞いたこともない。

「田中氏は……お前と話したがっている。そのことに大きな意味がある」

そこで言葉を切った野見山に、美結は問いをぶつけずにはいられない。だが何と訊いたらいいか迷っているうちに、水無瀬が取りなすように言い出した。

「相手の話を聞いて、素直にお前が感じたままを喋り、それから、一切合切を俺らに報告してくれたらいいんや。難しく考えるな」

そう言われても、戸惑いが消えるはずもなかった。すると野見山が身を乗り出してくる。

美結の目を真っ直ぐに覗き込んできた。

「田中氏の要請は、拒絶することもできる。だが、応じることにしたいのだ」

警察庁長官の目に浮かぶ繊細な光に、胸が詰まるのを感じた。美結は初めて悟った――

これは部下への命令ではない、頼み事だと。

「行ってくれるか？」

気がつくと美結は頷いていた。

「行って参ります」

「頼む、一柳」

野見山はまた背凭れに身体を戻した。

「君に期待している」

「長官。お伺いしたいことが」

美結はごく自然な呼吸で問いかけていた。

「水無瀬さんにも」

そして水無瀬にも目を向ける。

「お二人は……ご存知ですね。私のことを」

二人の男は口を閉じたままだった。

「私の過去を。その上で、私を……」

答えはない。だが、目は語っていた。全て承知していると。

「もしや……私を警察に入れてくださったのも……刑事になれたのも」

「君が頑張ったからだ」

野見山は言った。

「当人の頑張りと、適性を見ただけだ。他に理由はない」

「野見山さんに答えを求めるな」

水無瀬が静かな笑みとともに言う。

「この人はなあ、何もかも、深ーい考えがあって決めてるんやから。深謀遠慮と、ひたすらの辛抱を重ねてようやくこの席まで辿り着いたんや。信じていいぞ。他の警察官僚も、俺のことも信じなくていい。ただこの人について行け。間違いないから」

「黙れ」

野見山は命令した。本気の怒りのようにも聞こえた。だが、目には穏やかさがある。

その瞬間、美結は込み上げてくるものを感じた。生き別れた家族に出会ったような感覚だった。

「長官……」

「一柳。話は終わりだ」

野見山は言い渡した。

「田中氏がお前を待っている」

美結は野見山を見つめ、そして頷いた。

胸の底に湧いているのは奇妙な幸福感だった。

私に使命が……警察のために、この人たちのために、できることがある。

9

ＳＸ４のテールライトが灯り、静かに動き出した時、確保に踏み切るかどうか一瞬だけ迷った。だが井上は無線を取って言った。

「全車、対象が動き出した。気付かれぬよう追尾」

それから井上はまた水無瀬の電話に連絡を入れた。相手はようやく出てくれたが、追跡を続けてくれ、かけ直すと言ったきり連絡がない。指示がなくとも自分たちは小西とＣを追跡するし、逃す気など毛頭なかった。捜索隊は三台とも脱落することなく追跡を続けている。三台全てが巧みに順番を入れ替えるローテーション尾行を心がけている。

むろん、墨田署の車両を知り抜いている小西には気づかれる可能性がある。だがむしろその方がいい、と井上は思っていた。小西に安心感を与えられる。仲間に見守られている気分だろう。そして小西は、気づいていても決してＣには漏らさない。仲間の視線を意識しつつ、最善の方法を模索する。それができる男だ。

だが延々と追跡を続けるわけにはいかない。いつかは確保せねばならない。どこかに追い詰めて爆破スイッチを捨てさせる交渉をしなくては。どのタイミングで踏み切るべきか……井上は悩む。そもそも、SX4はどこに向かっているのか？

他の追跡車両から無線が入った。

『我々の他に、SX4を追跡している車両があります』

井上もほとんど同時に気づいていた。しかも一台ではない。複数ある。いったい誰だ？

その時、無線に聞き覚えのない声が割り込んできた。

『墨田署の車両に告ぐ。追跡を停止せよ』

冷たい声だった。有無を言わせない。井上がとっさに反応に迷っていると、

『墨田署車両！　即刻停止せよ！』

たちまち声が激した。警察無線の電波を使っているということは間違いなく、相手も警察。おそらくは本庁の人間だ。しかし、どこ所属の誰だ？

『こちらは――公安部だ。トップからの命令を伝える。追跡は公安部に任せろ』

ついに横槍が入った……水無瀬も抑え切れなかった。深い失望に襲われながら、井上は応答した。

「こちら、墨田署刑事課強行犯係長、井上です」

無理に声を張る。

「われわれは警察庁から対象車の捜索とマークを命じられました。中止の命令は受けておりませんが」

『トップからの命令だと言っているだろう』

「トップと言うと……砺波総監ですか。それとも」

野見山長官。

じきじきに井上を激励して送り出してくれたのは、ほんの二時間ほど前のことだ。

「管区の治安維持に全力を尽くしてくれ。TRTの奪還は我々に任せろ」

そう言った野見山が、自分にCの追跡を許さず、公安に任せると言うのか。目の前が暗くなる。

『命令に従え』

相手は繰り返すばかり。冗談じゃない――抑えようのない怒りが噴き出した。自分たちは対C特命係に任じられたのだ。それを無闇に振りかざすつもりはないが、今まさにCを追っている。任務そのものだ、邪魔を入れられる筋合いはない！　公安など信用できるか、警察庁の大会議室で傍若無人な振る舞いを目の当たりにしたばかりだ。特にあの奥島……とてもではないが任せられない。

「確認を入れてもいいですか？」

井上は訊いた。無線の向こうが沈黙する。

「情報通信局の水無瀬警視正経由で、野見山長官に確認を……我々は長官から直々に特命を受けています」

数秒の沈黙の後、

『特命は取り消された。以後は我々が引き継ぐ』

非情な声が返ってくる。この無線の声の主は奥島ではないようだが、奥島の側近クラスの人間なのは間違いなかった。絶望に駆られながら井上は食い下がる。

「しかし……我々は……」

『命令に従わなければ処分する。減給や停職では済まないぞ』

恫喝。米本が恐れをなしてスピードを緩めた。致し方ない……全車がブレーキを踏んでいるところだろう。井上は、無線に言った。

「墨田署車両に告ぐ。全車停止。追跡を中止する」

無念だった。だがこれが、末端にいる人間の宿命……可愛がっている部下を見捨てるようで辛い。行く末を見守りたかった。Cの魔の手から救いたかった。だが命令に背けば、処分されるのは自分だけでは済まない。

井上のアリオンを、二台の車両が追い越していく。その車種に唖然とした。あれも同じ警察官なのだ。道の彼方にＳＸ４が、そして、それを追う公安の車が消えていく。

今すぐ水無瀬に確かめたかった。だが、電話が来ない。まだ話せない状態なのだ。野見山長官の顔が浮かぶ。そして、自分にかけてくれた声が胸に響く。

「……米本。追うぞ」

井上は言っていた。

10

明らかに俺のＳＸ４は追われている。小西はミラーを確認し、素早く視認もした。一般道の方が安全だろうと、高速には乗らず清澄通りをひたすらに南下、両国から森下を過ぎた辺りで追っ手に気づいたのだ。

「来たぞ。君のお仲間が」

チャールズは鋭い。ほとんど同時に尾行に気づき、シートに深く身を沈めた。

むろん覚悟はしていた。このＳＸ４はどこかで止められる。ＧＰＳの電波を切ってあるとはいえ警視庁所属の覆面パトカーだ。とっくに手配はされているはずだし、どこかの警察官がいずれ気づく。ＴＲＴのそばにいる間に誰何をかけられるかもしれないと思っていたが、声はかからなかった。つまり……既にマークされている。泳がされているのだ。その気になれば確保にも踏み切れただろう。だが、小西の訴えを美結は確実に警察全体に伝えてくれたようだ。Cが爆弾を持っているということを。

小西は数台の車をミラーで視認した。ナンバーまでは見分けられないが、まず墨田署所属の車両で間違いない。ということは井上さんだ。小西の胸は熱くなった。井上さんの考えることなら分かる。まずは慎重に、気づかれないように追ってくる。だが——

「クソッ。何かおかしい」

小西は吐き捨てた。いつの間にか様子が変わっている。見慣れた車両は一つ残らず消え、馴染みのない車が取って代わっているのだ。そして新たな追っ手は墨田署の面々のような控えめさをかけらも持ち合わせていない。瞬く間に距離を詰めてくる。近づくと車種が分かった。

「なんだと？」

小西は思わず言ってしまう。スポーツ車のような流線型。だが、車体前部の四つ輪のマークは紛れもなくドイツの高級車メーカーのもの。黒いアウディだ。

「……警察じゃねえ」

小西は吐き捨てた。アウディの後ろにもいやにゴツいＳＵＶが追走している気がしたが、いずれにしてもこんな警察車両は存在しない。

「バディ、振り切れ」

チャールズが鋭く言った。

簡単に言うな、と思った。だがチャールズの命令通りアクセルを踏み込む。反応を見たい。正体不明の追っ手に捕まりたいはずはないし、何より俺自身が先に進みたい。あの信じがたい動画で描かれた人物のところへ、行きたい。その顔をこの目で見たい、という激しい欲望が自分を突き動かしていた。

するとアウディはあからさまにスピードを上げて追いすがってきた。こいつらはいったいなんだ？　井上さんたちはどこへ行った？　お仲間とチャールズは言った。当てずっぽうを口にしただけか。だがもしもそれが正しくて、連中が警察官だとしたら。どこの部だ？——小西は理解に達した。外国の要人を送り迎えする時に、こういう車を必要とする部がある。

次の瞬間、激しい衝撃にＳＸ４が揺れた。

アウディがいきなり側面に車体をぶつけてきたのだ。

11

「何で君が……」

雲の上から降りてきた美結の話を聞いて、雄馬は声を上げずにはいられなかった。

美結が長官室から戻ってくるのをオペレーションルームでじりじり待っていた。戻ってきてホッとしたのも束の間、美結は特命を受けたと打ち明けたのだ。信じがたい指令を。

「冗談じゃない。そんな危険人物のところへ、どうして……」

「心配するな。SPやSATが周りを囲んでるんや。美結は安全だ」

一緒に降りてきた水無瀬は雄馬の反応を予期していた。すかさず宥めにかかる。

「しかし……なんで一巡査が呼ばれるんですか?」

雄馬は食い下がる。だが、水無瀬は分別くさく首を振った。

「美結は既に任務を引き受けた。諦めてくれ」

「水無瀬さん。田中氏のことをよくご存知のようですね」

雄馬は舌鋒を水無瀬に向けた。警視正に食ってかかるなど、頭に血が上っている証拠だった。だが水無瀬は余裕の顔で受ける。

「ああ。そいつは認めよう」

「あの動画は真実なんですか? だとしたら、警察はどうして、いままで彼を」

「待て、待て。落ち着け」

「教えてください! 何を信じたらいいのか分かりません」

雄馬は叫んでしまった。俺は取り乱してる……他人事のように思う。美結が悲しげに見つめている。

佐々木忠輔も、同情するように自分を見ているのに気づいた。忠輔は、美結のことも見ていた。この人は自責の念に囚われている。チャールズの説得に失敗し、事態を打開できなかったことに。雄馬に責める気はなかった。むしろ雄馬の方が同情を感じていた。

どこに科があるのか。この人は自分の信念に忠実なだけだ。そして……俺はこの人に惹かれている。もっともっとこの人の話を聞きたい。だが今はそれどころではない、美結を止めなくては。このまま送り出すわけにはいかない。無謀な使命を課そうとしている上の人間たちが信じられない。どうかしてしまったのではないか？

「水無瀬さん」

雄馬は心の底から訴えた。

「闇が深すぎます。秘密が多すぎて……下々はその犠牲になってる。こんなこと、ぼくは……もう受け入れられない」

水無瀬が顔をしかめた。お前の言うことはもっともだ。目がそう言っていた。

『吉岡警部補』

突然、天からの声が響いた。

『水無瀬を苛めるな』

野見山長官だ……全て聞いていたらしい。

『話がある。長官室まで来るように』

声は止んだ。

「えっ……」

雄馬には確認する暇も与えられなかった。沈黙した天井をぽかんと見上げるのみ。

「聞いたやろ。君の番や。行ってこい」

水無瀬がバンと背中を叩く。

「君に下される特命はなんやろな？」

そして雄馬は五分後、一人きりで長官室に入室したのだった。

「安心しろ。一柳を危険にさらしたいのではない」

野見山は真っ先にそう言った。

「警察官僚にも人の心はある」

雄馬の顔色を見て、フッと笑う。

「いや、君には釈迦に説法だったか」

呼びつけたのが名門・吉岡家の子息だと思い出したらしい。雄馬は必死に自分を落ち着かせた。こんな機会は滅多にない……確かめるしかない。思い切って訊いた。

「長官は……田中氏のことをご存知なんですね？」

野見山は目を伏せた。微笑が蔭を帯びる。

「吉岡警部補。君は賢い青年だ。知らない方がいいこともある」

「そ……それは、どういう」

「警察庁長官なんて儚いものだ」

　野見山は口元を歪めた。

「君もよく知ってるだろ？　任期は決まっている。私の在位など、せいぜいあと一年だ。やっとトップに立ったと思ったら、得た指揮権もすぐに失ってしまう。だが」

　野見山は顔を上げ、雄馬の目を見つめた。

「この席に座っている間に、できることは全てやるつもりだ」

「長官……」

「たとえ、国民の敵。大罪人と誹られようがな」

「長官！」

「俺は喋りすぎた。他言無用だぞ」

「聞かせてください」

　雄馬は決意を伝えたかった。

「長官、本官なら耐えられます。どんな秘密にも。私は吉岡家の男です」

「君のお父さんにはとても世話になった」

　意外な返しに、雄馬の胸が詰まる。

「刑事部時代。刑事局時代……官房長になってからもな。正直、何もかもを見習ったわけじゃない。だがお父さんはせいいっぱい正義を求めていたし、できる限り自分の信念に従った。それゆえか、この席まであと一歩だったが……悔いはないだろう。自分の夢は子に託した。雄馬君、どうしてキャリアにならなかった?」

「それは……」

親しげに名を呼ばれたことが雄馬をしたたかに動揺させた。口ごもっていると、

「俺は嬉しいよ。君がノンキャリアを選んでくれて」

日本警察の頂点に立つ男はそう言って笑ったのだった。

「長尾から話は聞いている。刑事部に、一本芯が通ったとな。これからもよろしく頼む」

それで話は終わりだった。

「長官……」

「君に大事な指令を与える」

表情が一変した。もはや気安い対話は許されない。

「一柳巡査を、田中邸まで送ってやれ」

12

やはりそうだ……路側帯の方向にずれた車体をなんとか立て直しながら小西は確信した。こんなメチャクチャをやるのは公安部しかない! 小西はアクセルをいっぱいに踏み込ん

で振り切りにかかる。深夜の清澄通りは交通量が多くなかった、江東区から中央区にかけて延びる道路を一気に駆け抜ける。だがやがて破裂音が耳をつんざいた。銃声だ……小西はあわてない。威嚇に決まっているからだ。ミラーをちらりと見るとチャールズはシートに身を沈めたまま。すぐ後ろを追走してくるアウディのウインドウから腕が出ていた。銃を持っている。ぐい、とこちらに狙いを定めた。

バキン、という音がSX4を襲った。サイドミラーが欠ける。側面のドアにも鈍い衝撃を感じた。弾が立て続けに浴びせられたのだ、威嚇ではない……殺す気だ！　連中は本当に警察か？　まるでCを殺すための暗殺部隊だ。小西のリミッターが外れた、クラクションを派手に鳴らしながらアクセルを踏み込んで大破覚悟の特攻走行に移る。

「ワオ」

チャールズが後ろで言った。まるで遊園地のアトラクションを楽しんでいるような声に馬鹿野郎と怒鳴りたかった。遊びじゃねえんだ、お前を殺しに来たんだぞ！　だが一言も怒鳴る余裕はない。一メートルでも余計に離れないと銃弾が自分かチャールズの身体を射抜く。

「バディ、振り切れないの？」

やがてチャールズが痺れを切らした。激しいGが連続して襲い、おまけに散発的に銃弾が飛んでくるのだ。快適なライドとはとても言えない。

「頼りにならないなあ」

チャールズがバックシートから顔を上げた。タブレットPCに指を載せるのが見える。

「あぶねえぞ！　伏せろ」

「いや。もう終わらせる」

チャールズが宣言する。だが、その神の指が動く前に異変が起こった。

激しい衝突音が背後で響き、小西はハッとルームミラーの中を見た。そこには信じられない光景が映し出されている。アウディの車体が左右にぶれている、コントロールを失っている——後ろから押されているのだ。

「LOOK　OUT！」

チャールズが振り返って歓声を上げる。

それは、アウディが現れる前に小西たちを追っていたアリオン。

確かめるまでもない、井上さんだ！

13

走り続けるアリオンの中で井上は我が目を疑った。公安のアウディが銃撃を開始したからだ。威嚇に違いないと思った、だが小西のSX4から着弾の火花が見えて身を乗り出す。

見間違いではない……目の前であってはならない事が起こっている。

「井上さん」

米本が激しく動揺している。ブレーキを踏みそうな気配を感じ、

「行け！　小西が危ない‼」

と逆に鼓舞した。米本は引き返さなかったことを後悔したに違いない。追跡を続けている墨田署車両は今やこのアリオン一台のみ。米本は「追うぞ」という井上の指示を拒否しなかった。黙って車を再発進させたのだ。米本も小西が好きなのだと分かった。あの、いささか単純だが熱くて裏表がない男は署員に好かれている。墨田署の仲間意識は決して捨てたものではない。

公安に気取られてはただ処分を食らうだけだ。米本は慎重に距離をとってここまで二重追跡を続けてきた。だがさすがに、アウディがいきなり小西のハッチバックに体当たりを食らわせるとは想像できなかった。なんという暴挙！　爆弾の脅しを知らぬはずもない。拳句には銃撃だ、威嚇も抜き。こんなことは許されない！　目の前で次々起こる衝撃の光景が米本の正気を吹き飛ばしたようだった。急激にスピードを上げて、アウディの後ろにいるSUVを追い抜きアウディの真後ろにぴたりとつけた。まさに目の前に、拳銃を持つ手が見える。それが井上の正気をも消し飛ばした。

「こいつらは警察じゃない！」

言い放つ。

「ぶつけろ！　小西を救う」

米本は既にそのつもりだった。迷いなくアクセルを踏み込む。

アリオンは高級外車の後部に突っ込んだ。スピードを上げていたアウディの車体は見事に左右にぶれる。やがてコントロールを失い、そのまま路側帯から歩道に乗り上げて停止した。だが墨田署の二人は目もくれない。

「もう一台！」

井上が声を上げる前に米本は動いていた。追いすがってきたSUVをするりとかわすと、こちらから側面にぶつける。だがSUVは頑丈で、わずかにふらついただけだった。そして今度は向こうから激突してくる。馬力に任せてぐいぐいと弾き飛ばしにかかる。駄目だ押し負ける……

「がんばれ米本！　追わせるな」

このSUVの方がアウディより危険だという勘が働いていた。アウディから出てきたのは拳銃だけだが、SUVにはもっといろいろ詰み込める。こんな狂った連中だ、ロケットランチャーが出てきてもおかしくはない。もしこいつを自由にしたら小西たちはやられる。

だが米本にもすっかり火がついている、白バイで悪質なドライバーを追っているときはこんな鋭い顔をしているに違いない、いや——いま相手にしているのはこれまで出会ったどんなドライバーより悪質だ。もはや井上の命令は必要なかった、どんなことをしても止めるという気合いが燃え立っている。

「井上さん！　しっかりつかまってください」

決意の叫びを放つと、米本は瞬時にＳＵＶより前に出、同じ車線に入った。

自分で命じたくせに、井上は待て！　と言いそうになった。米本が何をするか悟ったのだ。だが止める時間はなかった。

米本は急ブレーキを踏んだ。

タイヤとアスファルトが摩擦する怪獣の絶叫のような音が起こる。

井上は衝撃に備えてダッシュボードをつかみ身を固くした——ドカン、と突き上げられる感覚。だが思ったほどではなかった、ウインドウに肩をぶつけつつ振り返ると、ＳＵＶは冗談のように斜めになっている。あわてて避けようとしたのだ、それが運の尽きだった。ＳＵＶは見事に横転し、しばらくは側面と道路の間から火花を散らしながらアリオンを追ってきた。米本は巧みにスピードを調整し、追いつかれない速度を保つ。

やがてＳＵＶは、打ち捨てられたショッピングカートのように路上に静止した。

「止まれ」

井上は米本に命じた。米本は従順に応じる。だが興奮で息が荒くなっている。

怪我人がいないかどうか確認しなくてはならない——井上は意を決して振り返った。ドアに手をかけ、アリオンに負けたSUVを見つめる。

中にいるのが本当に警察官で、任務を妨害してしまったのだとしたら……後の処分は考えたくもない。だが、仲間を見殺しにすることは絶対できなかった。井上は自分に確かめる。後悔などしていない。再び前方を見ると、SX4は既に道の彼方に消えた。

小西——行け。死ぬな。Cはお前に任せたぞ。

井上も米本もアリオンを降りた。振り返ると、横倒しのSUVから男が出てくるところだった。天に向いた側面のドアから一人、二人と出てくる。重傷ではなさそうだ。少しふらつきながらも、一直線に井上たちに向かってくる。やがて暗い色のスーツが目の前に壁のように立つ。

「貴様ら……」

呪いの塊のような声をぶつけてくる。

「何をしたか分かってるのか！」

リーダーと思しき男はずんぐりし、蟹(かに)のように横長の顔をしていた。

「黙れ」

井上は怒りを吐き捨てた。

「仲間を殺す気か！　それでも警察官か」

相手は一瞬だけ黙ったが、すぐに答えを寄越した。拳を。

井上は気がつくと地面をなめていた。

「井上さん！」

と叫ぶ米本は別の男に羽交い締めにされている。

「貴様は何も分かっていない」

蟹男は地鳴りのような声で告げた。

「いま誰を逃したのか……殺してでも止めなくてはならなかった」

その声は、夜の街に溶け込んで消える。

もはや男たちには吐くべき言葉もなかった。

14

しばらくは猛スピードで走ってから、徐々に緩めた。

小西はSX4を大通りから外し、脇道の目立たない、街灯を浴びない一画に駐める。

自分が息も絶え絶えなのに気づいた。これほど必死になった覚えはない。だが、逃げ切った。もう追っ手はどこにも見当たらない。

バックシートでずっと黙っていたチャールズが、ポツリと訊いてきた。

「助けてくれたのは……」

「井上さんだ」

すっかり憔悴していても、声に誇りが滲むのは抑えられない。

「君のボス。素晴らしい」

チャールズはパッと笑顔になった。

「直接会う機会があれば、勲章をあげたいぐらいだ」

「……無事だろうか」

小西はチャールズを無視して言った。心配だった。あの人は、カーチェイスなどやる柄ではないのだ。

チャールズは少しの間黙っていたが、

「バディ、ぼくの言う通りだったろ」

いきなり勝ち誇る。

「連中は殺す気だった。君ごとね。ぼくの命を必要としたわけだ——田中のために。つまり日本にとって、田中は主人なんだ」

「今のはたぶん公安の連中だ」

小西は言い張る。

「あそこは特殊だ。警察のぜんぶがそうじゃない、ほとんどはまともだ。井上さんは、助けてくれただろう」

「そっちの方が特殊なんだよ」

「そうじゃない」

「君に何が分かる？　末端の巡査が」

「分かる。分からなきゃ警察官じゃない」

チャールズはフン、と返した。

「警察にも派閥があって、対立があるのは分かるよ。でも結局トップには逆らえない。どこに所属してようとね」

「なに？」

小西は聞き咎めた。

「……長官が、田中についていると？」

「いや。ぼくが言ってるトップというのは、もっと上だ」

涼しげな返しに、小西は凹まされた気分になる。

「……総理か」

ヘン、と少年は笑った。

「そうだよ。誰が逆らえる？　君たち公僕が」

小西はじっと黙ってから、ふいにぶっきらぼうに言った。

「車を変えるぞ。この車は手配されてる」

チャールズは小首を傾げた。

「車泥棒するの?」

「馬鹿言え。レンタカーを借りる」

「おいおい……バディのチョイスを間違えたかな」

チャールズは呆れ返った。

「意味ないだろ。君の本名で借りるんだったら、車はすぐ特定される。ぼくは君に命を預けてるんだぞ?」

勝手に選んだのはお前だろ、と言わんばかりに睨みつけたが、小西はすぐニヤリとした。

「安心しろ。裏技がある」

チャールズはぽかんとし、

「ああ、警察手帳か」

とすぐ納得した。

「極秘の捜査だから他言無用、と口止めしておけば、しばらく時間は稼げる」

「そううまくいくといいけど」

何度も首を傾げながら、しかしチャールズは愉しそうに笑っていた。この余裕……このガキは自分の危地も楽しんでいる。まだいろんな切り札を隠し持っているのだ。さっきも、井上さんが現れなくても自分で何かする気だった。頼もしいヤツだ、と思っている自分に気づき、小西は顔に浮かんだ笑みをあわてて消した。そして通告する。

「おいチャールズ。俺はこれから電話する」

「どこへだ？　勝手は許さないぞ」

「うるせえ。仲間の無事くらい確認させろ！　てめえのせいで仲間が何人やられたと思ってるんだ」

「………」

「命の無事を確認したいだけだ」

そして携帯電話を出すと堂々とコールする。後輩に向けて。

『小西さん⁉』

相手はすぐ出た。

『いまどこですか⁉』

「訊くな。言えねえんだ。分かるだろ、生意気なガキが相変わらず後ろでふんぞり返ってる。電話も長くはできない。美結、教えてくれ」

小西は声に祈りを込めた。

「福山さんは……大丈夫なんだろ？　とっくに病院だな？」

『はい。いま、ちょうど病院に確かめてたところで……』

「村松も重傷か？　だがやっぱり福山さんが心配だ。あのレーザーを喰らって……」

『でも安珠の機転で、ガラス窓から遠ざけたので……レーザー照射は短い時間で済んでいるはずです』

「そうか……」

佐々木安珠が福山を救ってくれた。レーザーが見えたから、福山をどこに逃がせばいいか分かったのだ。

『意識もあるし、致命傷は負ってないはずです……あっ、いまちょうど、技官の方が病院の説明を受けています。ちょっと待ってもらえますか』

美結の声が途絶えた。

しばし待つ。チャールズは文句を言ってこなかった。こいつも刑事たちの安否を知りたいのだ。責任を感じろ……と小西は思った。お前の正義がこれだけの人間を傷つけた。自分のシンパも命を失ったのだ……その重みを感じろ。

美結の声がなかなか戻ってこない。不吉な予感が一秒ごとに降り積もってゆく。小西は耐えられなくなった。おいどうした⁉ と叫びかけた時。

ようやく、電話口に気配がした。美結が戻ったようだ。

だが一向に声が聞こえない。

「どうした？」

小西は言ってみた。答えはない。

ようやく返ってきたのは、嗚咽だった。

「おい美結！　何が……」

嗚咽の中から、か細い声が湧き上がってくる。

『福山さんが……』

息ができなくなる。胸を正拳突きされたように。

『心肺停止状態だって……』

「……なんでだ⁉」

小西は腹の底から声を絞り出した。怒りと共に。

「レーザーの傷は軽傷なんだろ？　なんでそんな」

その瞬間、どす黒いものが小西の頭を過る。

身体に打ち込まれた二つのピアス。それは、レーザー兵器の照射マーカー以外のものではない。そう思い続けてきた。だがそうではなかったとしたら……

「デェムレッドアーミー」

真後ろでチャールズが呪った。

「マーカーが……毒を含んでいた」

耳を塞げば良かったと思った。だがもう間に合わない。

「レーザーが当たらなくても、標的はどのみち抹殺される……確実に。ああ、地獄の底へ帰るがいい、龍使いどもめ」

真実を口にすればいいというものではない。少年に言って聞かせたくなった。それは時に残酷すぎて、胸を切り裂いてしまう。この世に生きていたくなくなる。

『福山さん……』

目の前で死にゆく先輩を抱いているかのように、美結は泣き続けている。

小西に、かける言葉の持ち合わせはなかった。助手席に電話を放り投げる。

「仇を取りたいか」

真後ろから悪魔のような声がした。

「バディ。本当の敵に会いたいのか？」

小西は――ゆっくり振り返った。

揺籃歌——皇の微睡

電波塔の上の攻防には決着がついたようだ。

リアルタイムで楽しませてもらった。刑事、中国人工作員、ジャイロそして特殊部隊員。ひ弱なシンパまで闖入し、役者は揃い踏み。そして多くの者が斃れた。実に爽快だ。いったいどんな武器によって斃れたのか。追って来る詳細報告を楽しみに待つとしよう。

死んだ者、大怪我を負った者にもはや価値はない。あの工作員はとんだ半端者だった。私は奴を買い被っていた。所詮は塵のように消える凡夫に過ぎなかった。だが代わりに——生き残った特殊部隊員に来てもらうことにした。

天空に昇り、その目で地獄を見たばかりの者たちの顔を見るのが楽しみでならない。程なく、新たな報せが入った。チャールズ・ディッキンソンはちっぽけなハッチバックに乗って逃げおおせたと言う。まるで構わない。私の庭、東京にいることに変わりはない。そして最終目標は私なのだ。あの子の誇りが本国へ逃げ帰ることを許さない。つまり、いずれ姿を現す。

あの子に限らない。全てが私の元へ集まってくる。世界はそもそもそうした潮流にある。黙っていても全ての者が私に何か差し出してくる。誇り、魂、命。

その全てを私は際限なく受け入れる。おそらく私は、全人類の中で最も飢えているのであろう。歴史上、最も渇いているのであろう。血の海の遊泳者。あの子はよくぞ名づけてくれたものだ。私は物心ついたときから深紅の海をたゆたい、今も飽かずに泳ぎ続けている。全くその通りだ。あの動画を作り上げたチャールズには敬意と感謝さえ覚える。あそこに描かれた生き様こそが唯一私を証すもの。いずれ必ず、直接礼を言おう。その時が来るのが待ち切れない。

更に——楽しみは尽きない。かつて大量の血を流した一族の生き残りがいつの間にか警察に入り込み、Cや王超を相手に奮闘しているという報告を受けた時、不可思議な縁に感嘆する他なかった。すぐに権力者に連絡を入れ、彼女と話したいと告げた。

願いは叶い、もう私の元へ向かっている。

全員が揃い、全ての条件が整う前に——

私は一眠りすることにしよう。目覚めた時には世界が一変している。

CのXデイは終わった。私の刻がやってくるのだ。

さあ、皇帝のものは皇帝に返せ。

そして私は目を閉じる。この上なく安らかな眠りの中で、私にふさわしい夢を見る。

終曲――暁暗（ぎょうあん）のベイエリア

「本当に気をつけろ」

車中、運転席から何度同じ言葉をかけられただろう。

助手席にいる美結は、隣の男に感謝していた。だがその思いを口に出すことはできない。可哀想なほど動揺している同期が気の毒で、安心させる言葉の一つもかけてやりたいと思うのだが、喋る元気がない。発作のように襲ってくる嗚咽が車に乗ってからも続いていた。

福山の死は、とても呑み込むことができなかった。

何カ月経っても同じだと思った。

むろん、TRTで命を落としたのは福山だけではない。SATの隊員が亡くなったと聞いているし、見物客の中で王超（ワン・チャオ）に射殺された者が三人。大怪我を負わされた者は、最終的に何人になるか分からない。

これほどの悲惨な状況の中で、安珠が軽傷だったこと、村松が命を取り留めたことは慰めになるはずだ。だが美結の胸を福山の面影だけが占めていた。いったい自分がこれからどこへ向かうのか、何をすればいいのか。頭では分かっているが何一つ実感がない。故に恐怖などなかった。自分の身の安全などどうでもいい。これから会う人間が誰であろうが構わない。

あの人は死んだ。命を懸けて職務を全うした。

なのに、どうして怖がる資格などあるのか。自分の職務をこなせる、それ以上に求めることなど何もない。私は特命を受けた。今、任地に向かっている。警察官としてこれほどの本望はない。

福山の遺志を継ぐなんて大層なことではない。自分には力が無さ過ぎて、そんな資格もない。ただ、自分にできる精一杯をやり遂げたい。それだけだった。

雄馬は言うことがなくなってしまったのか、ただ黙って運転している。福山の名は決して口に出さない。美結への気遣い。いや……雄馬にとっても激痛なのだ。

ただ静かに、あの強い眼差しがお互いの胸の中で燃えている。口にする必要はなかった。

雄馬はいつもと違いインプレッサを少しも飛ばすことなく、むしろ目的地に近づけば近づくほど徐行させた。七色に輝く巨大な橋を渡った頃から、雄馬の牛歩走行は顕著になった。二人の車は海の上に作られた人工島に吸い込まれてゆく――美結は目を閉じた。普段なら美しいと感じるはずの湾岸地帯の光が、永遠の夜の国の灯りのようにただただ忌まわしい。この島のどこかに――あの男が住んでいる。日本ではありふれた姓を持つ男が。

血の海を泳ぐという伝説を帯び、夜の底に棲み着いている。

「……皮肉だな」

雄馬がふいに微笑んだ。

その瞬間美結には、雄馬が何を言うか分かった。

「ぼくらが、最後に過ごした夜……朝日を眺めたの、ちょうどこの辺りだったよな」

美結は何も答えない。目も向けない。

雄馬は一度美結を見、そして目を伏せた。口にしたことを恥じているように見えた。

車が最徐行し、ついに停止すると、美結はようやく雄馬に目を向ける。

「行ってきます、主任」

すると雄馬は、助手席の美結の目を見て言った。

「ぼくはこれから病院に向かう。村松君の容態を確かめて……安珠さんに話を聞く」

「ぜひお願いします」

美結は頭を下げた。そして言う。

「福山さんにも……お別れを言ってあげてください」

雄馬は一度瞬きして、

「そうさせてもらう」

とはっきり言った。

美結は頷くとドアを開けて助手席を降り、大地を踏みしめた。

目の前に聳（そび）え立つ、威圧的なまでに高い摩天楼を見上げる。

ここに——あの動画に描かれた人物がいる。

私を呼んでいる。

「気をつけて」

雄馬はまた言った。

「何かあったらいつでも連絡するんだぞ」

そして迷った挙句、言った。

「野見山長官は、上からの圧力に屈して君を送ったんじゃない。君はきっと、何か密命を受けただろ？　ぼくに言う必要はないが」

美結は答えない。だが、沈黙は雄弁だった。

「あの人には何か考えがある。田中氏のことを、知ってるんだ……前から。ぼくは、長官を信じるべきだと思う」

雄馬は運転席から助手席の方まで身体を乗り出してきて、美結を見上げた。

「あの人は、本物の警察官魂を持ってる。長尾さんもそう言ってた」

美結は微笑んだ。

「分かっています」

雄馬の目を見つめて言う。

「さっき分かったんです。私が刑事になれたのは長官のおかげだって」

「……そうなのか？」

「はい」

美結の穏やかな笑みを見つめて、雄馬は頷く。

「そうか……」

少しうつむいて考えた後、また見上げた。美結の真似をするように微笑む。

「それから、知ってると思うけど。改めて言っておく」

「はい」

「ぼくは君を愛してる」

雄馬は視線を動かさなかった。ずっと目を見ている。

真っ直ぐに見返しながら、美結は口をきゅっと結ぶ。

言葉はない。ただ、手を伸ばして——雄馬の腕に触れた。

一瞬だけ。そしてすぐに背を向ける。

歩き出した。たちまち、摩天楼の入り口に吸い込まれてゆく。

引用・転載文献

『舊新約聖書―文語訳』（日本聖書協会）

『カラマーゾフの兄弟』ドストエフスキー著　原卓也訳（新潮文庫）

『心は量子で語れるか―21世紀物理の進むべき道をさぐる』ロジャー・ペンローズ著　中村和幸訳（講談社ブルーバックス）

『世界宗教用語大事典』須藤隆仙著（新人物往来社）

この作品はフィクションです。登場する人物名・団体名は実在するものとは一切関係ありません。

この作品は書き下ろしです。

中公文庫

スカイハイ
――警視庁墨田署刑事課特命担当・一柳美結2

2013年9月25日　初版発行
2014年8月30日　6刷発行

著者　沢村　鐵

発行者　大橋 善光

発行所　中央公論新社
〒104-8320　東京都中央区京橋2-8-7
電話　販売 03-3563-1431　編集 03-3563-2039
URL http://www.chuko.co.jp/

DTP　柳田麻里
印刷　三晃印刷
製本　小泉製本

Published by CHUOKORON-SHINSHA, INC.
Printed in Japan　ISBN978-4-12-205845-3 C1193

中公文庫既刊より

各書目の下段の数字はISBNコードです。978－4－12が省略してあります。

さ-65-1
フェイスレス　警視庁墨田署刑事課　特命担当・一柳美結
沢村　鐵
大学構内で爆破事件が発生した。現場に急行する墨田署の一柳美結刑事。しかし、事件は意外な展開を見せ、さらなる凶悪事件へと……。文庫書き下ろし。
205804-0

さ-65-3
ネメシス　警視庁墨田署刑事課　特命担当・一柳美結3
沢村　鐵
人類救済のための殺人は許されるのか⁉　日本警察、そして一柳美結刑事たちが選んだ道は？　空前のスケールで描く、書き下ろしシリーズ第三弾‼
205901-6

さ-65-4
シュラ　警視庁墨田署刑事課　特命担当・一柳美結4
沢村　鐵
八年前に家族を殺した犯人の正体を知った美結は、復讐鬼と化し、警察から離脱。人類最悪の犯罪者と対峙する日本警察に勝機はあるのか⁉　シリーズ完結篇。
205989-4

と-26-9
SRO I　警視庁広域捜査専任特別調査室
富樫倫太郎
七名の小所帯に、警視長以下キャリアが五名。管轄を越えた花形部署のはずが――。警察組織の盲点を衝く、連続殺人犯を追え！　新時代警察小説の登場。
205393-9

ほ-17-1
ジウI　警視庁特殊犯捜査係
誉田哲也
都内で人質籠城事件が発生、警視庁の捜査一課特殊犯捜査係〈SIT〉も出動するが、それは巨大な事件の序章に過ぎなかった！　警察小説に新たなる二人のヒロイン誕生‼
205082-2

ほ-17-2
ジウII　警視庁特殊急襲部隊
誉田哲也
誘拐事件は解決したかに見えたが、依然として黒幕・ジウの正体は摑めない。捜査本部で事件を追う美咲。一方、特進をはたした基子の前には謎の男が！　シリーズ第二弾。
205106-5

ほ-17-3
ジウIII　新世界秩序
誉田哲也
〈新世界秩序〉を唱えるミヤジと象徴の如く佇むジウ。彼らの狙いは何なのか？　ジウを追う美咲と東は、想像を絶する基子の姿を目撃し……⁉　シリーズ完結篇。
205118-8